チロルの悲劇
アンドレーアス・ホーファー

カール・インマーマン　作
宇佐美幸彦・酒井友里　共訳

関西大学出版部

【写真1】インスブルック宮廷教会にあるアンドレーアス・ホーファーの墓碑

【写真2】パッサイアーの「ザント亭」（ホーファーの生家、記念資料館。今でもレストランが経営されている）

【写真3】チロル城、メラーン（現在はイタリアのメラーノ）近郊のチロル村にある

【写真4】 パッサイアーのホーファー記念館の展示

【写真5】 ベルクイーゼルにあるホーファー記念碑

【写真6】インスブルックのアンブラス城

【写真7】マントヴァ（ツィタデレ）にあるホーファー記念碑

目次

『チロルの悲劇』（初版）

主な登場人物

アンドレーアス・ホーファー　パッサイアーの旅館経営者。チロル民衆軍の総司令官。「ザント亭主」と呼ばれる。
ヨーゼフ・シュペックバッハー　チロル民衆軍指導者。
ヨアヒム・ハスピンガー　カプツィン派修道会司祭。チロル民衆軍指導者。「赤ひげ」と呼ばれる。
ヴィルトマン　イーゼルの旅館の亭主。
ペーター・マイアー　チロル民衆軍の一員。
ファッレルン・フォン・ローデンエック　チロル民衆軍の一員。
アイゼンシュテッケン　チロル民衆軍の一員。
マティス　ヴィルトマンの使用人。
ドネ司祭　チロルの司祭。
ネーポムク・フォン・コルプ　チロル民衆軍の無鉄砲な変人。
イタリア副王　本名ウジェヌ・ド・ボアルネ。ナポレオンの義理の息子。
ダンツィヒ公爵　ナポレオン軍の元帥。本名ルフェーブル。
バラグアイ伯爵　イタリア副王の側近。
フレリ　フランス軍大佐。
ラ・コスト　フランス軍中佐。ダンツィヒ公爵の側近。
レヌアール　フランス軍大尉。
エルジ　ヴィルトマンの妻。
ナニ　ヴィルトマンとエルジの娘。
ヨーハン　ホーファーの息子。少年。
ライナー兄弟　チロルの民謡歌手。
その他、近侍、小姓、チロルの民衆軍の兵士、伝令兵、フランス軍将兵、民衆。

第一幕

第一場

ベルクイーゼル[1]の旅館の一室。ヴィルトマン、エルジ。

ヴィルトマン　（扉から入って来て）今日は暑くなりそうだな。まだ九時だっていうのに、朝露も乾いちまった。おい、何か飲ませておくれ、かわいい妻よ。

エルジ　（グラスを渡して）はい、どうぞ。

ヴィルトマン　マティスはもう帰っているのか？

エルジ　いいえ。

ヴィルトマン　何をグズグズしてるんだ！

エルジ　マティスはどこへ行ったの？

ヴィルトマン　インスブルックだ。

エルジ　あら、変だわ。シュテルツィングへ行く道で、私、マティスを見かけたのに。

ヴィルトマン　そうだ。シュテルツィングへ行ってから、インスブルックへ向かったんだ。

エルジ　おかしいじゃありませんか！　一方は南の方角で、もう一方は北[2]ではありませんか。

ヴィルトマン　なかなか賢いな。

エルジ　私はそこまでばかじゃないわ。それでマティスは何をしに行ったのよ、あなた。

ヴィルトマン　わしらのために牛を買いに行ったんだよ。牛を何頭かまとめてな。

エルジ　おかしいわ。うちの牛小屋はいっぱいでしょ。お願いだから本当のことを言ってちょうだい。私を心配させないでくださいな。きっと私たちの家が燃やされることになってしまうわ。悪い連中が私たちの倉庫を開けにやって来るのよ。家畜たちは鳴きわめき、あなたも私もナニも、血まみれになって倒れてしまうのよ。冬の間じゅう、ずっとここであれこれよからぬ相談があったでしょう。その時にもう、私はあなたたちにそう言ったじゃありませんか。あの時は、この家中がひっくり返るほど、大声で騒がしかったわ。あなたたちは馬の取引の話をしていたでしょう。私はそれが何を意味しているか、ちゃんと分かっていたわ。そんなことはおよしなさいと、私は言いましたよ、あなた。きっとうまくいきっこありません。神様の懲《こ》らしめに逆らってはなりません。まだどんなひどい懲らしめになるか分かりません。神を恐れなさい。そうでなければ、この大地はもっと多くの償いをすることになります。

ヴィルトマン　お前はいったい何を言いたいのだ。この辺は、平穏そのものじゃないか。

エルジ　平穏ですって？　確かに皇帝陛下は平穏におなりですわ。陛下はあなたたちを騒ぎへと立ち上がらせました。そして今、あなたたちを平穏の中で破滅させてしまうのよ。この国からわが軍の兵たちは出て行ってしまいました。山の向こうからフランス兵たちがこちらへやって来ます。もうインスブルックにもフランス兵が来ています。時々この家へやって来る使いの人たちは、ここで何をしてるのでしょう？　あなたたちの心は、まったく向こう見ずじゃありませんか。あなたもヨーゼフさんも神父さんも、そして髭のザント亭主も。ああ、イエス様、マリア様、私たち哀れな人々はどうなるのでしょう。

ヴィルトマン　おしゃべりはやめて、俺の言うことを聞け。そんなにピーピーわめくのを聞いていたんでは、俺の鼓膜が破れてしまう。俺はお前の亭主だ。どんな危険な時でもお前を守ると祭壇で誓いを立てた。俺の命はお前のためにある。それは確かなことだ。だからお前も満足せよ。それで十分だろう。あらゆる所で祖国が燃えている時には、男たちに泣きわめかせればよい。糸巻き棒の糸一本だって、お前の持ち物だったら、何一つ燃えさせやしない。俺たちはあれこれ考えて、額にしわを寄せ、つぶやきながら軽く握手を交わすのだ。いいか、そんなときに、俺たちの内輪の話にいちいち口を挟んだりしないでくれ。何も見ず、何も聞かず、何も考えずに、ただ従っていればいいのだ。まあ、店のことだけ考えておくれ。（エルジ退場）マティスはどこをうろついているのだ？　ブリクセンまでは十二時間だ。もう四日も前に俺はあいつを送り出したのだ。はっきりしたことが分かればいいのに。あいつの顔さえ見ることができるなら、俺はどんなことでも我慢できるぐらいだ。おや、外に誰かやって来たぞ。

第二場

マティス登場。ヴィルトマン。

マティス　旦那様、ただいま戻りました。
ヴィルトマン　おお、マティスか。ありがたい。それで様子はどうだったのだ。
マティス　悲惨です。
ヴィルトマン　さっさと詳しく話してくれ。
マティス　わが軍は退却しました。
ヴィルトマン　すっかりチロルから出て行ったのか？
マティス　クラーゲンフルトまで行進して行きました。
ヴィルトマン　そりゃありえないのじゃないか。部隊はプスタータールに陣取っているのだろ。
マティス　いいえ、旦那様。それはまったく違います。石鹸屋のファイトと話をしました。この男はこの土地に詳しく何でも知っています。チロルは見捨てられたのです。信じてください、旦那様。
ヴィルトマン　ああ、立派なヨーハン大公殿下よ[3]。殿下はこのチロルという真珠を敵に投げ渡してしまわれるのか。殿下の立派な大広間が、殿下の足元で輝いていたあの床が、敵の足に踏まれるのに耐えることがおできですか？　そしてフランツ皇帝陛下[4]、陛下も耐えることがおできですか？
マティス　皇帝陛下はツナイムの休戦[5]に応じざるを得ず、チロルを敵に渡したとき、涙をお流しになりました。大公殿下は休戦協定の恥辱をぬぐい取るため、新たな戦争を始めようとお考えです。殿下はなおもチロルをあきらめてはおられません。このため、シャトレー将軍[6]とシュミット男爵[7]は、我々の山をゆっくり行進し、急いで出て行こうとはされませんでした[8]。しかし敵軍がやって来て、わが軍に脅しをかけたため、最高司令官たちはやむなく急ぐように命令しなくてはなりませんでした。事情をよく知っている人々が、私にそのように言ってくれました。
ヴィルトマン　お前は俺たちの仲間のことを何か聞かなかったか？　ケマター、シェンク、それからペーター・マイアーは何をしているのか。
マティス　仲間たちはブリクセンで十字架に祈りを込め、

たとえ皇帝陛下が講和を結んでも、オーストリアに留まり、そのために血と命を捧げると誓いました。われらの仲間は、この誓いをたてるため、聖餐《せいさん》のパン・ホスチアを分け合い、そしてヨアヒム神父が祝福の祈りを捧げました。

ヴィルトマン　シュペックバッハー[9]はどうしているのか？

マティス　私はブレンナー峠を超えるときに商人たちと一緒になりましたが、この者たちが、ツィラータールのあちこちを急いで回るシュペックバッハーの姿を見ておりました。そこでシュペックバッハーが何を語り、どんな交渉をしたのかは、誰も知りませんでした。シュペックバッハーはずっと地面を見てばかりいたそうです。ただ、他の連中が、「こうなったら、バイエルンのライオン[10]が、すぐに町や村で頭を持ち上げるだろう」と話したときに、それを聞いたシュペックバッハーは恐ろしい形相で、天に向かって目を光らせたそうです。それでも、何一つ語りはしなかったということです。

ヴィルトマン　アンドレーアス・ホーファーは？

マティス　ホーファーは髭をかきむしり、地面にひれ伏し、涙を流して神に祈りました。それからパッサイアーのザント亭[11]を出て、岩山の洞穴に身を隠しました。「自分はもう光を見るつもりはない」、それが、ホーファーの最後の言葉でした。

ヴィルトマン　上に立つ連中が逃げているのか。祖国救済の事業は崩壊してしまうではないか。だが嘆くよりも、この俺は確信を持とう。二月には昔の幸せな時代[12]が天から輝いた。その幸せは、きっともう一度やって来るに違いない。

マティス　何もかもが静まりかえったわけではありません。ブリクセンから帰って来る途中、プルッツでも、ラディッチュの橋の所でも、私は銃声を聞きました。私の決意を言っておきますが、この屋敷に最初に入ってくるフランス兵は、この私の鉄砲から弾丸を受けることになるでしょう。

ヴィルトマン　お前がそんなことをしなくてもよい。じきにお前に任務を伝える時がこよう。もしザント亭主が立ち上がり、シュペックバッハーが動き出すなら、二人はこのヴィルトマンも呼び寄せるだろう。その時こそ、お前が動く時、そしてこの俺が動く時だ。それまでは、いいか、お前の高ぶる心はしまっておくのだ。

第三場

シュペックバッハー。前場の人々。後からエルジ。

シュペックバッハー　（前場の最後の言葉の途中で登場）亭主よ、お前さんが今、言ったことは、まったくその通りじゃ！

ヴィルトマン　シュペックバッハーじゃないか！

マティス　何ですって？

ヴィルトマン　どこから来たんだい？

シュペックバッハー　リンじゃよ。

ヴィルトマン　ああ、今日、あんたが来るなんて、夢にも思っていなかった。

シュペックバッハー　わしの馬を頼む、若い衆よ。（マティス退場）しかしわしがここに来たからにゃあ、何をするのか、分かるじゃろう。おやじさん、大勢の客が来ることになるが、覚悟しといてくれ。

ヴィルトマン　あんた方は戦い続けるつもりなんだね？

シュペックバッハー　わしはもちろん、そのつもりじゃ。他の連中もそうであってほしいものじゃ。ツナイムの休戦なんか、わしらに何の関係があるというのか。皇帝陛下は、父親の役目をして、その右手で子どもたちを抱きかかえようとされたんじゃ。だが、レーゲンスブルクの戦い[13]でその手がしびれてしまい、陛下は苦しみながら、子どもたちを手放さざるを得なかったというわけじゃ。それでも、わしらは皇帝陛下を見捨てたりはしない。そのことで、誰がわしらに腹を立てたりするものか。わしらの山で炎が燃え始めたら、燃え尽きるまで燃えさせておくのがよいのじゃ！　さあ、何があったかよく聞いておくれ。わが軍が退却してしまい、チロルが自分以外に頼るものがなくなったと分かったので、わしはすぐさま、ヨアヒム神父[14]に、敵軍を打ち倒せと伝えた。どこでも、いつでも、どのようにであっても、敵軍に出会ったら、打ち倒すのだと。というのも、最善の策は、話し合いなどせずに、戦いの炎を保つことだと、わしは思ったんじゃ。それは臆病風がわしらの仲間に入り込み、話し合いの方が賢い考えだとみられたりしないようにじゃ。ここでは、戦いをするかどうかではなく、どのように戦うかということだけ、話し合えばよいのじゃ。わしはホーファーにはドネ神父を使者に送り、メラーン、パッサイアー、アルグントから総動員で出撃せよと伝えた。一方、わしはパスベルクからフォルダースへと連なる山々を見張っていた。イン川では、フランス兵は誰一人、わしの射撃兵に見つからずにヤカンを洗うことさえできない程じゃ。

ヴィルトマン　あんたの話を聞いて、俺の心は大きくなった。熱い血潮が血管の隅々に行き渡った。それであんたはこの俺にどんな役割を与えてくれるのかね？

シュペックバッハー　まあ様子を眺めていればよい。まず、ワインをつぐことじゃ。お前さんの店の看板にある白い馬を目印にするように、わしの所に来てくれる友や使者たちに伝えてある。ただパンを焼き、肉を料理し、馬に餌をやり、寝床の藁を整え、そして暖房の薪を用意すればよい。きっとお前さんの店でにぎやかなことが起こるじゃろう。

エルジ　（入って来る）いつまでお前さんたちはそこでおしゃべりしているのよ？　おやまあ、シュペックバッハーさんじゃないか。お前さんときたら、私たちに不幸を持ってくるばかりなのね。この疫病神！　屋敷中にフランス兵があふれているわよ！

ヴィルトマン　何だと？

シュペックバッハー　フランス兵？　どこから来たんじゃ？

エルジ　何ていう名前か知らないけれど、大きな町の名前を付けた元帥が、大勢の兵を連れてインスブルックからこの地へ入ってきたのよ。

シュペックバッハー　勝ったぞ！　ダンツィヒ公爵[15]が行進しているのじゃ。さあ友よ、祝杯をあげよう！　キスをしてくれ、美しいエルジよ。うれしい知らせが届いたのじゃ。お前にキスをしないわけにはいかないぞ。

エルジ　離しておくれ！　あんたたちはおかしいよ。わたしゃ、泣きたい気分だよ。（エルジ退場）

ヴィルトマン　でも、あんたの言いたいことが分かるような気がする。

シュペックバッハー　これまでダンツィヒ公爵がハルとインスブルックの平原にずっと留まっていたのは、わしにとっては苦痛の種じゃった。あそこではわしらの射撃兵はどうにもならない。何の決着もつかないまま小競り合いで疲れてしまうのじゃ。だが、立派で高貴な元帥は、わしに愛情を示してくれ、強力な軍隊の列を連ねてわしらの峠を通ってくれるのじゃ。まったくわしはこのおやじをぎゅっと抱きしめ、おやじから汗と血を流し出してやりたいぜ。氷のブレンナー峠から大きなイン川へと、谷を流れ下る小川という小川に、赤い血を喜びの使者として送り流したいものじゃ。こうしてこのシュペックバッハーが何をしたか、イン川に伝えてやろうじゃないか。

ヴィルトマン　元帥殿のご入来だ！　あんたは隠れろ！

シュペックバッハー　隠れろ、じゃと？　どうしてじゃ？　お前はまともな亭主か！　誰がお前の店に来ようと、同じではないか。元帥が部屋に入って来るからといって、農民に出て行けとは何事か。おやじよ、わしはここに座っているぞ。そしてお前さんが公爵にもわしにも、同じように早く食事を出してくれるかどうか、見届けようじゃないか。

ヴィルトマン　やれやれ、あんたの大胆さにゃ、びっくりするばかりだ！

シュペックバッハー　こっそり逃げ出そうとすれば、その方がもっと大胆かもしれぬ。わしを信じてくれ。連中は上品で先見の明がある。ところが、目の前にあるものなど、見ようとも思っておらんのじゃ。連中は、自分たちの敵なんぞ、ほんのわずかでも賢いとは思っておらん。自分たちの敵はとてつもなく愚かだと信じ込んでいるのじゃ。わしは新しい戦況についてまだ何も聞いておらん。だが、そのわしより、公爵は、戦況のことなど、もっと分かっておらんじゃろう。わしが連中によって殺されるなんて決まっているわけでもない。ヴィルトマンよ、向こうへ行って高貴なお客たちを迎えてきたまえ。

（ヴィルトマン退場。シュペックバッハーは後方のテーブルに着席する）

第四場

ダンツィヒ公爵とラ・コストが登場。シュペックバッハー。後からヴィルトマン。

ダンツィヒ公爵　直ちに二人の伝令を派遣したまえ、ラ・コスト中佐。そしてすぐに出発するように手配をしてくれ。一人はフィラハの王子副王殿下に。もう一人はシェーンブルンのナポレオン皇帝陛下に派遣するように。では書簡の内容を書き取ってくれたまえ。（公爵は口述し、ラ・コストは書類に書きこむ）副王殿下には、こう書きたまえ。「ロワイエ将軍の第一軍をツィラータール経由でラディッチュへと、本官は派遣せり。一方、ブルシャイト大佐配下のバイエルン軍をブレンナー峠からプルッツへ右展開で派遣せり。本官自身は、中央の道程を進軍し、中心部隊と共にブリクセンとボルツァーノへと向かう所存なり。シュテルツィングへは明日到着し、ボルツァーノには遅くとも三日後に到着する予定なり。その後、ザウ峡谷、プスター峡谷越しに殿下と連絡を取り、殿下のご命令を待ち受ける所存なり。」書き取ったかね？

コスト　ご命令どおり、閣下。

公爵　フランス皇帝陛下に。「本官は何らの抵抗も受けることなく、ザルツブルクから伯爵領チロルに進軍せり。当地はすこぶる平穏なり。農民蜂起の不埒な扇動者、すなわちシャトレー侯爵とヨーゼフ・ホルマイアー[16]が焚き付けし炎は、フランス黒鷲軍[17]の強力な羽ばたきの一撃によって既に鎮火せり。フランスの鷲が堂々と眼光を光らせ、山の上に旋回するは、いつものごとし。反乱は全て鎮圧され、暴動は消滅せり。」この報告の発信地は、ボルツァーノとしたまえ。筆が止まっているぞ。どうした、何か疑念があるのかね？

コスト　畏れながらお伺いいたしますが、この報告をボルツァーノの宿営地にわが軍が到着するまで延期してはいかがでしょうか。

公爵　その必要はない。この数週間というもの、皇帝陛下は部隊からの報告を受けておられない。チロルは皇帝陛下の偉大な勝利の道にうずくまるハリネズミのごときものだ。このチロルを征服すること、それが皇帝陛下にとって大切なのだ。私はボルツァーノに到着することは確実と考える。それゆえ、わが軍がそれまでに経験するであろうこと、それをもうすでに起こったこととして報告しても構わないのだ。

コスト　まだ障害が発生するという恐れはあります。予測不可能なことが起こって、この報告書が不名誉なことになったりすれば、ひどい事態になるやもしれません。

公爵　ラ・コスト中佐、ナポレオン皇帝陛下は、二〇年間フランスを分断してきた邪魔者たちの血まみれの手を打ち払い、シャルル大帝の古い王冠を新しい輝きでもって戴冠された。そのとき、君も知っている通り、皇帝陛下は自らの辞書から「困難、不可能、障害」という言葉を削除された。皇帝陛下は、部下がこういった言葉を使うことを好まれない。皇帝陛下がチロルを望まれる。そうすれば、陛下はチロルを手に入れられる。チロルを手に入れよと、私に命令が下される。そうすれば、私はそれを成し遂げる。ウルムとフリートラント[18]で皇帝陛下の側近であった君が、この結論の正しさを理解できぬはずはなかろう？

コスト　私が言おうと思っていたことは、単なる意見に過ぎません。これ以上のことを述べるのはさし控えます。閣下が命令され、主張されることです。私はボルツァーノからの手紙と書きます。（傍白）「でも、わが軍がそこに到達する以前には書かないでおこう。」

シュペックバッハー　（傍白）「わしの雇い人たちが、こんな話を聞いていなくてよかったわい。若い連中がこれを聞いたら、きっと、ひどい嘘つきを学ぶ学校になるじゃろう。そうなれば、わしの仕事はうまくいかぬに違いない。策略を使って世の中をばらばらにしようというやつは、まず自分の部下から欺かれたりするものじゃ。ひどい嘘に支えられて高く上ったような大人物はいない。そんなことは当たり前じゃ。」

公爵　（ラ・コストに）詳しいことはここには書かないでくれ。特に、昨日ユーデンシュタインの谷でわが軍司令部が背後から銃撃され、わが軍のミュラー少佐が射殺されたことについては、何も書かないでくれ。

シュペックバッハー　（傍白）「あっぱれな連中だ。よくやったじゃないか。」

公爵　ゴロツキどもを捕まえたら、銃殺にしてやるぞ！　些末なことを書けば、尾ひれがついて大事件に見えてしまうので、そんなことは語らないことだ。

コスト　しかし、今朝も右翼戦線で激しい銃声が聞こえました。グライルやムッタースの方から聞こえたように思います。

公爵　（部屋を歩きながら）そうだ。山ではまだ時々銃撃の音がする。――思うに、最近まで暴動があった国は、治ったばかりの熱病患者のようなものだろう。医者は治ったと言い渡すが、病人は生理的にふらふらしていて、以前の荒々しい幻想をすぐに忘れるわけではない。たとえ命は救われても、ひどい恐怖が荒れ狂い、脈打つごとに次々に現れるものだ。ところで、もう朝食は注文したんだろうね、ラ・コスト君？

コスト　（扉の向こうへ叫んで）おおい、亭主よ！

シュペックバッハー　（大声で）おおい、おやじさん！　ワインをいつまで待たせるんじゃ！

公爵　やや、今しゃべったのは誰だ？

コスト　ここで眠っていた農民です。そう思われますが。

公爵　まあ、そいつが起きていて聞いたとしても、何の秘密も知られてはいまい。第三者が聞いてはならないことがあったとしても、あいつは分かってはいまい。

コスト　（農民をよく観察して）閣下、思い違いでなければ、この顔には見覚えがあります。

シュペックバッハー　おや、旦那、当たり前じゃろう。お主はラ・コストじゃないか。お主はヴィルタウで捕虜になっていたじゃろう。そして五月にわしがアイゼンシュテッケン[19]と交換したではないか。

コスト　その通りだ。すると、お前は悪名高き――

シュペックバッハー　いや、旦那。わしの名前は「悪名高き」ではない。そんな名前はチロルにはおらん。わしはリンのヨーゼフ・シュペックバッハーじゃ。ツナイム休戦までは民衆軍の司令官じゃった。

公爵　（近づいて）なんと、ここで首領の一人に会えるとは！　ラ・コスト君。わが軍が軍隊という軍隊を全て打ち破った後でも、こういう民衆たちと戦わねばならぬとは、何という奇妙な運命だろう。ところで友よ、そんなにつっけんどんにしているのではなく、話し合いができるところを見せてくれ。君たちの謎の予言者は、どこに隠れているのかね？　あの、髭に力を持つというザント・ヴィルト将軍とか、何という名前だったか。

シュペックバッハー　お前さんのおっしゃるのは、パッサイアーのザント亭主ホーファーなる人のことか？　その方が哀れな顔をお隠しになる場所がどこかは、友人たちも知らないことを、知っておきなされ。

公爵　ラ・コスト君、今の声の調子を聞いたかね？　連中があの人物のことを語るとき、荘重な響きがするのだ。オーストリア皇帝は、戦時局に聡明な人物を持っているに違いない。それで山の老人を持ち出したのだ。民衆たちに偶像の彫刻を与えれば、連中はそれを敬うことは確実だというわけだ。それでウィーンのお偉方たちは、パッサイアーのあの農民をテルに仕立てたのだ。君たちは、ここではヴィルヘルム・テル[20]をよく読んでいるのだろう？

シュペックバッハー　旦那、わしらはカレンダーしか読みません。

公爵　まあ、君たちはそうしているのがいいのだ。農民が考えすぎると体に悪かろう。君たちはこの私にしっかりと信頼を寄せてくれたまえ。私は君たちを押さえつけようなどとは少しも思っていない。私はこの国が好きだ。この国の住民も好きだ。君たちが私たちとまじめな和平を結ぶなら、私は君たちの善良な友となるだろう。（亭主が朝食を運んでくる。公爵は席に着く）さあ、ラ・コスト君。

コスト　（立ったままで）閣下、伝令の件を済ませます。（傍白）「亭主がこの部屋にいる間に、彼女と改めて話をしておこう。彼女と再会してから、俺の心は燃え上がっている。彼女が目くばせしてきた。待たせるわけにはいかん。」（退場）

シュペックバッハー　おやじさん、そっちの配膳が終わったら、そろそろわしの所へ来てわしの分も頼むよ。（公爵に向かって）旦那、わしがここで食事をしても構わないじゃろうね？

公爵　席は空いている。私のための部屋でもあり、君のための部屋でもあるんだ。（亭主に）私の分はもう出してもらった。この人にも世話をしてやりなさい。

ヴィルトマン （シュペックバッハーの所へ行って）あんたは自分がどこにいて、何をしているのか分かっているのか。（小声で）あんたに二つだけ、こっそり伝えておこう。ラディッチュとプルッツの民衆軍は、敵を打ち破った。ファッレルン・フォン・ローデンエックとペーター・マイアーが長旅の埃をかぶり、外で待っている。出て行って二人の話を聞いてやれ。

シュペックバッハー そういう指示をするのはやめてもらおうか。わしは公爵の臨席のもと、ここで二人の話を聞き、二人に指令を与えよう。

ヴィルトマン （小声で）あんたは頭がおかしくなったのか？

シュペックバッハー 公爵閣下殿よ、よく聞いておくんなされ。（小声でヴィルトマンに）「いいか、この話の後で、わしは二人に指示を与えることにしよう。」わしはこの国で馬の商いをしておりますのじゃ。そしてわしは、使用人をあちこちへ送っております。最近、ラディッチュに大きな群れの馬とプルッツにもう一つ別の群れをわしは持っていました。今、わしの部下二人がこちらに到着しました。一人はラディッチュから、一人はプルッツからです。二人は山でどのような商売をしたのか、わしに報告をしに来ましたのじゃ。公爵閣下、わしがこの部屋で使用人たちの報告を聞くのを許してくれますかね？哀れな若者たちは、歩き続けて体もほてっており、外では太陽がかんかんに照り付けておりますのじゃ。

公爵 友よ、二人を来させたらよいだろう。ここで彼らと話をしなさい。

シュペックバッハー ありがたいお言葉じゃ。見たか、あほうな亭主のおっさんよ。（公爵に）旦那、この男は、わしがお前さんと一緒にずっといると、お前さんが気を悪くするなんて言ってたんですぜ。だがわしは、お前さんが先ほどおっしゃったように、お前さんはわしらの友だと言ってやりましたんじゃ。わしはいつもこう思ってますのじゃ。友だちの前では、秘密なんぞないって。そして友だちの前では、大事なことでも遠慮なく話をするのじゃ、とね。（亭主に向かって）まずファッレルンを、そしてその後でペーター・マイアーを来させてくれ。

（ヴィルトマン退場）

公爵 （立ち上がり）聞いてくれ。君の大胆さには感心した。君がこの土地の人であるのは残念なことだ。そうでなければ、君にぜひわが軍に来て一緒に働いてくれと言うところだ。わが国では、一人の男は何にだってなることができる。貧しい日雇い人の末息子でも、絹の服を着た貴族の子どもと同様に、元帥になる希望があるのだ。君がそこにしっかりと立っているのを見ると、三〇年前、私が父親の粉ひき小屋に立っていたのを見るような気がする。実は、私はアルザスの粉ひき屋の息子[21]なのだ。私は自分の出身を恥ずかしいとは思わない。むしろ喜んでいるのだ。というのも、先祖代々の中で最後の序列になるより、最高の序列になる方がずっとましだと思うからだ。君なら、戦争によって何がしかの人物になることができると、私は見込んでいる。

シュペックバッハー （傍白）「神のお恵みがあれば、そうなるかもしれない。」ところで旦那、そしたら、わしの馬はどうなるんじゃね？

第五場

ファッレルン・フォン・ローデンエック。前場の人々。後からペーター・マイアー。

ファッレルン （登場）ただいま戻りました、ヨーゼフの旦那。

シュペックバッハー やあ、ファッレルンよ！ さあ、様子を話してくれ。

ファッレルン しっかりと進んでいます。

シュペックバッハー プルッツではどんな仕事をしたのじゃね？

ファッレルン 一つずつ聞いてください。そしたらお答えしましょう。

シュペックバッハー 分かった。お前はまだ若いから、あれこれしゃべることができないのじゃな。（傍白）「まじめで思慮深い山の若者たちよ。」お前たちの商売がうまくいくように、わしはお前たちに手紙を書いた。その手紙はちゃんと届いたかね？

ファッレルン はい。旦那様が手紙を託した赤ひげのヨアヒム神父が届けてくれました。
シュペックバッハー　わしの知らせをどこで受け取ったのか、まず言っておくれ。
ファッレルン　私たちが馬の群れを連れて、ちょうどポントラッツに向かっているところでした。
シュペックバッハー　取引をする相手の買い手と、お前たちはどこで出会ったのか？
ファッレルン　買い手たちは、プルッツとドゥレンフェルトからやって来ました。
公爵　それはバイエルン軍がいる地域だ。
シュペックバッハー　買う気のある連中は大勢いたのか？
ファッレルン　平原いっぱいいました。
シュペックバッハー　すると、馬の群れの数は十分ではなかったのか？
ファッレルン　そうです、旦那様。買い手二〇人につき、馬一頭でした。
シュペックバッハー　その不足する分を、お前たちはどうしたのか？
ファッレルン　私たちは近くの村から調達しました。
シュペックバッハー　土地の人たちは、お前たちの役に立ったのか？
ファッレルン　チロル人はお互いに助け合いをしますよ。
シュペックバッハー　新しい、活発な取引が始まったのか？
ファッレルン　粘り強い値引き交渉が二日間続きました。買い手たちは、最初支払いをしようとしませんでした。しかし、連中はついに私たちの考えを受け入れました。私たちは思っていたとおり、売り払うことができました。お客たちには誠実に尽くしました。そして、全ての顧客に長期間にわたっても十分なほど売り渡しができました。
シュペックバッハー　よくやってくれた。ここに座りなさい。
公爵　（ファッレルンに）聞いてくれ。ブルシャイト大佐を見なかったか？
ファッレルン　旦那、私が今、話したのは、その人とその部下の人たちと取引したことです。
公爵　ブルシャイトはチロル内に深く入ったのか？

ファッレルン　公爵様、それを申し上げることはできません。（彼はシュペックバッハーの食卓に着く）

コスト　（再び登場。公爵に向かって）馬の餌やりが終わりました、閣下。

公爵　早くできたな。我々はグズグズしているわけにはいかない。部隊はすでにシュテルツィングに向けて進軍している。ラ・コスト君、すぐ馬に乗りたまえ。

コスト　公爵閣下、（シュペックバッハーを指して）この男を人質として同行させてはいかがでしょうか。

公爵　どうしてそんなことをするのか？

コスト　あいつが他の大勢の連中と、よからぬことを企てているという確かな情報があるのです。

公爵　友よ、思想は自由だ。思想のとらわれない領域を取り締まろうと思う者は、偉大なるナポレオン皇帝陛下に仕える最低の男だ。国も人も、ところ違えば様々だ。

コスト　しかし、体は思想に雇われているのではないでしょうか。閣下、私は打ち明けて言いますが、私に好意を持っているこの家の女から、そのような恐れを聞きました。その女の情報によると、攻撃の形は分かりませんが、何か企んでいるのは間違いないとのことです。

公爵　女が作り出す恐れなど、私の好むところではない。ところでラ・コスト君、そうだ、言ってくれ…（公爵は小声でラ・コストと話す）

シュペックバッハー　（席に着いたまま、ファッレルンに向かって）連中はわしらを捕虜として連行するかどうか秘密の相談をしておる。

ファッレルン　我々を連行しないこともあるのでしょうか？　その場合、我々は何をしたらよいのでしょう？

シュペックバッハー　わしらはワインを飲み続けよう。

公爵　（ラ・コストとの話から振り向いて）それに反論する確かな根拠がある。多くの騒々しい連中が、夏の遠征の短い間に、農民たちの君主となってちやほやされ、もはや新たに農作業に向かうのを嫌がるようになってしまった。そんな連中があまりにも多く、我々が連中を全て逮捕したりすれば、その大勢の連中を見張りする番人が足りなくなってしまう。そうしたやり方には、我々の武力は強すぎるのだ。そんなことをすれば、怒りをまき散らすだけであろう。私の前にいるこの男も、あけっぴろげな男で、私には何の罪もないように見える。陰謀はベールに包まれたままでかすかに進行するものだ。だから、この話はやめておこう。（チロル人に向かって）皆さん、楽にしてくれたまえ。（シュペックバッハーに）君がこの先、馬を連れてボルツァーノに来るんだったら、私の所へ名乗り出るがよい。きっと私の馬小屋は補充が必要となっているだろう。代金は、他の人に劣らない程、払うと約束しよう。（公爵とラ・コストは退場）

シュペックバッハー　お前さんは他の誰よりもたくさん払うことになりますよ。

第六場

ペーター・マイアー登場。前場の人々。

シュペックバッハー　マイアー父つぁん、どうしてカタツムリのようにそんなにグズグズしていたんじゃ？　わしの友であるダンツィヒ公爵にもお前の持ってきた知らせをぜひ聞かせようと思ってたのに、惜しいことをした。お前はどこから知らせを持って来たのかね？

マイアー　ラディッチュの狭く恐ろしい峠からです。荒々しいアイザック川が、太陽の光にも温められず深い谷の岩を飛び越えている所です。そこでは岩は血にまみれ、大地が血を吸い、死体が山と積まれました。

シュペックバッハー　お前さんの顔は、青白い。まるでその墓場のようじゃ。どういう様子だったのか、早く言ってくれ。

マイアー　我々はラディッチュに陣を張っていました。そこへ、岩の谷を通ってロワイエ軍が行進してきました。わが軍は少数で、わが軍だけではどうしようもありませんでした。そのため、我々は山に助けを求めました。そして山は誠実にわが軍の援軍を務めました。川の上に小さな橋がかかっていて、その上空にそそり立つ岩があり、その岩の中央に、わが軍は登りました。わが軍は大きなカラマツを切り取り、岩の塊を集め、地面に細い杭を打ち込み、その杭の上にカラマツを載せ、カラマツの上に岩の塊を載せました。それからわが軍は鉄砲に弾を込め、カモシカのように静かに岩の陰で待ち伏せしました。しばらくして、谷底をフランス軍が行進してきました。フランス軍は橋の上を急ぎ足で進み、上からはまるでネズミのように小さく見えました。ちょうど頃合いを見て、私は射撃兵に笛で合図をし、若者たちは支柱を外しました。すると山は轟音を立て、動き始めたのです。まるで転がり落ちる最後の審判のように、山は谷底へと落ちて行きました。まもなく谷底からは恐ろしい呻《うめ》き声が聞こえました。叫び声、吠え声は、我々の所まで轟きました。その後で靄《もや》が立ち込め、もうもうと谷を覆い尽くし、我々の足元まで達しました。わが軍は、その靄の中を下に向けて発砲しました。まだ生きていた連中も、わが軍の銃弾によってこと切れました。靄が消え去ってから、我々は尾根から下り、敵兵たちの所へ行きました。そこでは、岩と岩が積み重なっていました。目がつぶれ、骨が煙をはいていました。橋は粉々になってお
り、アイザック川はばらばらになった死者の体で覆われ、まるで荒れ狂う化け物のように飛び跳ねて、戦場の上を流れていきました。

ファッレルルン　なんとむごたらしいことか!

シュペックバッハー　正しい裁きじゃ。さて友よ、立ち上がれ。聖なる戦さは、アルプスの最高の山から谷底に至るまで戦火を広げている。さて命が二つあっても足らないぐらいだぞ。ハスピンガー神父がすぐに来てくれさえすればなあ! 神父はいったいどこにいるのか?

マイアー　神父さんは隣の部屋に隠れています。神父さんは知られすぎているので、敵の前に姿を見せなかったのです。

シュペックバッハー　(扉の所へ行き)さあ神父さん、こっちへ来ておくれ。

第七場

前場の人々。ハスピンガー神父。後でネーポムク・フォン・コルプとドネ。

ハスピンガー　(脇の扉から登場)イエス・キリストに讃えあれ!

他の人々　永遠に讃えあれ、アーメン!

ハスピンガー　皆さんに、神聖な国の守護聖人の祝福あれ！

シュペックバッハー　おや、神父さん、どうしてそんなに顔色が悪く、痩せこけているんじゃね？

ハスピンガー　何の不思議もござらん。人々を勇気づけるため、六日の間、私は矢のようにあちこち山と谷を飛びまわっていたんだ。その間、この目は一時たりとも休まなかった。それに考えてみてくれたまえ、ラディッチュとプルッツでどれだけ疲労したことか。私の白い旅の杖は、まだ折れてはおらんが、私の足はもう耐えられないほどだ。

シュペックバッハー　神父さんよ、元気をなくさないでくれ。この戦いには、お前さんが必要なのじゃ。

ハスピンガー　私のことは心配しないでくれ。顔は青白いが、心は真っ赤に燃えている。神が私を支えている。

シュペックバッハー　お前さんは、わしと一緒に最後までやり通す覚悟かね？

ハスピンガー　私にやる気がないように見えたなら、この私を撃ち殺してくれ。われらの神聖な教会の敵どもを根こそぎ退治するまで、私は髪に鋏《はさみ》を入れず、足の埃を掃おうとは思っておらん。

シュペックバッハー　よろしい。お前さんのしゃべり方はわしとまったく同じじゃ。わしはなぜだか分からぬが、敵どもを憎む。敵を憎んで、やつらの体の赤い血の流れでこの憎しみを消し去るまで、和平や友好のことなど、誰もわしに語ってはならぬぞ。（マイアーとファッレルンに向かって）さてお前たちよ、仲間の所に戻るがよい。仲間たちが集まって、こちらへやって来るときにゃ、街道の右手と左手に分かれてこのイーゼルに来るように伝えてくれ。どうして街道を避けるかというと、ダンツィヒ公爵がわが軍の企てを事前に察知しないということが大事だからじゃ。（マイアーとファッレルン退場）さて、仕掛けの輪はどんどん狭まっておる。ザント亭主がこの中心にやって来れば、結び目は完成し、この輪は閉じられるじゃろう。

ハスピンガー　信心深いホーファーのことを何か聞いているか？

シュペックバッハー　わしはドネ神父を今か今かと待って

おるんじゃ。

ハスピンガー　何だって？　あんなひどい男を、あなたはホーファーへの使いに送ったのか？

シュペックバッハー　ザント亭主はドネを好んでいるし、ドネには能力があるのじゃ。この騒々しい時代に、残念ながら最上の道具を選ぶことはできやしない。手っ取り早いものを最善のものとするのもやむをえまい。（ネーポムク・フォン・コルプ登場）おやおや、とんでもないネーポムク・フォン・コルプではないか。おお神よ、わしらの戦いには災いの男じゃ。わしらはあいつと縁を切ったはずじゃ。あのでっち上げ野郎は何をしたいのじゃ？

コルプ　ホサナ、[22] 天と空に万歳！　キリエ、ベネディシテ、[23] 憐れみと讃美がありますように！

ハスピンガー　やや、こいつは白目をむいて、恐ろしい形相だ。

コルプ　吾輩は神の啓示を受けり。その啓示をば聞くがよい。偉大なる戦争司令官たちよ、吾輩の啓示に耳を貸さねば、そなたらは戦いに敗れよう。

シュペックバッハー　おお天よ、何というふざけたおしゃべりか！　まじめな時代が雲の上高く歩んでおられる。その歩みがお前のくだらない話で止まってしまったことを、天は怒っておられる。さあ、とっとと止めたまえ。誰がお前に啓示など与えるものか。

コルプ　昨晩、天使が吾輩の左の耳に呟かれた。天使はのたまった。ザント亭主を信ずるべからず。ザント亭主は来るよしもなし。ホーファーを信ずるべからず。ネーポムクよ、君こそがわが選ばれし代弁者なり、と。

ハスピンガー　若造よ、私はその天使の出所を知っているぞ。その天使が本物かどうか、すぐに分かるだろう。というのも、ドネが、今、やって来たのだ。

ドネ　（登場）お偉方の皆さん、お揃いで。皆さんの姿を見ると、私の目に涙が浮かんできます。何しろ皆さんがお揃いなので。剛毅なシュペックバッハーさん、そして勇敢な修道士のハスピンガーさん。チロル万歳！　チロルは雲の上まで頭を掲げます。勇気と敬虔、この二つの心が二人の仁王となってチロルの門に力強く立ち並びます。あのサラミスとマラトン[24]の、いにしえの日々が再びやって来たのです。これからは、ギリシア、ローマと並んで、チロルの名が掲げられるに違いありません。

シュペックバッハー　おや、神父さん、そんな演説は食後の談話の時にしてくださらんか。ザント亭主への使いの件はどうなったのか、まず知らせてほしいもんじゃ。

ドネ　パッサイアーの愛国の人、あの神に覚えめでたき人が手紙を受け取ったさまは、まるで火口に火が燃え移ったごとしでありました。その火はあかあかと燃え上がり、近くにあるものを次々に燃え上がらせ、烈火のごとく燃え広がっています。

シュペックバッハー　その燃え上がった火である、神の覚えめでたきその人の体はどこにおわすか、教えてもらいたいんじゃが？

ハスピンガー　（小声でシュペックバッハーに）「怒ってはいけませんぞ。これは悪魔のしゃべり方だ。悪魔がやって来るときには、言葉を飾って、自分の姿を言葉の中に隠すのだ。」

ドネ　飾らず手短に報告いたしましょう。ホーファーはあなたの呼びかけに応えて、パッサイアー峡谷とメラーン地区から、そしてアルグントを見下ろす山々から兵を集め、モーゼのごとく山々を越え、近づいています。そして民衆軍と共に、ここから矢の届く距離、シェーンベルクに陣取っています。

シュペックバッハー　勇敢なホーファーを歓迎する言葉を、彼の方向に向かって叫ぼうじゃないか。

コルプ　あいや、ちょっと待ってくだされ、皆の衆！　あの男の言うのは冗談なりと、吾輩の左耳で天使がのたまっておられる。

ハスピンガー　やい、ばかなことを言うのはいい加減にしろ！

コルプ　待て、待て。エーテルの霊、イトゥリエル天使[25]が吾輩の右耳で呟かれた。代表者を選ぶべしと。この戦争で、諸君には代表者が必要なり。大きな夢と立派な精神を備え持つ人を、聡明で神の祝福を受けた代表者を選ぶべし。一番重要なるは代表者なり、と。

ハスピンガー　シュペックバッハー、向こうへ行こう。

シュペックバッハー　いや、神父さん、待ってくれ。このおしゃべり男が言っていることは本当じゃ。大事なことは代表者じゃ。わしらには代表者が必要じゃ。さもなくば、全ては失敗に終わるじゃろう。何ということじゃ、今になってこんな大事なことに気づくとは。

ドネ　（傍白）「さて、この私が賢く振る舞って、ホーファーのために一肌脱いでやろうじゃないか。」――皆さんを前にして、ささやかな意見を述べてもよろしいですかな。皆さん、皆さんが探している人は、そこにいるではありませんか。あの人ほど人々に愛され、まったく非の打ちどころのない心がけ、敬虔な勇敢さ、高い志を持つ人は他にいません。それは…

コルプ　ネーポムク・フォン・コルプなり。

ドネ　ザント亭主ホーファーですよ。

コルプ　さにあらず、ネーポムクには三倍も高き志あり。

ドネ　ホーファーを代表者に選びなされ。あの正直で善良な人を。（小声でシュペックバッハーに）「そうなれば、あなたの方がもっと賢いのだから、彼に代わってあなたが支配できましょう。ホーファーはあなたの思い通りだ。軍隊の甘い所はあなたが味わい、苦い所や辛い所はあなたには無縁となりましょう。」

コルプ　ネーポムクの方がずっと善良で正直であるぞよ！

ドネ　聖人たちに愛されるホーファーを代表者に選びなされ。（ハスピンガーに小声で）「そうすればホーファーは、われらの教会の敬虔な僕《しもべ》たちが心の中で求めるもの、それを全て実現してくれるでありましょう。」

コルプ　そんなことをしてどうなるのか。吾輩は天使たちと話し合っているのだ。

ハスピンガー　ドネ神父よ、はっきり言っておくが、私はそもそもあなたの大仰なしゃべり方には反対の立場だ。あなたもお分かりの通り、私はあなたが好きではない。あなたに何もよいことなど期待してはいない。だが、今、あなたの言ったことは正しいと思う。もし私が騙されていたら、神が私を正すであろう。

シュペックバッハー　今、わしらにとって重大な時がやって来た。この時に正しい行動を取ることができなければ、恐ろしい結果となるじゃろう。こういう時にこそ決断が必要じゃ。決断を下そうではないか。

ハスピンガー　もう少し待ってはどうか。

シュペックバッハー　それはできない。これまでわしらが何をしてきたか、敵軍には明日にでも分かってしまうに違いない。そして敵はためらわずに攻めて来るじゃろう。代表者がいなければ、わが軍は破れてしまうじゃろう。わしは神の名にかけて、神の前に誓う。わしは間違った私欲を持たず、わしの胸に感じるまま、うそ偽りのない言葉で語ることを、誓う。

ハスピンガー　私も同じことを誓う。そしてアーメンと付け加えよう。

シュペックバッハー　お集まりの皆さん、聞いてくれ。わしはアンドレーアス・ホーファーを父親のように尊敬しておる。たとえ真っ暗な闇の中で何もできない時でさえ、ホーファーがいたのでわしは強くなることができた。わしがホーファーに感じてきたこと、それは多くの人も同じじゃ。この戦争では、理性が全てを動かすわけではない。その戦争で、軍隊を率いるのはホーファーが最もふさわしいと思う。皆さん、わしらには神の援助が必要なのじゃ。わしらのわずかばかりの知恵だけでは、全能の神の玉座まで飛んで行くことはできない。わしが今語っているその人こそ、全能の神に近い。わしはあらゆることをよく考え、アンドレーアス・ホーファーに賛成の立場を取る。

ハスピンガー　私も同じだ。ホーファーに賛成だ。

ドネ　主なる神に讃えあれ。神が君たちの心を動かしたのだ。

シュペックバッハー　大昔にこのチロルに君臨していたゲルツ家[26]の当主の古い剣が、イーゼルの亭主の所にある。それを持ってきてホーファーに帯剣させよう。最高司令官にはこの名誉の剣をつけてもらいたい。

コルプ　イトゥリエルがのたまった。こうなってしまった以上、この変化に身を任せるべし、それも偉大な行為なり、と。吾輩は一足先に行って、ホーファーに挨拶して参ろう。（退場）

ドネ　私は剣を取りに行って、持って来よう。（退場）

ハスピンガー　不吉な予感がする。愚か者は先走るものだ。

シュペックバッハー　愚か者たちにいつも付きまとわれるよりは、まだましじゃろう。

ハスピンガー　虚偽と悪意の結果は、やがて武力での決着となろう。

シュペックバッハー　おい、お前さんはフクロウのように暗い歌ばかり口にしてるが、恥ずかしいと思わないか。愚か者がわしらの前に行き、悪意がわしらの後ろに来ても、わしらはわしらの道をまっすぐ進んで行こうではないか。（退場）

第八場

ベルクイーゼル近くの高地。遠くにインスブルックの塔が見える。アンドレーアス・ホーファーと民衆。

ホーファー　祖国を守る兄弟たちよ、わしらは再びイーゼル山に立っている。この山は、二度にわたってわしらの故郷の栄光を見てきた。最初は春のことじゃった。バイエルン軍がここであの有能なタイマー少佐に降伏した[27]のじゃった。次は夏のことじゃ。わしらがデロイを打ち破った[28]のじゃ。こちらにはマルティンの岩壁[29]が輝き、あちらにはインスブルックが佇んでいる。ここではマクシミリアン皇帝陛下[30]の精神がわしらを包む。

民衆　父なるホーファー様よ、お前様はわれらを励まし、当然のことながらわれらはお前様に従ってきました。ところで、この行軍の目的と本当の意図は何なのか、われらに教えてくだされ。

ホーファー　皇帝陛下のためにチロルの国を守ることじゃ。

民衆　しかし、皇帝陛下はこの国を見捨てられたのではありませんか。

ホーファー　いや皆の衆、まだじゃ。和平はまだ成立していない。敵軍が望むような和平は、決してやって来ないじゃろう。いいか、諸君。万が一、わしの右手が屈辱の署名をするようなことになれば、わしはこの右手を切り落としてしまうじゃろう。皇帝陛下もわしらと同じお気持ちであると考えなくてはならない。時の運に恵まれず、短期間だけツナイムの休戦協定のやむなきに至ったのじゃ。されど、オーストリアの鷲[31]は再び動き始めるに違いない。そのとき、チロルが敵の手の中にあるとすればどうじゃろう。まったく悲惨な事態と言わねばなるまい。それゆえ、わしらが「オーストリアの盾」[32]という名前にふさわしいことをするため、わしはお前さんたちを呼び寄せたのじゃ。オーストリアの住民の中で、わしらは最も貧しいものである。だが、わしらこそ皇帝陛下の最も忠実な住民でなければならない。皇帝陛下が真にわれら自身の父となられるよう戦い、遠きいにしえより神聖なオーストリア王家が、わしらの心にはぐくんできた信頼に応えなければならない。その後で、皇帝陛下が講和を締結され、ウィーンの宮殿で盛装してお座りになり、そしてその玉座の周りにエンス川[33]の上流や下流の全ての国民が集合した暁には、真っ先に皇帝陛下は、わしらチロルの灰色と緑の服を着た射撃兵にお目を向けられるに違いない。

民衆　でも、事態が別の状況となったとしたら？　父なるホーファー様よ、もしわれらが再び外国の支配を受けるようになったら、どうなるのでしょうか？

ホーファー　（傍白）「そんなことは起こらないように、神にも聖人たちにもお願いしたいものじゃ。」――もし、そのような究極の不幸が起こったなら、わしらは男としてそれに耐えなければならない。

民衆　でも外国の連中は、われらの忠誠心をこらしめようと、人殺しや放火やあらゆる略奪をするのではないでしょうか。

ホーファー　そんなことになるとは思っていない。連中もわしらが行なったことを無視することはないじゃろう。わしらがしてきたことは、連中にとってもためになることだと思ってほしいものじゃ。

民衆　それでは父なるホーファー様よ、和平まではこの状態で留まっているのですか。

ホーファー　それまではそれが正しいことだと思う。

民衆　われらが国外に行かねばならない、ということはないでしょうね？

ホーファー　わしは諸君と共に山に留まる。ここでわしらは喜びの声をあげ、涙を流し、歌を歌い、死を迎えるのじゃ。このことをお前さんたちにはっきり言っておく。わしは誓って、それを約束する。

民衆　それでこそ、われらは体も心も精神もお前様に捧げます。ザント亭主万歳！　アンドレーアス・ホーファー万歳！

ホーファー　ありがとう、兄弟たちよ。よく見ておれ、わしが今することを。わしは鉄砲の弾丸を向こうへ撃ち放つ。（鉄砲を発射して）こうしてわしの考えを敵の陣地へ届けたのじゃ。フランス軍の砦へと。さあ、これで誰もが分かったじゃろう、わしらの体や考えが何をせねばならぬのか！

第九場

ネーポムク・フォン・コルプ、前場の人々。

コルプ　（登場）天使ラファエルと天使ガブリエル[34]は、それがしに命令を下された、御身の前にひざまずけ、と。民衆の頭領よ。汝がネーポムクにお恵みのお目をおかけくだされ。

ホーファー　お前もいたのか、コルプよ。おかしな男じゃ。立ちたまえ。お前が銃を持ち、まじめに戦闘に加わるなら歓迎しよう。さもなくば、ここを立ち去るがよい。昔ながらの大仰な言い草にゃ、もううんざりじゃ。立ちたまえ。さあ、早く。

コルプ　御身が微笑み、日の光のごとき恩寵《おんちょう》の目で、それがしを金色に包み込むまでは立ちません。

ホーファー　融通の利かぬ男じゃ。シュペックバッハーのことを何か聞いているか？　ヨアヒム神父のことは？　みんな、もうここに揃っているのか？

コルプ　それがしはたった今しがた、皆と輪舞をして踊って参ったところでござる。皆の衆は御身を探しておられた。御身は侯爵、いや伯爵、チロルの殿なり。皆の衆は御身を王冠で飾るつもりなり。

ホーファー　そんな言い方にゃ、わしは我慢ができぬわい。この男をどこかへ放り出せ！（民衆たちはコルプを引きずり出す）

第十場

シュペックバッハーとハスピンガーが登場。前場の人々。後に使者とドネ。

ホーファー （彼らを迎えて）やあ、ヨーゼフ、それにヨアヒム神父よ。お前さんたちに会えて、なんと心強く気持ちのよいことか。このような時にこのような友に会えるとは、なんとうれしいことじゃ。とうとうわしらは一緒になることができた。わしらは一緒にいるのじゃ。握手をしよう。

シュペックバッハー アンドレーアス・ホーファーよ、ありがとう。こちらからも、ようこそと言って握手をしよう。時間も迫っているので簡潔に話をしたい。わしはお前さんの頭を最高の栄誉で飾りたいのじゃ。お前さんには、この戦争で最高司令官としてチロルの国と兵士を勝利へと導いてもらいたい。もし神が勝利を許さず、敗北をもたらしたとしても、少なくとも栄誉に満ちた戦いを率いてもらいたい。わしと、尊敬すべきハスピンガー神父、チロルの山岳軍の統率者たちは、共通の利益のためそのように決定し、それをお前さんに伝える。お前さんの回答はどうか？

ホーファー 何だって？ おとぎ話での夢が、本当になるなんてことがあろうか。兄弟たちよ、お願いだ。そのような重要な企ての協議を行うときは、急いではならない。わしはパッサイアーのただの農民じゃ。この大勢の賢明で大胆で理性的な人々よりも、わしのどこが優れているというのじゃ。お前さんたちの言葉とこのような栄誉は取り消していただきたい。

シュペックバッハー その言葉と栄誉は、どちらも取り消すことはできない。わしらの知恵と大胆さが力を生むとすれば、その力はお前さんのものじゃ。わしらのできる助言を用いて、お前さんが偉大で英雄的な指揮を執ってくれ。わしらにはお前さんの熱い心が必要なのじゃ。

ハスピンガー よく分からないなら、奇跡だと思ってくれ。一国の王は、奇跡によって王になるものだ。

ホーファー よろしい。わしはこれを奇跡だと考えよう。お前さんたちがどうしてそうするのか、詮索したり解釈したりするのはやめにする。もしここに集まった郷土の仲間たちが反対しないならば、わしは受け入れることにしよう。

民衆 総司令官閣下、アンドレーアス・ホーファー万歳！

ホーファー それでは、受け入れよう。主なる神が祝福されたまわんことを。シュペックバッハーよ、次の戦闘のための計画を、お前さんは考えているか？

シュペックバッハー　司令官殿、もちろんじゃ。お望みなら、建物の中で詳しく説明いたそう。

使者　（やって来て、シュペックバッハーに）　司令官殿！

シュペックバッハー　（ホーファーを指して）　こちらのもっと偉大な司令官に話してくれ。チロルの最高司令官じゃ。

民衆　チトフェス[35]に陣取っているわが軍の前線部隊とダンツィヒ公爵が全面戦闘に突入しました。

ハスピンガー　わが軍の姿を見せるのが少し早すぎたな。

シュペックバッハー　想定よりも早く戦闘の時期がやって来たようじゃ。

ホーファー　戦友たちよ、神の名においてベルクイーゼルの第三次救国戦争を命令する！（シュペックバッハーに）お前さんの部隊の員数は？

シュペックバッハー　六千名じゃ。

ホーファー　（ハスピンガーに）　お前さんの所は？

ハスピンガー　約七千だ。

ホーファー　わしの所には五千名の射撃兵がいる。したがって、わしらの兵力は一万八千じゃ。ダンツィヒ公爵は二万五千を少し超える兵力がある。当たり前のことじゃが、わしらには山と神がある。これを戦闘員に数えるならば、それでちょうど均衡が取れているわい。それでは店の中へ入ろう。（彼らは出て行こうとする。ドネが剣を持って彼らの所へやって来る）

ドネ　ティモレオン将軍[36]よ、あなたに神父の手から渡すものがある。

シュペックバッハー　ドネ神父よ、お前さんは黙っていてくれ。ザント亭主ホーファーは飾った言葉を好まない。わが司令官殿、この立派な剣を手にしたまえ。この剣は、古い郷土の主君、ゲルツ伯爵家に由来するといわれているものじゃ。わしはこれをお前さんに司令官の印として手渡す。これを携え、敵に恐怖を、そして味方に幸福をもたらしたまえ！

ホーファー　（剣を受け取り）受け取ろう。この剣の柄をつかんで、わしの手はおののく。なぜなら、生死を決する最高司令官の力を、これは持っているからじゃ。哀れで罪深い一人の人間の手がこのような権力を持つとは、なんと不遜なことじゃろうか。この立場は栄光にも、また悲しみにも満ちたものになろう。今、わしはこの剣の神聖な十字の鍔《つば》を持ち上げる。父なる神よ、アンドレーアス・ホーファーの行く末を導きたまえ！　剣よ、昔からの統率者と昔からの権利のための立派な戦いをしようではないか！（ホーファー退場、他の人々も続く）

第二幕

フランス軍の陣営。朝焼けの頃。

第一場

フレリ大佐、ラ・コストが出会う。

コスト　なんと！　目の前にいるのはフレリ大佐ではありませんか！

フレリ　その通りだ、ラ・コスト中佐よ。友よ、ごきげんよう。

コスト　どこからやって来られたのですか？

フレリ　フィラハの副王殿下[37]の所からだ。

コスト　何をしに、こちらに来られたのですか？　秘密ではありませんが、ここの状況はよくありません。ここでの賭けトランプゲームに加わって、貧乏くじを引こうとでも思っておられるのですか。

フレリ　いや、いったい君たちの部隊は何をしているのだ。ザルツブルクを通ったとき、君たちの部隊はボルツァーノまで行かないと追いつかないと聞かされた。少なくとも、とっくにブリクセンを越えているに違いないとのことだった。ところが私が目にしたのは、このインスブルックの前の平原に、まるで死者のように静かに陣取っている君たちだ。見ると、ぼろぼろの鷲の旗、制服の色も番号もばらばらな兵士たちだ。兵士たちは、汚れた武器をしぶしぶ磨いている。いつもなら、わが陣営では勇ましい歌が何度も鳴り響くものだが、それも忘れ去られて、何も聞こえてこない。私がすれ違ったのは、負傷兵たちを載せた痛ましい荷車が列をなして続く姿だ。それに私が尋ねても、農民軍は手強いという答えが返ってくるばかりであった。おそらく大敗戦が起こったのではないのか？

コスト　評価の基準は様々ですが、私は大敗戦と考えます。我々は、農民軍に打ち負かされたのです、大佐。私は上司たちを誹謗《ひぼう》しようとは思いません。そんなことは私の好むところではありません。それは無秩序だということになりましょう。でも、あなたを信頼して言っておきましょう。私は元帥に助言をしました。もし元帥が私の助言を受け入れておられたなら、我々はここに留まってはいなかったでしょう。民衆たちは山の上で天候の変わるのをよく知っており、風と雲の悪戯を熟知しています。そのことを元帥はあまり分かっておられません。我々に多大な損害をもたらしたシュペックバッハーが、すぐ近くにやって来て、そいつを捕らえることができたのに、元帥はそうされなかった。元帥は、この恐ろしく、荒々しい狭い道を、この身の毛のよだつアルプスの峠を、まるでマクデブルクからポツダムへ続く平野を進軍された時のように、悠然として歩を進めてこられた。その後すぐに、我々はどれほど後悔してもしきれないことを思い知らされたのです。わが軍の派遣部隊がプルッツとラディッチュでほとんど全滅したという、敗戦の知らせが届いたのです。同時に、街道の左と右の全ての山々から、まるで射的遊びのような射撃が始まりました。雲に覆われた頂までアルプスの山々は、ミツバチのようにぎっしりと集まったチロル軍で覆われており、わが軍が上を見渡せば、敵の鉄砲以外に何も見えませんでした。わが軍は、チトフェスとチェーフェスへ突撃を試みましたが、無駄でありました。この恐ろしい網から逃れる出口はありませんでした。弾丸があられのように我々の隊列に降り注ぎました。わが軍の兵たちは、まるで無防備な獲物のように撃ち殺されました。こうしてわが軍は退却をよぎなくされました。わが軍は多くの兵を失い、ここに留まっているのです。

フレリ　ラ・コスト中佐よ、君が話してくれたのは、実に悲しい物語だ。だが、私が殿下から伝えられた指示は、この状況に適合した内容だ。というのも殿下からは、賢明に融和政策を採り、注意深く待機せよ、という指示がなされたからなのだ。

コスト　そうした賢明な方策をもってしても、何ともならないでしょう。ダンツィヒ公爵閣下は、一に、大胆な勇猛さ、二に、不退転の行動を持っているからこそ、指揮権を任されておられるのです。この二つが、閣下の信頼する天使なのです。それ以外の声には、閣下は聞く耳を持ちません。おや、元帥閣下がやって来られる。しゃべるのはやめましょう。

第二場

ダンツィヒ公爵と前場の人々。

ダンツィヒ公爵　（登場）ウジェヌ王子殿下が遣わした大佐はどこにいるのか？

フレリ　ここにおります、閣下。

公爵　おはよう、大佐。貴公のことを考えて、はるばるボルツァーノまで遠い道のりを行かずに済むよう、配慮しておったのだ。それゆえ、こうして国境の所で、私は貴公を迎えるわけだ。またそうした方が、最近私が運命の女神と賭けをした出来事について、貴公は、いち早く聞き知ることができよう。女神がひどい手を使って戯れを続けるつもりなら、私もその戯れを楽しんでやろうと思っていたところだ。私がこの賭け勝負に勝ったのかどうかは、貴公が判断すればよかろう。だが冗談はこれくらいにしよう。貴公の伝令の件だが、副王殿下は、私にどんな命令を下されたのか。

フレリ　指揮権を掌握される皇帝陛下のご子息は、以下のごとく伝言されました。「公爵殿においては、もしどこにも抵抗勢力が現れぬならば、当初に決定された方向を維持し、チロルの国を進軍すべし。しかしながら、もしこの国の反乱の火がなおも燃え続けているならば、チロル伯爵領にはこれ以上、足を踏み入れず、時間の経過と運の向きがわが軍に前進するきっかけを与えるまで、国境に留まるべし。」副王殿下ご自身が、すでに南部で、同じ方法を採られました。殿下は、ルスカ将軍とバラグアイ伯爵をエッチュ峡谷とプスター峡谷に派遣されました。しかし、その峡谷で戦闘となったとき、将軍たちの部隊は退却をよぎなくされたのです。

公爵　なぜ王子殿下はそのようにお考えなのか。

フレリ　殿下は、近く和平になると考えておられます。王子殿下はこう述べられました。「近い将来、この領土は最高統治者たちの協議によって、間違いなく我々のものと認められよう。そのような領土のために、混乱極まる戦いに出向くのは適切ではない。この小さな貧しい国は隣国からの輸入なしに生き延びることなどできぬのであり、もしこれを包囲することができれば、反乱は速やかに鎮火されるだろう。そうすれば生活物資がなくなり、山が生み出した魔物のような反乱者たちも、戦う意欲がなくなり、山の中で息絶え絶えとなるであろう。そして最後に、このことこそ、よくよく配慮しなければならないことであるが、それにより大惨事と無意味な流血は回避されるであろう。」この問題に関して、大本営で私が聞いた理由は以上の通りであります。

公爵　要するに、前進するために反乱者に対し銃撃を必要とするならば、わが軍は前進してはならないというのが、最高司令官の言葉通りのご命令なのだな。

フレリ　命令の解釈と活用は公爵閣下に完全に任されております。この点において、副王殿下は星のような戦績を持つ英雄閣下の意志を尊重されます。「元帥杖を持つ者は指図を受けない」、と皇帝陛下はおっしゃっておられます。今後チロルが我々の重荷にならないようにしなければなりません。そのための方策は、公爵閣下が現地で最善の策を練り、自らの責任で取り仕切ることがおできになるはずであります。

公爵　何人も自らの考えにおいてのみ行動するものだ。ラ・コスト君、ボルツァーノからナポレオン皇帝陛下宛ての報告書の件だが、もう昨日のうちに発送してくれたかな？

コスト　お許しください、閣下。伝令に使う者がいなかったのです。実は、私は…。

公爵　また考え方の違いか！　中佐よ、私が急ぎだと命令しているときに、君が時間の余裕があると考えるのは、困ったことだ。もし手紙が発送されていたなら、私はボルツァーノに向かっていなくてはならないと、きっと君は考えたのだろう。だが手紙が送られていないとしても、それで君が安心できるのはほんの一瞬にすぎぬだろう。

第三場

フランス軍伝令兵、前場の人々、後からドネ。

伝令兵　（登場）反乱軍が軍使を派遣してきました。面会を求めております。

公爵　分不相応な態度を反省したのか？　そいつはどんな

男だ？

伝令兵　神父であります。

公爵　何だって？　我々は坊主と取引するのか？　いいだろう、使者の坊主をここに通したまえ。（伝令は去り、ドネが登場）

ドネ　人々の平和の思いに愛情をかけられる神の思し召しが、この私にもたらされ、口下手な私のこの哀れな唇に言葉の魔法と熱き心を引き起こし、はっきりとした主張を可能ならしめよ。この唇に達者な言葉が沸き起こり、私がお目にかかる偉大な将軍の心を動かしたまえ。恐怖の中の最大の恐怖、それは何か。それは戦争だ！　残虐の中の最大の残虐、それは何か。それは戦争だ！　この大地には和平の栄えあれ、アーメン。

公爵　おや、断食節の説教かい。貴公は、誰に派遣されたのか？

ドネ　アルプスの山に生まれ変わったブルータス[38]にござります。すなわち、アリスティデス[39]よりも偉大で、さらに正義感の強い男、パッサイアーのザント亭主アンドレーアス・ホーファーであります。この人こそが、隊長たちの祝砲と全民衆の賛同により、昨日からチロルとフォアアールベルクの軍の司令官の地位にござります。

公爵　（自軍の将校たちに）カエルたちの寓話[40]がまた始まった。カエルたちはジュピターに国王が欲しいとお願いし、役立たずの木切れを一本もらったんだ。ところで神父さん、貴公たちの軍の司令官は何を求めているのか？

ドネ　司令官の心は穏健で善良に満ちております。司令官はあなたの兵の戦死を望んではおりません。偽りなき忠実さで、先祖伝来の主君のために、チロルの国を守り抜くこと、それが司令官の心のただ一つの目的であります。

公爵　おや、その欲のなさには驚いた。つまり、我々が黙って公爵領チロルを明け渡せばよい、そうすれば、その司令官に煩わされずに済むということか。

ドネ　その通りであります。司令官が何を考えているか、お分かりのようですね。司令官は、あなたに退却することを求めています。インスブルックを明け渡し、国境までの道のりを急いで戻り、そして我々に自分たちの生活を取り戻すようにしていただきたい。将軍殿、あなたがそうすべき理由はたくさんあります。まず、第一に…。

公爵　第一も第二も必要はない。貴公の口からそれ以上、理由のことを聞きたくはない。ザント亭主にこう知らせたまえ、「私はフランスの将軍である。これ以上のことは、砲弾で君たちに聞かせてやろう」、とな。

ドネ　それでは、太陽の下、流血の死体が並ぶということですか。この周囲を見渡してみてくだされ。山々は全て武装しております。この狭い高地で、あなた方は取り囲まれているのです。

公爵　伝令よ。（伝令が登場）この男を見張り番の所から追い出せ。（伝令とドネ退場）

公爵　諸君、今、何時か?

コスト　三時を過ぎたところです。

公爵　それではあと一時間もすれば夜が明けるな。（ラ・コストに）さあ、起床ラッパを鳴らせ。兵士たちには、パンと肉、弾薬を与えよ。炊事が終わり、食事を済ませたら、兵士たちをそれぞれの連隊に整列させよ。私は自分の戦闘態勢を貫くのだ。こうして、農民たちを平野におびき出し、やつらを敗北させるのだ。

コスト　公爵閣下、畏れながら申し上げますが、兵士たちは極めて疲弊しています。またわが軍の状況は、実際、有利ではありません。イン川に沿って退却し、クーフシュタインの要塞まで戻る方がよいのではありませんか。この要塞に依拠すれば、わが軍は反乱者たちに対し、有利な立場を確保できるのではありませんか。

公爵　それでは、もう君と一緒にいるのは今日を限りとしよう。フレリ大佐、私は、王子殿下に別の将校を一人派遣するよう要請したい。このラ・コスト中佐ほど賢明ではなく、この中佐よりずっと従順な将校を。

コスト　私は皇帝陛下に勤務し、軍の発展を見て、遠慮なくしゃべることを学びました。公爵閣下、閣下の今のご発言に対して、私が名誉回復を請求しても、それを拒否なさいませんね。

公爵　もちろん拒否はしない。ただそれは戦いの後だ。フレリ大佐よ、私の心を打ちのめすものは何か、貴公に聞いてもらいたい。それは、私に武運がなかったときに、私の考えの証人となってもらいたいからである。私は、ナポレオン皇帝陛下の国家の礎は、火薬と弾丸の上に成り立っているとは考えていない。そうではなく、むしろそれは黄金の栄誉の上に成り立っているのである。ところが、このかけがえのない栄誉心という、立派な宝物が、今回は失われるように思うのだ。そうだ、わが軍が農民たちに追い払われるなんてことがあり得ようか。それを考えると虫唾《むしず》が走る。つまり、私がこの戦さをするのは、私欲を求めるためではなく、ただ栄誉のためなのだ。今回は、あるいは運に見放され、敗戦に終わるやもしれぬ。だがわが軍の栄誉を傷つけるようなことを私はしたくないのだ。もちろん、ここでもうまく勝利へと有利に展開することを望んでいる。私にはまだ二万三千の兵がいる。兵士たちは、大砲の轟く音を聞けば、顔も紅潮して元気を取り戻すだろう。大佐、貴公は戦いのとき、私のもとに留まるか？

フレリ　閣下、私に命令をお下しください。（彼らは退場）

第四場

ベルクイーゼルの旅館の前の広場。アンドレーアス・ホーファーとヨアヒム・ハスピンガー登場。

ホーファー　わしはおかしな夢を見た。お前さんたちから受け取った剣を、わしは三度放り投げた。遠く遠く、そして深い深い谷底へとな。ところが、天使がその剣をわしの所へまた持ってきて、そっとわしの足元に置くんじゃ。神父さんよ、この夢をどう捉えたらいいのじゃろう？

ハスピンガー　それは夢を見た者の考え方次第だよ、ホーファーさん。昼には、体を飽食と酒で満たし、虚栄や欲望の充足しか考えないようなやつがいる。そういう連中は、昼間だけじゃなくて夜の夢でも虚勢を張るものだよ。これに対して、精神を主なる神まで高めようと努力し、それが神まで届かないからといって、秘かに涙を流す者がいる。こういう人のところへは、夜の静寂な時間になると、天使たちの神々しい姿が近づいてくる。その天使の足は柔らかくて、太陽が照っている昼間は、地面を踏むことができないんだ。だがその姿が近づけば、人間の目に見えないものが、精神の目にそっと見えてくるものだ。

ホーファー　ああ、敬虔な神父さんよ、わしにミサを行っておくれ。礼拝堂は遠いのか？

ハスピンガー　ほんの五十歩ほどの所だ。見てみなさい、永遠のランプの光が見えるだろう？

ホーファー　この武器にも勝利の祈りを唱えてくだされ。ところで、ヨーゼフ・シュペックバッハーは礼拝にやって来るのじゃろうか？

ハスピンガー　いや、あの人は夜中の一時には出かけて行った。見張りの部署を全て点検しているんだ。あなたも知っての通り、今のように、夜が明ける朝には、あの人はただその日の仕事のことを考えているんだ。

ホーファー　あの男が神を敬わないのは残念じゃ。

ハスピンガー　しかし勇者をののしってはいけない。

ホーファー　それでも神のご加護がありますように。神に心を開かずに、戦さに向かうなんて、わしにはとてもできないことじゃ。戦さでは血も流れるじゃろう。死神の黒い喉に誰が呑み込まれるかは分からない。聖餐も取らず、救世主との和解もせず、胸に弾丸が当たって致命傷を受け、絶望の淵で、死に直面して、恐れおののきながら倒れたとしたら、どんなに恐ろしい状態じゃろうか。神父さん、来てくれたまえ。秘跡の祈りを授けたまえ。わしの心はキリストの聖なる体のもとへ向かうことを熱望しておるのじゃ。（二人は退場）

第五場

ヴィルトマン、エルジと共に登場。

エルジ　お願いです。私を家から追い出さないでちょうだい。こんな夜中に一人ぼっちでどうすることもできないわ。

ヴィルトマン　（遠くを指しながら）お前が行くのは、あの向こうのフランス軍陣地だ。やつらの火で空が赤くなっているのが、お前には見えないか？　あそこがお前の住み処だ。さっさと出て行け！　お前の罪は明らかだ。昨日から俺は知っている。俺は、お前の罪とそれをどうするかで一晩悩んだんだ。俺は怒り狂って、腹立ちまぎれでお前にひどい仕打ちをするわけではない。俺がこれからしようと思っていることは、俺自身にも、とっても辛いことだ。しかし、俺はそうせにゃならぬ。お前が俺の家に持ってきた持参金は、手つかずのまま残っている。お前も知ってると思うが、俺の部屋にある。お前はそれをどこへ送ってほしいのかを言えばいい。そしたら、それをお前の手元へ手配しよう。さらばだ。神のお許しがあるように！

エルジ　こんな時にもあなたはまだ神様のことを考えているのね。それじゃあ、まだ見捨てられてはいないという希望が残っているわ。神様のように、私にご慈悲を与えてください。神様は、私たちが幸福に暮らすことを望んでおられます。神様は慈悲深いお方です。

ヴィルトマン　まったくその通りだ。俺も慈悲は持っている。

エルジ　日が昇ったわ。太陽のようになさってください。太陽は、悪き者にも善き者にも輝きます。

ヴィルトマン　太陽は容赦なく雑草を枯らしてしまう。

エルジ　ああ天よ、あなたの心を和らげるものは何もないの？

ヴィルトマン　そんなものは何もない。朝日に顔を向けてごらん、エルジ。赤くてキラキラした光が、なんと美しくお前を照らしていることか。俺が結婚の申し込みをしたあの頃のように、お前は今も輝くほど美しい。ああエルジ、どうしてお前は俺にあんなひどい仕打ちをしたのか？　残酷なエルジ、お前は俺の胸をずたずたに引き裂いた。俺は泣いているんだ。それをお前に言うことを恥ずかしいとも思わない。

エルジ　あなたが流す涙が祝福されますように。まだずっと怒り続けるつもりなら、あなたは泣いたりはしないもの。やっと私の心が思っていることを言えたわ。

ヴィルトマン　ああ、哀れなエルジよ。そりゃ、大間違いだ。この涙は一粒一粒が告発者なのだ。その一粒ずつが叫んでいるのだ、「美しいエルジが取り返しのつかぬ罪を犯して、それで私が流れ出る」、とな。立派な男子が、少しぐらいの苦しみで泣いたりするものか。だが、これほど大きな罪には、どんな沈着冷静な男だって、目から涙があふれてくるものだ。さあ、分かったか、この涙はお前には喜ばしいものでないことが。お前が思い込んでいる希望など捨ててしまうがよい。
エルジ　それじゃ、何もかも失われてしまったのね。
ヴィルトマン　いいか、エルジよ。俺は自分が弱くて罪深い人間だと思っている。また、我々人間は裁くべきではないという格言も知っている。俺だって本当はお前を許してやりたい。争ったりせずに、わが家に置いておきたい。もうこれからは決して誤ったことをしてくれるなと願って、済ませたいところだ。だがお前は俺の敵に、わが国の敵に操を与えてしまったのだ。そんなことをすれば、人の胸からは穏健な気持ちなど吹っ飛んでしまう。慈悲は罪悪に変わり、同情は疑惑に変わってしまう。俺たちの惨めな状況をよく考えねばならない。下心を持ってやって来るフランスの連中のいまいましい網に、お前たち女がそうやすやすと引っかかったりしなければ、俺たちの惨めさもこれほど大きくならなかったであろう。お前たちには厳格な態度を取るように、厳しい処置が必要だ。残念だが離婚だ。俺はそうしなくてはならぬ。
エルジ　それでは、せめてあの子だけは私に与えてください。
ヴィルトマン　あの子は、ここの方がしっかりと育てられることぐらい、お前も分かるだろう。
エルジ　それではあの子にお別れのキスをさせてください。
ヴィルトマン　お前の目つきは狂っている。かわいい無邪気な子どもの邪魔をしないでくれ。
エルジ　それはあんまりですわ。あの子の母親が最後に一目会うことも認めてくださらないの。
ヴィルトマン　あの子には母親は死んだと伝えよう。あの子と一緒に俺も涙を流そう。あの子にはお前のことを何一つ悪く言うつもりはない。（遠くにチロル行進曲の音）さあ出発の時だ。ここで別れねばならぬ。戦友たちが喜び勇んで隊列を組み行進する音が聞こえる。すぐに山は占領できるだろう。戦さが始まるのだ。お前をたらしこんだやつの所へ行く道はこっちだ。さっさと行ってしまえ。あの勇壮な行進曲を聞くと、この俺のたった一つの苦しみも吹っ飛んでしまう。俺はヘビのようなお前をこの体から引きはがし、放り投げてやるのだ。俺がお前のことで涙を流して泣いたなどと、誰にも言ってはならんぞ。勇ましい行進曲の響きが俺の心を癒やしてくれる。お前は敵の所へ行って、はべっておれ。さあ、とっとと行ってしまえ。（二人は別々の方向へ退場）

第六場

シュペックバッハー、後にホーファー、ハスピンガー、アイゼンシュテッケン、ドネ。

シュペックバッハー　（登場）いったいザント亭主はどこにいるのじゃ？　こんな時に眠っている暇などないはずじゃ。時は迫ってるぞ。こん畜生、疫病神め、死神め！　ザント亭主はどこにいるのじゃ。

ホーファー　静かな朝から、ばちあたりな呪いの言葉を叫んどるのは、どこのどいつじゃ。おや、おはよう、ヨーゼフじゃないか。お前さんは、神を讃える言葉を唱えた方が、ずっといいのじゃないか。

シュペックバッハー　おお、ホーファーのおやじさん。今は、そんな言葉は不要じゃろう。天の神は全てお見通しで、このような非常事態では、長々しい祈りの言葉を求めたりはしないじゃろう。わしが汗まみれで息を切らしているのは、お前さんの見ての通りじゃ。わしの部隊の半数の兵は、部署を離れ村へ帰ってしまった。連中は一日静かに横になっていなくてはならぬとなると、姿を消してしまうのじゃ。それでわしは、急いでできるだけ多くの者を近くの村々からかき集めてきた。それでやっとかろうじて部隊は揃うところまで来たのじゃ。

アイゼンシュテッケン　（登場）（行進曲の音がだんだんと近づいてくる）

シュペックバッハー　近づいてくるのはお前さんの部隊なのか？

ホーファー　それは、この人の口から聞いてもらおう。

アイゼンシュテッケン　総司令官殿、メラーン、パッサイアー、アルグントの防衛隊員たちがこの山の麓に行進して来ましたぞ。

ホーファー　全員揃っておるか、そして戦闘の準備は整っておるか？

アイゼンシュテッケン　点呼し直しました。誰一人として欠けてはおりません。

ホーファー　それでは二百名の射撃隊を前進させ、丘陵地と平野の境まで進めよ。もし敵軍がわが射撃隊に近づくようであれば、敵と小競り合いを開始せよ。ただし、それ以上の戦闘行為には入ってはならない。中心部隊は、山と高い森に囲まれた現在いる場所に留まり、新たな命令を出すまで待機せよ。[41]（アイゼンシュテッケン退場）

シュペックバッハー　さあ、ザント亭主よ、お前さんの計画を教えてくれたまえ。

ホーファー　ヨーゼフよ、まだはっきりとはしていないのじゃ。時が経てば、最善と思うことが分かるじゃろう。

ハスピンガー　（登場）ああ、よかった、君たち司令官にここで会えて。フランス軍陣地がざわつき始め、太鼓を打ち鳴らす音が聞こえたんだ。敵軍は隊列を整えているようだ。わが軍の側はどうしたらいいのか、指令を出してくれぬか。

シュペックバッハー　わしは急いで右翼に回ろう。

ハスピンガー　それでは私は左翼だ。

ホーファー　わしはこの戦場の中央に留まろう。じゃが、お前さんたち、すぐに怒りを爆発させることなく、今しばらくは、辛抱して待ってもらいたい。フランス軍の公爵の所へ派遣した軍使の帰りをわしは待っているのじゃ。

シュペックバッハー　何だって、敵軍に軍使を派遣しただって？

ホーファー　そうじゃ、ホーファーは「金のためユダのように裏切って[42]」、祖国を売り一儲けしようと企んだのじゃ。はっはっは、これは冗談じゃ。まじめな話じゃが、フランス軍の公爵はどのみち、退却せねばならぬじゃろう。それじゃったら、戦闘することなしに、明日には退却する地域を、今日のうちに引き渡すつもりはないかどうか、と公爵に尋ねに行かせたのじゃ。

シュペックバッハー　わしだったら、そんなことはしなかったじゃろう。あんな高慢な敵軍と交渉するなんて、弱みを見せるようなものじゃないか。

ホーファー　わしら貧しい農民たちが、天下を牛耳る将軍たちと戦うようになったのは、ただ貧しさの極みからではなく、天の思し召しによるものじゃ。ほんの爪の先ほどでも可能性があるのなら、わしは願いがかなうよう、申し出たいと思う。そうせよという天の思し召しならば、わしは是が非でもそうしたい。

シュペックバッハー　どうやら、わしらが選んだ将軍は、戦争よりも和平を好んでおるようじゃな。

ホーファー　そうじゃ、戦友たちよ、お前さんたちが選んだのは、そういう人物なんじゃ。

ハスピンガー　ところで、あなたは誰を使者として送ったのだ。

ホーファー　善良な神父ドネだ。

ハスピンガー　おお、アンドレーアス・ホーファーよ。あのへビのような人物にゃ、十分に気をつけなくてはならないぞ。あなたはお人よしで、そのへビをあなたの胸中に住まわせているようだ。しかし、そいつは今にその歯であなたをかみ殺してしまいますぞ。

ホーファー　おやおや、ヨアヒム神父よ、なんとひどい言い草だ。神父のお前さんが、それほどにもキリスト教から外れた言葉を使うとは。そして俗人のこのわしが、それを咎めねばならぬとは。なんと悲しいことじゃ。ああ、神父よ、お前さんのその手が触れるのは、崇高に輝くもののはずじゃないのか。それなのに、お前さんはその手を振り上げて、仲間に石を投げつけ処刑するのか？　敬虔なドネは立派な人物じゃ。礼儀正しく親切で、学もあり演説もできる。助言や知恵を出してくれ、わしには親切でよく仕えてくれる。お前さんがあの男を気に入らないからといって、わしがあの男を遠ざけることはできぬよ。ああ、お前さんたち、一つにまとまろうじゃないか。対立や仲たがいをして、ただでさえ扱いにくい軍隊をこれ以上扱いにくくしないでくれ。結束すべき仲間たちが、妬み深く、不愉快な目でお互いを見ていたら、一致団結など絶対にうまくいくはずはない。

ドネ　（登場）意気高い英雄諸氏よ、刀を抜き、戦う時がやってきたぞよ。厚顔無恥の敵軍は和平を望みはしなかった。

シュペックバッハー　敵軍も、わしと同じく、和平など大嫌いなのじゃ。

ホーファー　敵軍はこちらの要求をのまなかったのか？

ドネ　誓いと義務に命令を受け、敵軍は戦さに打って出てきます。敵の公爵は貴殿を敵の中でも最も偉大な敵と呼び、その敵と堂々と戦場で覇を競うことができるのは、名誉そのものであると申しております。（傍白）「実際は、そこまで聞いたわけではないが、心地のよい虚偽は心地の悪い真実よりはずっとましだろう。」

シュペックバッハー　（傍白）「どうしてこんなほらを吹くのか。」

ハスピンガー　（傍白）「ずるがしこいやつめ！」

ホーファー　何だって？　敵の大将はわしのことをそれほど褒めていたのか。さあ、皆の衆、それではわしがそのような考え通りの人物であることを、敵に示すことは義務ではないか。夜は明け、日が道を照らしておる。この道はオーストリアへと、ウィーンへと続いておる。部署につけ、戦友たちよ。さらばじゃ。今晩、わしらが楽しく夕食にありつけることを祈ろう。

ハスピンガー　（ホーファーに握手して）また会おう、さようなら。

シュペックバッハー　（同じく握手して）勝って、また会おう。

ホーファー　マクシミリアン皇帝の町[43]で、また会おう！

（全員退場）

第七場

戦場。銃声。混乱。ダンツィヒ公爵、ラ・コストと共に登場。後にフレリ、フランス軍将校、兵士たち。

ダンツィヒ公爵　二つの大隊はフォルダースとハルでイン川にかかる橋の駐留部隊を直ちに増強せよ。いかなる犠牲を払っても、イン川を確保することが必要だ。そこで指揮を執っているのはシュペックバッハーだな？

コスト　おっしゃる通りです。

公爵　そこでは用心せよ。私の経験では、あの男は自分の仕事を熟知している人物だ。行きたまえ、ラ・コスト中佐。（ラ・コスト退場）

フレリ　（やって来る）わが軍は、ナタースおよびムタースで崩れそうになっております。ハスピンガー神父が激しい怒りを見せ、わが軍の砦に向かって突進しています。

公爵　わが軍の砦はまだ陥落していないのか？

フレリ　いえ、まだです。ですが、ラグロヴィヒ司令官[44]が救援を求めております。司令官は、もうこれ以上持ちこたえられないと申しております。

公爵　持ちこたえるよう、司令官に伝えよ。一連隊をガルヴィースの沼地を越えて敵の左翼へと進軍させよ。アンブラス城の所で背後から敵を襲うのだ。その後、司令官は前線部隊を至急、前進させ、農民たちを一網打尽にするんだ。

フレリ　司令官殿もそのようにお考えでした。しかし、ガルヴィースの沼地は非常に深く、とんでもない犠牲を伴うでしょう。

公爵　いや、できる。フランス軍の連隊ではなく、ザクセン軍かバイエルン軍を使うように言え。（フレリ退場）これで両翼は首尾よく行くであろう。そして、ここ中央で私自ら敵を葬ってやる。（数名の兵士と将校たち登場）わが勇者たちよ、諸君は何をしようと思っているのか？

一人の将校　最高司令官殿！　イーゼルの頂への突撃をお命じください。散り散りになった反乱者の群れは、キツネのように藪を抜け、時折発砲しながら進軍し、わが散兵たちと戯れているにすぎません。わが軍は、敵を難なく叩きのめし、全地点を支配する中心部を獲得することができます。

公爵　何だって？　相手がここではそんなに手薄なのか。それは何も不思議ではなかろう。私が聞くところによれば、敵軍の予言者ホーファーがイーゼル山の上にいるのだから。やつは天使の群れに囲まれていると思い込み、実際の兵力でもって自分の周囲を固めることを軽視している。よろしい、突撃だ！　諸君は、ちょうどよい時に来た。この山を勝ち取ることができれば、それはわが軍の勝利の日だ。諸君の司令官が、自ら先頭に立ち、そして最後の騎手と運命を共にしよう。大胆な勇者たちよ、諸君の栄誉を考えよ。そして私に続いて、坊主の奴隷どもを打ちのめすのだ。（将校と兵士たちと共に退場）

第八場

イーゼルの旅館の前。遠くで銃声。アンドレーアス・ホーファーとヴィルトマン。後からファッレルン、アイゼンシュテッケン、ライナー兄弟、チロル軍射撃兵たち。

ホーファー　いや、ヴィルトマン父つぁんよ、お前さんは不平ばかりこぼすが、お前さんの方が間違っとるのじゃないか。かわいそうなのは若い嫁さんじゃ！　そりゃ間違いじゃろ。わしの息子のハンスだって、父親のまじめくさった顔を見ているより、子どものおもちゃを見ている方がよっぽど好きじゃ。だからといって、わしはハンスを得体の知れぬ遠い所へ出て行け、なんて言いはせぬ。お前さんは夫じゃし、家長じゃ、そうじゃから、嫁さんを敵に対して守らなくてはならぬのじゃ。嫁さんが誤った行動をして、悪い結果になったとしても、その結果に対して嫁さんを守らなくてはならない。

ヴィルトマン　心がまったく逆上してしまい、怒りをどうしようもなかったのかもしれない。

ホーファー　悪魔はいつも自分のためのいけにえを探しているものじゃ。お前さんたち夫婦は仲直りをせねばならない。わしに任せなさい。

ヴィルトマン　考え直してみるよ。——やや、銃声だ。あっちの戦場へ近寄ってみようじゃないか。

ホーファー　待て、ヴィルトマン！　戦場の方がこちらへやって来るに違いない。今わしらが戦友たちを助けに行くわけにはいかん。山の麓でわずかな小競り合いが起こっただけじゃ。まだ号令が下ったようには見えない。敵の公爵は自分の言った言葉を後悔しているじゃろう。

ファッレルン　（登場）ザント亭主はどこにおられる？——司令官殿、ヨアヒム神父が、応援部隊を送ってほしいと、切望されています。敵の一団が沼地を渡ってきて、ずるがしこく背後からわが軍を攻撃してきました。アンブラスで激しい戦闘になっています。わが軍は動揺しています。

ホーファー　何だって。赤ひげのヨアヒムは何を考えているのじゃ？　各人がそれぞれの持ち場を守ることが必要なのじゃ。わしは自分の軍勢を減らすわけにはいかん。さあ、戻れ！　ヨアヒム神父は自分で切り抜けねばならぬのじゃ。

ファッレルン　総司令官殿、まったく応援部隊を送ってくれないとは、ヨアヒム神父は信じてはくれないでしょう。

ホーファー　そんなことはない。神父はよく考えれば、分かってくれるじゃろう。お前が帰る頃には、神父は自力で切り抜けているはずじゃ。さもなくば、たとえわしが援軍を送ったとしても、それは遅すぎるじゃろう。ホーファーがチロルの心を持っていることを、神父は十分知っておる。わしにはわしの射撃兵が必要なのじゃ。

（ファッレルン退場）

ヴィルトマン　早く今日という日が終わってほしいものだ。

ホーファー　父つぁん、おじけづいたのか？　恐れることはない。わしはこの身をイエス様の御心に捧げておる。主なる神は忠実な人々を見捨てられはしないものじゃ。朝酒を一杯、持って来てくれ。――冷たい風が吹いている。――一番上等のワインをあの特別な銀の大盃に入れて持って来てくれ。今日は特別な記念日じゃ。最高のワインを最上の大盃で乾杯しなくてはならぬ。（ヴィルトマン退場）おおい、アイゼンシュテッケンよ。（アイゼンシュテッケン登場）右翼戦線まで、ひとっ走り馬を走らせ、シュペックバッハーがどうしているか、そのあたりの状況がどうなっているか見てきてくれたまえ。ところでライナー兄弟はここに出陣しておるのか？

アイゼンシュテッケン　兄弟は他の兵たちと山の背後に陣取っています。

ホーファー　お前さんが馬で走って行く途中で、その二人の歌手をこちらへ寄こしてくれたまえ。（アイゼンシュテッケン退場。ヴィルトマンが大盃を持って登場）ここに置いてくれたまえ。こりゃあ、立派な労作だ。銀の盃が光に戯れて宝石のようじゃ。この大盃には皇帝と大公たちが彫られている。この蓋にはチロル城[45]が聳《そび》えている。この城をわしらメラーンやパッサイアーの住民はいつも仰ぎ見ているのじゃ。この城を見ると、神聖で恵み深いマルガレータ夫人[46]の自由と権利と特権をわしらは思い知らされるのじゃ。そうじゃ、みんなが古い時代のことを思うなら、その方がずっとましじゃろう。新しい書物や新しい流行では、わしらの息子たちや娘たちに堕落が降りかかるだけじゃ。（ライナー兄弟登場）やあ、来てくれたか。――さあ、喉は大丈夫かな？

ライナー兄弟　総司令官殿、お聞きなさればどうでしょう。

ホーファー　退屈なので、気晴らしに何か一曲歌ってくれたまえ。

ライナー兄弟　総司令官殿、どんな曲にいたしましょう。

ホーファー　それではカモシカの歌じゃ。知ってるじゃろう？

ライナー兄弟　（歌う）銀に輝く　カモシカを
　フランス人は　追いかける。
　でもカモシカは　賢くて
　フランス人は　近寄れぬ。
　カモシカは去る、風のように。
　フランス人は　喘《あえ》ぎ、追う。

ホーファー　ヴィルトマンよ、合唱して歌いたまえ。
（ヴィルトマン、ライナー兄弟と共に合唱する）
　カモシカは去る、風のように。
　フランス人は　喘ぎ、追う。

アイゼンシュテッケン　（登場）シュペックバッハーからの伝言です。わが軍の橋から敵軍を追い払うことはとうてい不可能とのことです。敵軍は増強しています。シュペックバッハー軍は持ちこたえていますが、敵を追い出すことはできません。チロル軍とフランス軍は指呼の間で対峙しています。山々に凄まじい銃声が響き、一尺一尺の陣地をめぐっての白兵戦が展開されています。シュペックバッハーは、総司令官が山を下り、敵軍の中核に直ちに突進してくれと言っています。もし直ちにそうしなければ、悲惨な戦いとなろうと、シュペックバッハーは考えています。

ホーファー　わしはこの山を守るという誓いをたてたのじゃ。フランス軍がわしの山に来れば、この山はフランス軍の流血の場となろう。わしは早まって、平地に出ることはするまい。山こそわが家であり、わしが安心できる所じゃ。さあ、みんな、歌を続けよう。

ライナー兄弟　（歌う）フランス人は　山に住む
　きれいな娘に　手を伸べる。

さあさ、わが家に　来ておくれ。
お前の世話を　させとくれ。
しかし娘は　あざ笑う。
あなたの愛なぞ　お断り。

ホーファー　さあ、元気よく、アイゼンシュテッケンよ。みんなで合唱しようじゃないか。(ヴィルトマン、アイゼンシュテッケン、ライナー兄弟と合唱する)

しかし娘は　あざ笑う。
あなたの愛なぞ　お断り。

(数名のチロル兵が急いで登場する)

チロル兵たち　たいへんだ!　助けてくれ!

ホーファー　何じゃ、どうしたのじゃ?

チロル兵たち　これまでじっとして我々に対峙していた敵の全軍が、燃え移る火のように、山へと前進してきます。先頭には公爵の白い帽子の羽根飾りが見えます。

他のチロル兵たち　(やって来て)狙撃兵たちがどうすればよいか尋ねています。

ホーファー　狙撃兵は引き揚げろ。主戦部隊を前に出せ。アイゼンシュテッケンよ、命令を伝えよ。(アイゼンシュテッケン退場)敵との距離はどれぐらいじゃ。

チロル兵たち　先頭の部隊は山から約一千歩の所です。

ヴィルトマン　もう銃の音がしない。激しい銃声の後のしいんとした静寂は何とも恐ろしいものだ!

ホーファー　敵軍がまだ千歩離れているなら、わしらの歌を最後まで歌えるぞ。

ライナー兄弟　(歌う)だがカモシカは　尾根の上

追い詰められて、逃げ場なし。
フランス人は　いらいらし、
崖っぷちへと　手を伸ばす。
だがカモシカは　飛び去った、
真っ暗闇の　谷底へ。

(歌が歌われている間に舞台は狙撃兵たちで埋め尽くされる)

ホーファー　みんな一緒に歌いたまえ。

全員　(歌う)だがカモシカは　飛び去った、

真っ暗闇の　谷底へ。

ホーファー　よし、予定通り進めよう!(大盃をつかんで)皇帝陛下のために乾杯!　そのためにこの栄誉ある大盃で飲むのじゃ。(ワインを飲む)さあみんなも飲んでくれ。この大盃を順に回してくれ。（ホーファーは隣の人に大盃を渡し、大盃はさらに次の人に渡り一巡する）さあ、われらは同じ血が流れる兄弟じゃ。（銃声）戦友たちよ。戦いの時じゃ。元気あふれる若者よ。銃弾を込め、山から撃ち下ろすのじゃ。威勢のいい騎兵たちよ、脇道を駆け抜けよ。われらは森の急流となって、やつらの頭上になだれ込もう。わしは逃げも隠れもせず、われこそホーファーなりと神に誓う。進め、進め、皆の者。故郷の守護聖人たちが、火の馬に乗って、われらの先頭に立って突進しているぞ。皇帝陛下万歳！　フランツ皇帝万歳！

全員　オーストリアよ、永遠に万歳！（全員出陣。銃声。部隊の背後で戦場の行進曲）

第九場

戦場。舞台の横は高台。フレリ。その後、ダンツィヒ公爵、ラ・コスト、フランス軍兵士。

フレリ　（負傷して登場）ああ、運も尽きた。なんとひどい運命の戯れだ。俺がわざわざ何百マイルも遠方からやって来たのは、農民とのこの汚らわしい、くだらない戦争で死ぬためだったのか。おお、栄光よ、おお、名誉よ。この言葉に従って、俺は生涯、活動してきた。そして今、俺がそれに忠実に活動してきたことの感謝として、この戦場で死を迎えたい。だがどうしてすぐに死なせてくれぬのか。運命よ、俺の最後の願いを聞いてくれ！　農民たちがやって来て、俺が力なく倒れているのを口汚くののしる前に、早く俺を死なせてくれ。（フレリはくず折れる）（フランス軍兵士が登場し、逃亡して行く）誰だ、やって来たのは？　わが国の者か？　止まれ、何か言ってくれ。

一人の兵士　止まってる暇などない。

フレリ　わが軍は負けたのか。

別の兵士　（先ほどの兵士に）前へ進め。日が暮れる。怪物のザント亭主がわれらを追ってくる。わが軍は負けた。われらを救う道は逃亡だ。

フレリ　戦友たちよ、この負傷兵も一緒に連れて行ってくれ。

最初の兵士　時間がない。時間がない。お前は俺たちの邪魔になるだけだ。（退場）

フレリ　ああ、自己中心主義の化け物め！　こりゃあまったくひどいやつだ。俺は、見捨てられた男だ、ここに倒れていなくてはならぬとは。

ダンツィヒ公爵　（登場）なんという悪魔の力があの連中を動かしているのだ！　よくよく考えてみると、本当に私は変な夢でも見ているような気がする。右翼戦線に兵士がいればよかったのに。ラグロヴィヒに伝令を送っておけばよかった。

フレリ　閣下は私を二度目の伝令に送ることはできません。

公爵　呻《うめ》き声をあげたのは誰だ？　なんと、フレリ大佐ではないか。

フレリ　今はまだフレリ大佐です。じきに一塊の塵《ちり》となるでしょう。私の体には死神がいます。いまいましい日だ。いまいましい戦さだ。

公爵　しゃべるのは大事なことだけにしろ。アンブラスの状況はどうだ？

フレリ　まもなく逃亡兵たちがやってきて、閣下に状況を伝えましょう。（息絶える）

公爵　あそこも、そうか。あそこでも。破滅よ、やって来るがよい。（フランス軍兵士が登場し、逃亡して行く）止まれ、どこから逃げてきたのか。

兵士たち　返事などするな。

他の兵士たち　アンブラスからだ。

公爵　兵士たち、止まれ！　諸君の将軍が命じる、止まるのだ。ここにあるものを…

兵士たち全員　耳を貸すな。逃げろ、遠くへ。恐ろしい山から逃げるのだ。俺たちが通るのをこいつが邪魔するのなら、突き倒してしまえ。（荒々しい態度で逃亡、退場）

公爵　ああ、民衆たちよ。最高のことも最低のこともやってくれるわい。ああ、嫌悪と讃美の民衆の時代よ。それは、ライオンとウサギだ。ワシとスズメだ。

コスト　（登場）インスブルックへ退却しましょう。公爵閣下、退避してください。今にもザント亭主がやって来るかもしれません。わが軍の兵士は持ちこたえることができません。

公爵　ラ・コスト君。君に心からお願いしたい。どうしてこの奇跡のような恐ろしい出来事になったか説明してくれないか。私の率いているのは以前からの兵士たちだ。どうした加減でわが軍が恐怖の網に巻き込まれることになったのだ。

コスト　大地が激怒して、わが軍に立ち向かってきたのです。敵はあらゆるモグラの穴も知り尽くしています。全ての岩の割れ目から死神がのぞいています。これらのこと、そして山の盗賊たちの妖怪のような恐ろしさが、わが軍の勇敢な兵士たちの手足を萎えさせてしまったのです。

公爵　ああ、君の言うことを聞いておけばよかった。

コスト　もうそのことはおっしゃらないでください。わが将軍殿、私は閣下を尊敬し、崇拝するものです。ああ、たいへんです。一刻も無駄にできません。チロル軍の物音がしてきました。

第十場

アンドレーアス・ホーファー、チロル軍の人々、前場の人物。

ホーファー　（高台の上に従者たちと現れる）戦友諸君、六台の大砲をここに並べ、ばらばらの敵軍隊列に力強く砲弾を放て。わしからの厳命じゃ、わしと戦さを交えたやつらを肢体揃ったまま、川の岸までたどり着かせてはならぬ。（ホーファーとチロル軍兵士は姿を消す）

ダンツィヒ公爵　あの怪物はぼんやりしているなどと誰が言ったのだ？　あいつは暴れまわっているではないか。その毒がわれらの血管の中でも、ぐるぐる回るのだ。

コスト　怠け者たちがいったん動き出すと、ああなるのです。さあ、大砲が着弾しないうちに移動しましょう。（大砲の音）ここで命を捨てては何にもなりません。（逃亡するフランス兵たち、一人の兵士が鷲の旗を持っている）

公爵　その旗を渡したまえ。お前たちの臆病な手に握られていては、鷲の旗も恥ずかしくて赤くなっているではないか。（旗手から鷲の旗をもぎ取る。フランス兵は逃亡する）この鷲の旗を敵軍に投げつけてやろう。この頭をくるみ、われらが神々に献じるのだ。古代ローマ人のように私はここで討ち死にしよう。

コスト　逃げてください。逃げるのです。

公爵　友よ、この敗北の日の後、どうやって生き延びられるというのか。もう命運も尽きた。今やヴィルヌーヴとデュポン[47]に加えて、恥辱の敗戦を喫した将軍の名簿にルフェーブルと書き入れる時が来た。君はわが友、わが勇者であった。そこで君の将軍に最後の奉公をしてくれたまえ。さあ、この胸だ。ここをさあ、突き刺してくれ。

コスト　閣下は皇帝陛下に冷静さを保って仕えねばなりません。その皇帝陛下の名において、また連隊の名において、私はぜひ心を落ち着かせるよう、閣下にお願いします。閣下、我々はもう取り残されてしまいました。策略を使わねばなりません。そこに死亡した騎手が倒れています。その上着を着てください。誰も閣下とは分からないでしょう。（公爵に上着を着せる）

公爵　これでよい。これでよい。運命よ、お前はなんと知恵が回ることか。私は最後の騎手と運命を分かち合おう。そしてその上着を借用しよう。（二人は退場）

第十一場

インスブルック郊外の平野。武装を解除されたレヌアール大尉を連れて、ネーポムク・フォン・コルプ登場。

レヌアール　諸君が戦争での慣習と国際法のことを少しでも知っているなら、私を殺害してはならない。私は降伏したのだ。そのことだけでも、屈辱的だ。君は私の命を奪ってはならない。私を釈放したまえ。

コルプ　戦争は慣習で起こるものにあらず。何が慣習ぞ。われらは国際的なかかわりなど無縁じゃ。よって国際法は不要なり。われらは神聖な神に仕えるものなり。罪を犯せば贖罪《しょくざい》をせねばならぬ。この男を射殺せよ、と天使たちはのたまった。この男は、嫉妬し怒れるエホバの神に捧げる立派な生贄《いけにえ》なり。そこもとはこの戦場で公の戦死をするにあらず。ネーポムクが私刑により、そこもとを処刑するなり。

レヌアール　俺は何百回も死神に会ってきたが、震え上がったりはしなかった。だが今、この狂った野獣の手の中で捕まっているのは本当に恐ろしい。

コルプ　（撃鉄《げきてつ》をひく）神様、ここにおわすフランス人をご覧あれ。こやつは神の教会も教皇も尊敬してござらん。神を讃えるため、吾輩はこやつを撃ち殺します。そのご褒美に、吾輩が税官吏として蓄えた金を持って、あの世へ行ったとき、神様がその金を吾輩の負債に加えないようにお願いいたしまする。（レヌアールに向かって）ひざまずけ。そして真剣なお祈りをいたせ。それから吾輩の力強い鉄砲の弾丸を受けよ。（鉄砲を構える）

第十二場

ホーファー、アイゼンシュテッケン、ヴィルトマン、多くのチロル人、前場の人々。

ホーファー　とうとうやり遂げたぞ。おや。ネーポムク、何をしているんじゃ。どうしてお前は無防備な男を撃ち殺そうとしているのじゃ。そいつは死刑にするほどひどいことを何かしたのか。

レヌアール　人の声だ。ご老人、こいつの手から私を救ってください。私は何もしておりません。捕虜になっただけです。この男は、何の理由もなく私を殺そうとしています。私に理解できない言葉を並べ立てています。

コルプ　将軍殿、復讐の天使がそうせよと、のたまったのです。

ホーファー　なんと愚かなことをするのか、役立たずのゴロツキめ。お前を殴りつけて追い払ってやる。（ホーファーはコルプを殴る）出て行け、わしの前にもう姿を見せるな。（コルプは逃亡する）なんと恥知らずな愚か者め。この日を台無しにするのか。このすばらしい日を。まったく、あいつは役立たずじゃ。おぞましい。（レヌアールに）安心しろ、若い人よ。獰猛《どうもう》な人食い人種の所でのように、お前さんを殺すようなことはさせない。わしらは名誉を重んじる同じ人間じゃ。この人を向こうに連れて行って、丁重に扱ってくれ。ワインと食事を与えてくれ。顔色が大分悪い。さあ、しっかりしろ、若者よ。お前さんはわしの所で泊まるがいい。（レヌアール連れて行かれる）兄弟たちよ、わしらはとうとう勝利の祝砲を放つことができる。ダンツィヒ公爵は戦いを求めて、そして当然の敗北を手に入れたのじゃ。さて、戦友たちのことが心配じゃがな。

アイゼンシュテッケン　ヨアヒム神父が喜び勇んでやって来ます。

第十三場

ハスピンガー。後でシュペックバッハー、前場の人々。

ハスピンガー　イエス・キリストに讃えあれ。さあ、抱き合おう！

ホーファー　元気か？　無事か？

ハスピンガー　喜びのあまり口がうまく回らない。私は血まみれの戦いの末、やつらを蹴散らせて、あなたの勇敢な戦隊の方へと追い立ててやったのだ。

シュペックバッハー　（登場）抱擁をし合おうと言うのなら、お前さんたちのしっかりと抱き合った腕に、このシュペックバッハーも入れてくれ。そうする価値はあるじゃろう。ザント亭主よ、お前さんは立派な仕事をやってのけた。お前さんが大胆にもやっつけた敵の中心部隊は、大慌てであの橋へとなだれ込んだ。その橋の守備兵たちを、わしはまだやっつけていなかったんじゃが、大混乱、無秩序になった。そこでは敵の駐留部隊は自分たちの味方のフランス軍が押し寄せてくることを防げなかったのじゃ。橋は崩落し、わしの手下たちが鬼のように下に向けて撃った。そして泳げない者たちは、イン川で溺れ死んだのじゃ。

ホーファー　この日のわが軍の犠牲者はどれほどだったのじゃ？

アイゼンシュテッケン　はっきり言える限りでは二百人の死傷者が出ました。その中には、残念なことですがヨーゼフ・モーア伯爵という高貴な方が含まれています。伯爵は自らが率いていたフィンシュガウ軍の目の前で戦死されました。

ホーファー　伯爵の魂に安息を祈ろう。そして教会で正式に埋葬するように。かけがえのないご遺体を、葬儀の列を作ってお運びし、慈悲深く高貴なお生まれの伯爵未亡人にお渡ししなさい。伯爵および亡くなった全ての人たちに安らぎを。この人たちのことを永遠に忘れまい。

シュペックバッハー　敵は何千人もの犠牲者を出した。死体でいっぱいに覆われた戦場の様子はおぞましいものじゃった。その中には十字勲章をつけた身分の高い連中もいた。わし自身が見たのは、マックス・アルコ伯爵大佐の死体じゃ。十八門の大砲、たくさんの旗、それに鷲の紋章が、お前さんの戦利品じゃ。この勝利は誉れ高きものじゃ。将来にわたりずっと輝き続けるじゃろう。ダンツィヒ公爵は、この国から退却するため、一日の停戦を求めている。敵の司令官は残党を引き連れて、ザルツブルクへ向かおうとしているのじゃ。

ホーファー　この黄金のような勝利は、わしら下々の者にはもったいないほどのものじゃ。まさにクリスマスの幼子キリストのごとく、明るく輝き、その輝く目でわしらに笑いかけてくる。この勝利のことを思うと、わしの心は喜びと甘美な気持ちに耐えられない。この胸にその気持ちを収めることはできぬ。こみ上げる喜びが涙となってあふれ出る。（ホーファーは泣く）

シュペックバッハー　しっかりしろ、お前さんは兵士たち皆の前に立っているのじゃぞ。

ホーファー　わしは涙を流すことを恥ずかしいと思わない。わしの他にも大勢の立派な男たちが涙を流すんじゃ。さあ、アイゼンシュテッケンよ、立ってくれ。一休みしたら足の具合をみて、コモルンにある皇帝陛下の陣営へ行ってくれ。そして皇帝陛下に陛下の忠実な息子であるアンドレーアス・ホーファーと、チロルとフォアアールベルクの全ての民衆たちの敬意を伝えてくれ。そしてお前さんがここで見たことを伝え、皇帝陛下に申し上げてくれ。「灰色と緑の旗を掲げるチロルの若者たちは、イーゼル山で皇帝陛下の大敵を勇ましく退治しました」、と。そしてこうも言ってくれ。「要塞や村がもはやなくなってしまったとしても、チロルは陛下を見捨てたりはしません。再び敵が迫って来て、その尊いお体を嘆かわしくも逃がさなければならなくなったとき、われらの所に来てください。われらは陛下をわれらの体でもってお守りいたします。われらは陛下のもとを去るよりも、死ぬことを選ぶ覚悟です」、と。この全てを皇帝陛下に伝えてくれたまえ、アイゼンシュテッケンよ。（アイゼンシュテッケン去る）残ったわしらは、明日、インスブルックに凱旋行進する。何人かは先に行っておけ。全ての鐘を鳴らしてほしい。感謝の祭典の準備を済ませておいてくれ。この国は昔のように自由になった。これから苦しいことも待ち受けていようが、そんなものは、今は心から取り去ってしまえ。それ以上の段取りは後で言おう。今日は楽しく喜ぼう。神よ、わしらは御身を讃えます。

第三幕

第一場

フィラハのイタリア副王の司令本部。控えの間。ラ・コストと一人の近侍。

近侍　名前はエルジだと申しております。その女がこの中へ入ろうとするので、私は無理やり押しとどめたところです。エルジという名で、貴殿は自分をご存知だと、この名前を知っているはずだと申しています。

コスト　そんな女は知らぬ。そんな名前は知らぬ。そう言ってやれ。俺はそんな女なんぞまったく知らぬと。君は皇帝陛下の城館の静寂を損なっており、君の勤務は問題である。そんな女は精神科病院へ放り込め。とっとと追い出してしまえ。（近侍は退場）あんな女どもは暇な時間の退屈凌ぎにすぎぬものだ。それが復讐の鬼女のフーリエとなってわれらを追い回すとは。確かに、われらが道を外したことへの懲罰かもしれぬが、それにしても、それはあまりにも過酷と言えよう。こんなことで恐ろしい目にあうなんて、もうたくさんだ。それより俺の任務のことを考えよう。凍りついた大地でダンツィヒ公爵は俺を使者に送り出し、俺は悪い知らせを届けねばならない。皇帝陛下のご子息にベルクイーゼルでわれらが敗戦したことを報告しなくてはならぬ。副王殿下はわれらを許されないだろう。われらのことを激怒されているに違いない。あの敗戦の日は許されるものではない。まず副王殿下は俺を厳しい目で見据えられるであろう。さあ、ラ・コストよ。勇気を出せ。覚悟を決めて悪い時が来るのを迎えよう。

小姓　（登場）ラ・コスト様、王子殿下がご会見なさいます。（ラ・コスト退場）ふん、なんとこせこせとした男だ。あいつはおいらたちを何度も叱り飛ばしてきやがった。だがとうとう、嘘つきの化けの皮がはがれたというわけだ。女たちが司令本部まであいつを追いかけてくるとは！（扉の外に向かって叫ぶ）父つぁん、外は片付いたかい。

近侍　（登場）ああ、若侍よ。見たかい、この悪しき肉欲の起こした結果を。これを君たちは他山の石としなくてはならないぞ。いや、はっきり言っておくが、実にたまげたよ。あの女は、やっこさんが知らないと言っていると聞くや、顔を燃えるように赤くして、地面に目をやったんだ。それから顔を上げたのだが、顔色は雪のように真っ白になっていた。そして俺の胸を切り刻むようなため息をついて、呻《うめ》くように、「私のことを知らないだって」、と聞き返したんだ。俺は女をなだめようとしたのだが、女は俺がしゃべるのを遮り、とんでもない大声で怒鳴ったんだ、「私のことを知らないんだって！」と。目をぎょろつかせ、口の周りは、怒りに満ち、また何か軽蔑するかのように、ぴくぴく引きつっていた。女は俺にくるりと背を向けて、去って行った。振り乱した長い髪が、恐ろしげに頭や体を包んでいた。こうしてあの女は去って行った。どっちへ向かって行くか、俺は見ないようにした。

小姓　これは悲劇の材料になるぞ。おとなしい文学作品ばかり書いているシュルピスに、ぜひこの話を聞いてもらおうじゃないか。絶対、あの作家だったら物語詩を書きあげるに違いない。題は『イーゼル山のラ・コスト・エネアスとディドー』[48]てところだな。（退場）

近侍　若い連中には困ったものだ。あの小僧はまだ十四歳だぞ。それでいて、老いぼれのすれっからしのように、愛欲なんぞと、抜かすんだ。この世は何という時代になるのだろう。まあ俺にはどうでもいい。俺はもう年寄りで、そんな世の中を見ることもないだろう。（退場）

第二場

公式な接客の広間。安楽椅子に副王が座り、ラ・コストはその前に離れて立っている。後からバラグアイ伯爵。

副王　貴殿の報告を聞き、私は落胆し、心を痛めた。貴殿も分かると思うが、私は大きなショックを受けた。このような敗戦を喫した以上、ダンツィヒ公爵にはしかるべき命令が下されねばならぬ。その命令は、明日にでも私から貴殿に伝えたい。それでは退席したまえ。そうだ、一つだけ言っておこう。公爵に貴殿から口頭で伝えておいてほしい。公爵は不愉快な絶望感を味わうことになろうが、ただ、それ以上ひどいことにはならないだろうと。皇帝陛下に仕えるためには思慮深さが必要である。公爵には休職が与えられるよう、私の側から働きかけておこう。公爵に伝えてくれ、「私は公爵の友人であり、これからも友人であり続ける。そして友人として、公爵のことやその身の回りのことを玉座の皇帝陛下によろしく伝えるつもりである」、とな。（ラ・コスト退場、副王は呼び鈴を鳴らす。小姓が登場する） バラグアイ伯爵をこちらへ呼んでくれ。（小姓退場）（副王は書き物をする。しばらくして将軍バラグアイ伯爵登場。副王は立って、伯爵を迎える）たった今、ダンツィヒ公爵の将校がここを出て行ったところだ。

バラグアイ　同じことをもう一度話されて、お心を痛められるには及びません。

副王　貴殿はもう聞き及びなのか。

バラグアイ　使者が殿下に報告に来る前に、私はその使者に会っていました。

副王　それでは何もかも知っているのか。

バラグアイ　その通りです。

副王　それではこの不幸な敗戦を共に悲しんでくれるのだね。

バラグアイ　将軍の行動はまったく間違っていました。

副王　ああ、人を叱責する前に、まず、悲しみに浸らせてくれたまえ。多くの勇者たちの悲痛な戦死を悼もうではないか。私は人々が戦死するからといって嘆いているのではない。残念ながら、われらの時代では、またわれらの宿命では、それは避けられない。だが、勇者たちが岩山との戦いで、がむしゃらに荒れ狂う自然との戦いで倒れ、無意味に破滅したのだ。そのことで私の心は張り裂けそうだ。まったく豊かな資源が、いつもいつも無駄遣いされるばかりだ。わが国フランスは次々と英雄を生み出すものだから、その勇者たちの血を際限なく垂れ流してもよいと、人々は思っているのだろうか。どうなんだ。いったい誰がダンツィヒ公爵にそうした流血の許可を与えたのだ。

バラグアイ　もう一度、言いますが、公爵の行動は間違っていました。しかし王子殿下。そのように殿下が悲嘆に沈み込まれているのを見ると、私は当惑してしまいます。こうしたことは尋常なこととは思えません。どうして殿下の大きなお心の平穏が、それほどまでにかき乱されているのでしょうか。

副王　そうだ、伯爵。貴殿には打ち明けて話そう。貴殿はわが友人だ。私と心の痛みを共にしてくれたまえ。私は心の奥底で私が変身していくように感じるのだ。わけの分からない恐怖が静かに私の病んだ心を食いちぎっているのだ。

バラグアイ　どうしてそんなことが起こるのでしょう。王子殿下。我々は悲惨な事例を真剣に見つめなければなりません。でも心配ばかりしていてはなりません。あの将校が語っていましたが、反乱者たちは考え方が狭く、関連性や秩序を持っていないことは明白で、ほとんど信じがたい程です。チロルがどれほどのものでしょうか。古
49
代ギリシアのアルゴナウト隊員たちのように、我々は未開の奇跡の国を目指して、大海を航海しているのです。その大きな潮流からすれば、チロルなどは、この流れに漂う砂粒一つのようなものではありませんか。そんな砂粒がわれらの流れを濁すことがあるでしょうか。大波はせせら笑ってそんな砂粒を乗り越えて行くでしょう。チロルの民がどれほどのものでしょう。愚かな農民の集団で、自分が何者であるかも、何をしたらよいかも分かっていない連中なのです。

副王　ああ、貴殿のように朗らかな目で物を見ることができればよいのだが。私にはそうできない。貴殿は知らないわけでもなかろう。いや、はっきり言おう、貴殿もきっと知っているはずだ。心が人を動かすのだ。心は常に何をしたいのか分かっているのだ。ベルクイーゼルの戦いは、おそらく偶然によって混乱を重ねたのだろう。その混乱した戦いが私の心に恐れを抱かせているわけではない。

バラグアイ　それではいったいそれ以外の何が殿下の心を恐れさせているのでしょうか。

副王　この事態が意味していること、それが私を恐れさせているのだ。通常の不運な出来事であれば、私は冷静に
50
受け止めよう。アスペルンの戦いの日に、オーストリアのカール大公がナポレオン皇帝軍を打ち破ったという知

らせが届いた時、君たちは皆震え上がった。だが私は君たちを慰めた。戦争の運不運は変わるもの、常に勝利をする将軍などはあり得ないものだ。人間がすることは移り変わるものだと、時々、思い起こしてみることも役に立とう。そうした時、我々は自分たちが人間だと感じるのであり、神々にだけ与えられている宝物を求めなくなるのだ。運命の球は転がって行くのであり、転がって行けば私たちに明るい面が再びやってこよう。ところが、ここではまったく様子が違う。ここでの事態はまるで青白い幽霊のように我々の所へやって来ているのだ。ここでは我々が心得ている魔法が利かないのだ。

バラグアイ　私には殿下の真意がまだ分かりません。

副王　伯爵、いったい我々はどうやって今の地位まで上り詰めたのであろうか。それは我々が民衆の蜂起と共に進んだからこそではないだろうか。あの蜂起こそが、我々を明るい星のもとへと吹き寄せたのだ。そしてそれこそがこの朽ち果てた世界の真ん中に、われらの黄金の神殿を築く力を我々に与えてくれたのだ。力強い感動、生産的で、みずみずしい活力が我々を動かした。我々に対峙していたのは、まったく精彩のないものだけであった。金銭、制服、官房だ。そして民衆と断絶した支配者、また支配者と断絶した民衆であった。だがこの国では、我々を後押ししてきたものが、我々に対して立ち向かってきている。この哀れな民衆たちは、単純で、僧侶たちの支配下に暮らしているが、輝かしい知性を持つ我々と同じ程度に、未成年状態から脱却している。民衆たちは自立し、意志を持とうとしているのだ。我々が呼び起こした魔物たちが、我々自身に向かってくるとき、恐れを抱かない者はいないだろう。これは危険な分裂を示すものだ。時代は身ごもって、恐ろしい分娩を迎えているのだ。世界は破裂する。その裂け目の中から我々に向かって、過去の亡霊が迫って来るのだ。

バラグアイ　王子殿下、我々が体験した革命のことを考えておいでであれば、そして、その事例が殿下にとって恐ろしいというのであれば、私は二つの言葉だけ述べて、これに反論しておきましょう。チロル、そしてフランスです。

副王　チロルとフランスは別物だというわけか。その通りだ。だがそれだけに、ますますひどいことになるのだ。我々がしてきたことであればそれは理解できるし、どうしたらよいか分かっている。だがよその国のことは分からない。貴殿は、民衆たちがハプスブルク家に対して抱いている忠誠心を理解できるのか？　民衆のためになるようにと外国からやってきたものは拒まれる。以前よりもっとよいものが拒否される。そういう頑なな態度を理解できるか？　少なくとも私はそんな考え方を理解できない。ところがそうした考えがあるのだ。そして大きな価値を持っているのだ。それが現実に存在するものの全てとされているのだ。

バラグアイ　連中は所詮、ドイツ人に過ぎません。他の地方のドイツ人と変わりません。そしてドイツが我々にとって危険となるようなことはあり得ません。

副王　神の思し召しがそうあらんことを祈ろう。もしドイツが我々にとって危険となれば、最後には我々は失脚することになろう。この秘密に満ちた国では、全てが秘かに、闇の中で膨らんでいくのだ。その恐怖に打ち勝つことはできない。そうした感情がまだわれらの心に宿っているとすれば、われらはまだ健全と考えることもできよう。おや、伯爵、何か考えにふけっているようだね。

バラグアイ　その通りです。玉座に輝き、皇帝陛下に次ぐ身分の高い方が震えておられるのを、身分の低いものが見ると、死の予感に襲われるものなのです。

副王　震えるだって？　私が震えているなどと誰が思うのかね、伯爵？　ナポレオン皇帝が私を息子として受け入れてくれた日に、私は誓ったんだ、皇帝の実の子のように、皇帝の息子となるのだと。たとえ嫉妬深いこの世の連中が、あまりに偉大な皇帝の存在に耐えきれなくなったとしても、また皇帝が奇跡的に築き上げたものが、たとえ崩壊する運命にあったとしても、私はここに身をうずめ、皇帝と生死を共にするつもりなのだ。だがそうなる前には、たとえ敵がモンマルトルの丘に攻めてきたとしても、私は勝利を信じ、皇帝の権力を信じているのだ。我々は皆そうしなければならないので、そうするのだ。私の心をほんの少し曇らせている影は、晴れた日に浮かぶ小さな雲のようなものだ。それを貴殿の前で隠したままにしなかったのは、私が貴殿に対して抱いている友情の最高の印だったのだ。

第三場

小姓。前場の人々。

小姓 （登場して書簡を一通運んでくる）使いの者がこの手紙をたった今運んできました。（手紙を渡して退場）

副王 （封印をじっと見て）鷲と蜜蜂の封印、これはナポレオン皇帝陛下からだ。（手紙を開封して読む）いったい何があったのだ。（副王はバラグアイに抱きつく）講和だ、伯爵！

バラグアイ 講和ですか？

副王 いろいろ困難はあったが、アルテンブルクとウィーンで、この件は署名され確定された。[51] 戦争のヤーヌスの扉[52]など、永久に閉ざされればよいのだ。

バラグアイ そうです、それは望ましいことでしょう。でも武力で勝ち取った財宝や、皇帝陛下のお恵みで我々に与えられた財宝に、浮かれていてはなりません。打ち負かされた世界の人は、我々をうらやむかもしれません。しかし、我々のものとなり、我々を喜ばせると言われているものが、実際は何一つ我々のものでなく、ただ名前にすぎないということを人々は知らないのです。

副王 今やフランスは巨人のように歩き出した。一つの足は北海へ、もう一つの足はアドリア海へと。まだこれ以上残っているものがあろうか。皇帝陛下の手紙によれば、南チロルは私が管轄するイタリア王国のものとなる。皇帝陛下は、この国の分割と制度の整備を直ちに実行するおつもりだ。伯爵、これをどう具体化するか、助言を願いたい。

バラグアイ 農民たちの反抗、いや、頑なな態度、最後の抵抗を考え、そしてその指導者たちの頑固な憤りを念頭に置かねばなりません。そしてその際に配慮すべきは、どのような小さな肩書も彼らに認めてはならないことです。そんなことをすれば、彼らに弁明の余地を与えかねないでしょう。したがって、厳しい態度が必要であり、有効であると思います。この国全体がその厳しさを感じ取るように、その厳しさをはっきりと示すためには、暴動を推進した主要な村々を焼き払い、男たちを射殺することもできましょう。しかしながら、もっと温厚な方法で目的に達することができるならば、こうした厳しい手段は得策ではないと思います。我々と隣り合った民族や国々を破壊するということは、我々自身に損害を与えることになるでしょう。それゆえ大半の連中に対しては咎めだてをせず、ただ指導者たちを厳しく懲らしめるのが得策と思われます。指導者の名前を挙げたリストがここにございます。この中でも罪の軽い連中を選び、恩赦を与え、どうしようもない極悪の指導者たちを極刑にするというのはいかがでしょうか。その名は、ホーファー、ハスピンガー、シュペックバッハー、タイマー、ジーベラー、アイゼンシュテッケン、シュトラウプ、ファッレルン、タールグーター、ペーター・マイアーです。

副王　私がそのようなことをいかに嫌っているか、処刑というものが私にとっていかに不快なものであるか、貴殿は考えておらぬのか。私は貴殿の助言がまっとうだということは十分に分かっている。だが、処刑を執行することには、私は反対だ。

バラグアイ　ごもっともです、王子殿下。私は、残虐なことをしたいわけではありません。必要に迫られて、そうせざるを得ないのです。不穏な状態の国を言葉でもって鎮めようとしても、それは水と油を混ぜ合わせようとするようなものです。もちろん時間と忍耐があれば、できるかもしれません。我々には、忍耐はございましょう。しかし時間が不足しております。ですから、我々は別な方法で成し遂げねばならないのです。あらゆる憎悪を早急になくすことこそ民衆にとってよいことなのです。そうでなければ、また新たな憎悪が生まれてしまいます。少数の者たちは極刑になるでしょうが、同時に多くの者が軽微な処罰で済むのです。

副王　そんなひどいことになったら、感情もまた声をあげるようになるだろう。なぜなら、理性だけでは代償を清算することはできないからだ。私自身、子爵であった私の父が処刑台に向かう姿を見た。そして、処刑台からポタポタ滴る血だまりにハンカチを浸したのだ[53]。今も死刑判決の書類が私のところに回って来るたびに、あの光景が私の目に浮かんでくる。そして私は身震いし、署名する手を止めてしまうのだ。私は農民たちを、自らの運命の支配者にしたいのだ。農民たちに自らの生と死をつかさどるようにさせたいのだ。国中に大赦を伝達せよ。武器を置いたものには恩赦を与え、指導者たちをここに召喚せよ。ひょっとすれば、彼らを味方につけることができるかもしれぬ。しかしその恩赦を受け入れようとしない場合には、死刑執行となっても致し方あるまい。

第四場

インスブルックの王宮。ネーポムク・フォン・コルプとドネ。

コルプ　しからば、吾輩の名前はフレールルス・フォン・エーデンハウゼンと申すのか。ところで吾輩はいったい何をどう話せばよいのか、ドネ神父。

ドネ　別の人物によって、お前のことは知らせてある。そこで、フォーゲル・ロックが名前を伏せてその場に居合わせているから、お前はその人に呼びかけるのだ。

コルプ　リッペンシュペアーとでも言えばいいのかい。

ドネ　そのとおり、お前の好きなようにすればよい。そして、こう言うのだ、「この男から俺は聞いたんだ。こいつがワインを飲みながら俺に打ち明けたんだ、シュペックバッハーが支配者となろうとして、ホーファーを牢屋に入れようと企んでる」ってな。「このことは全てシュペックバッハー本人がこの男に打ち明けたのだ」と、お前は申し立てねばならぬ。それからしゃべるのをやめ、ため息をつくのだ。その後で、「司祭の衣装によって、極悪な心が覆い隠されているとは、なんとひどいことなんだ」、と神父たちの悪い根性を指摘するのだ。

コルプ　貴公を前にして、吾輩が神父たちの悪口を言いふらすわけか。ドネ神父、そんなことをしたら、貴公は腹を立て、嫌な思いをするのではないか。

ドネ　そうではない、ネーポムク君。私のことを言っているのではない。いいか、「書付の紙を手渡された」と言うのだ。今からわれらが書く紙切れをホーファーの前の机に置くのだ。そしてこう言いなさい、「俺は字が読めないもんで、字を知っている人に読んでもらったところ、ヨアヒム神父は秘かに敵と通じており、配下の兵隊を敵のもとへ加えようと考えている。しかもずっと前から神父はそうしようとしていたのだ」、と。

コルプ　でもザント亭主はすぐに吾輩だと見抜くのではないだろうか。

ドネ　コルプよ、お前は炭焼屋のように顔を黒くしなさい。そして片目を眼帯で覆うのだ。声色を変え、あまりしゃべらないようにしなさい。それでいいかな、コルプ君。

コルプ　うまくいけばいいが。

ドネ　目的が分かれば、お前もやる気が出よう。荒々しい男たちが首領のすぐ近くにいるので、善意のやり方ではうまくいかないのだ。やつらをまず遠ざけて、支配権が首尾よく我々の手に入るようにせねばならない。そのためには信心による抜け目のなさがいつも役に立ってきたのだ。ヤコブは激怒するエサウをかわして、父イサクの祝福を手に入れたのだ。54 エホバはヤコブに味方したではないか。ヤコブの天意と同じく、主はお前を輝かしてくれるだろう。

コルプ　からの財布で機知がうまくいくという目に、貴公はあったことがござるのか。ドネ神父、吾輩は没落が恐ろしくてたまらない。吾輩には天使の声が聞こえず、借金取りたちの声が聞こえるだけだ。

ドネ　もう一つ言っておこう。お前は話を短くあっさりとするのだ。私は悪い連中をよく知っている。やつらは芝居の悪役と同じように、目を丸くし、荒々しい声で遠くの方からこう叫ぶんだ。「みんな気をつけろ、犯罪人がやってくるぞ」って。こうした子どもじみたやり方でびっくりさせられるのは小さい子どもたちだけだ。賢い男は愚直な様子をしているものだ。嘘で騙すには、それが本当のように見えなければならない。そしてお前はいつだって、涙を流すことができねばならぬ。

コルプ　きっと何とかなるだろう。それでは変装しに行こう。（退場）

ドネ　指導者たちを分断することができたなら、そして非力なザント亭主に対して不信感が流れるようになったなら、混乱はますます大きくなるだろう。そうなりゃ、私には大助かりだ。忠誠とか、敬虔とか、農民の英雄とかぬかすこのばかげた芝居は、いずれにしてもじきに終わりとなろう。だから、水をできる限り濁すことが重要なのだ。そうすればわれらの手にはますます多くの魚が得られるというものだ。ばかなネーポムクが仕事を済ませたら、あいつは牢獄に入れてやろう。あいつは、私のために火の中から栗を取って来るサルだ。おや、ザント亭主がやって来る。後ろに下がっておこう。（舞台の背後に下がる）

第五場

アンドレーアス・ホーファーが息子のヨーハンと一緒に登場。

ヨーハン　父ちゃん、騎士の間にはきれいな筒の飾り棒がいっぱいぶら下がっているんだね。父ちゃんの立派さを讃えているみたいだ。金や銀や象牙でしつらえてあるんだ。父ちゃん、僕が一つもらってもいいかな。きっとパッサイアーの谷の人々がみんなびっくりするよ。

ホーファー　そんなことをしてはいけないぞ、坊や。これはわしのものではないのじゃ。

ヨーハン　それなら、このきれいな赤いカーテンを僕にちょうだい。旗にしたいんだ。

ホーファー　そのカーテンもわしのものではないんじゃ、坊や。

ヨーハン　だったら絨毯はだめとは言わないでしょ。それで僕はテントを作って、その中で暮らすんだ。

ホーファー　坊や、その絨毯も、カーテンも、筒の飾り棒も同じことなんじゃ。お前がこの城で見ている全てのものがわしのものではないんじゃよ。

ヨーハン　それじゃあ、誰のものなの。

ホーファー　皇帝陛下のものじゃ。坊や、わしは陛下に代わって管理をしているんじゃ。わしは針一本も動かしてはならぬのじゃ。

ヨーハン　それじゃ、父ちゃん、父ちゃんは司令部や連隊で何をさせてもらってるの。

ホーファー　こちらへおいで。お前にちゃんと話しておきたいことがある。（ホーファーは椅子に座る。その正面に息子も座る）いいかい、わしがさせてもらってることは、他の人々が眠っているときに、見張りをすることじゃ。

他の人たちがワインをごくりと飲むときに、わしは心配で喉を詰まらせるのじゃ。他の人たちが射撃をしたり、馬を走らせたりしているときに、わしは、一日中、部屋の中で考え事をして歩き回っているのじゃ。いいかい、ハンス、父さんの仕事はそういうものじゃ。

ヨーハン　何だ、父ちゃん、そんなひどい仕事をしてるのか。僕だったらそんなことしたくはないや。

ホーファー　坊や、お前が大きくなった時、お前がそのままでいられるよう、わしはこんな厄介な仕事をしてるのじゃ。

ヨーハン　それじゃあ、父ちゃん、こうしてはどうだろう。パッサイアーに戻ってみたら。そうしたら、今よりは父ちゃんの具合はよくなるんじゃないだろうか。好きなだけ眠ったり、ご飯を食べたり、射撃の的を撃つことだってできるじゃないか。母ちゃんだってそう考えているんだ。それを父ちゃんに言わせようとして、母ちゃんは僕をここへ寄こしたんだ。

ホーファー　母さんは本当に分かっているのじゃろうか。お前は友だちとゲームをしているときに、ゲームが終わる前に逃げ出してもいいと思っているのか。

ヨーハン　いや、いいはずはないよ、父ちゃん、そんなことをしたら友だちはもう僕と遊んでくれなくなるよ。

ホーファー　分かったかい、もしわしが途中でいなくなってしまったら、わしの友だちはもう誰もわしと一緒に組んでくれなくなってしまうのさ。わしがしていることは血も流れる重大な仕事じゃ。いったんやり始めたら、最後までやり遂げなくてはならない。

ヨーハン　父ちゃん、僕に何もくれないんじゃ、サヨナラして、僕はもう家に帰るよ。

ホーファー　坊や、行かないでくれ。お前のかわいい目を見ていると、わしの心が和むのじゃ。わしと一緒に食事をしよう。そしてわしの部屋でわしの隣に小さなベッドをお前に置いてやろう。どうだ、ハンス！　わしから離れたりはしないじゃろう。

ヨーハン　父ちゃんのところにずっといるよ。（息子は父親の首にぶら下がり、ホーファーは息子を抱きかかえる。召し使いが現れ、ドネに何事か耳打ちする。ドネは舞台前方に進む）

ドネ　総司令官殿、この場面を中断してしまうのは心苦しいばかりですが、ご報告することがございます。（ホーファーは息子の額にキスをして、扉の方へ行くように指示する。少年は退場）　エーデンハウゼンのフレールスと名乗る、見かけない農民が控えの間にやってきて、ぜひお耳に入れたいことがあると申しております。重要な情報を手に入れ、司令官殿にお届けしたいとのことです。

ホーファー　いったい何があったというのじゃ。あまりよい予感がしないぞ、ドネ神父。アイゼンシュテッケンはどこをほっつき歩いているのか。皇帝陛下の状況が分かり、われらの一途な愛情を皇帝陛下がお気に召したのであれば、わしの心も落ち着くことができようが。何の知らせもないこんなひどい状況には気が気でならない。シュペックバッハーもハスピンガー神父もここにいてほしいのに、わしのもとにはおらんではないか。誰もが自分の思うことしかしないのじゃ。

ドネ　彼らのくだらない行動をあなたが耐え忍ばねばならないのを見てきて、私はしばしば大いに悲しい思いをしてきました。そうした行為は一歩間違えれば、私の口から申し上げたくないような犯罪行為になりかねないと、私は常々思っていました。

ホーファー　お前さんは何を言いたいのじゃ。

ドネ　どうして彼らはあれほどしつこくあなたを仲間から外そうとしているのでしょう。一人は国防軍の一部を引き連れてザルツブルクへ向かい、そこでフランス軍と戦おうとしています。もう一人は残りの国防軍とイタリアへ向かいミラノを征服しようとしています。詳しいことは分かりません。彼らはそう言っているのです。それでそう思わざるをえません。

ホーファー　それが前々からわしの心を曇らせる気がかりな点じゃ。彼らはよその国で将軍となり、征服者になりたいのじゃ。僭越《せんえつ》にも戦争のたいまつを隣国の人々の所へ持ち運ぼうとしているのじゃ。彼らはわしらの国益を救おうと思っているのじゃが、わしらが国境の外へ足を踏み出したりすれば、その国益もなくしてしまうことに気が付かんのじゃ。そんなことをしようものなら、わしらは冒険家のようにさまよわねばならぬ。わしらには冒険家の宿命が下されるじゃろう。わしらはこの地の住民じゃ。ここがわしらの故郷なのじゃ。故郷をよその国の連中に踏まれて汚されたりしないようにと思うことは正当じゃ。だが、それ以上のことを望んだりすることは、不当であり、決して許されない。これまでわしの指示で国境の外へ向かった射撃兵は一人もいない。この国の山々を出てしまったら、わしは弾丸一発にも耐えられるかどうか分からぬほどじゃ。

ドネ　あなたのお考えはたいへんごもっともです。それだけに、あの二人のように賢い人物たちが、この明白な意見に耳を貸さないのは異常なことのように思えます。少なくとも彼らはあまり確信を持っていないようなことをしているのです。これは無分別という悪行です。彼らの目つきときたら、いやらしく不快で、本当の素顔というより、むしろ取って付けた仮面のように思えるほどです。われらの心は疑念など抱きたくないものです。ところが不審に満ちた弱い心は、たいへん高邁《こうまい》な計画から、まったくくだらないことを導きだしたりするものです。

ホーファー　お前さんは何を考えているのじゃ。

ドネ　この疑いを抱く人はこう言っているのです。偉大なザント亭主は民衆の崇拝の的だ。この人物に何か反対することを考えている人が、民衆を取り込んで反対の立場を示そうとしても、この人物の側にまだ民衆がいる限り、これに反対することはできない。民衆をこの人物から切り離し、彼を孤立させることができたなら、いかがわしい行動が実行されるのです。そうなれば、闇の中に蠢《うごめ》く手練手管が発揮されるのです。

ホーファー　何ということじゃ。そんな悪魔のようないかさまな行動が秘かに準備されているのを、お前さんは知っておるのか。

ドネ　救済者キリストの名にかけて、いいや、神に誓って申し上げますが、私はあなたの友人たちを善意だけの人だと思ってきました。シュペックバッハーは誇り高く激情的です。でも純粋で高貴です。この男が、「貧弱なホーファーなんぞより、わしの方が統治をする能力にたけておるわい」などと、泡を飛ばして威勢よくわめくのは、悪意からではなく、熱血漢だからです。ヨアヒム神父は確かに悲観的な見方をしますが、決して心が小さいわけではありません。神父は、「我々は負けた、一人ひとりが自分の身を救うことを考えねばならぬ」、と最近になっても言っております。彼は真剣にそう思っているのです。そうです。彼らはまじめな人々です。だがしばしば不注意な発言をしてしまうのです。さあ、これだけ言えば十分でしょう。あなたにあまりにもあけすけに私の心の中を打ち明けてしまったことを後悔しています。まるで自分の心と会話しているように話しました。心はいつも外見と似たようなものです。外に現れたものは移ろいます。心も揺れ動くのです。恐怖から希望へと、信頼から疑念へと。さあ、もういいでしょう。フレールスとかいう使者に面会の指示をなさいますか。

ホーファー　使者を隣の部屋に通してくれ。ああ神よ、御身はいつ、このわしの苦悩を終わらせてくれるのか。

（全員退場）

第六場

インスブルック王宮の別の部屋　シュペックバッハーとヨアヒム・ハスピンガー。

シュペックバッハー　わしらはもう一度、真剣にホーファーと話さねばならぬ。ホーファーを怒らせまいとして、わしらの義務や良心を投げ出すようなことがあってはならない。わしらの山の戦いは終わっていない。勝利をうまく利用することが大事なのじゃ。あれから六週間という貴重な時間が無駄となってしまった。敵軍は敗戦の動揺から立ち直り、この国に通じる峠を全て包囲している。わしらは友軍の支援もなく、ペスト患者のように隔離されて、生きながら埋葬され、息も絶え絶えという状況じゃ。ところが、ザント亭主はこのインスブルックの王宮で安穏としている。仲たがいした夫婦を和解させ、女性が貞淑な服装をするよう命令する指令書の作成に大忙しじゃ。希望がまだほんのちらりとでも姿を見せているのだったら、お前は痛みをこらえて嘆いていればそれでよいなどと、わしに言ってくれるな。お前さんも分かっているじゃろうが、わしらが急いで進軍して、わしはザルツブルクへと、お前さんはイタリアへと攻め込み、このがんじがらめにされてしまった国のために突破口を切り開いて、風穴を開けねばならぬ。さもなくば、わしらは終わりであろう。

ハスピンガー　どうにもならぬかもしれぬが、このままでよしとせねばならぬだろう。何といっても、ホーファーは強情だからなあ。あいつは、まるであいつの家の上方にある岩と一緒で、頑固そのものだ。もしホーファーが認めるとしても、われらの自由になる期間はたった一日ぐらいだろう。そんな期間なら、進軍してもしなくても、結局は同じことだ。

シュペックバッハー　ああ、神父さん！　そんな言い方はやめてもらいたい！　お前さんの口からそんな弱腰の言葉が出てくると、わしにまでその弱気が乗り移って、わしも寒々とした不安と疑念にかられてしまうではないか。

ハスピンガー　私の立場が命じることは、ミサの本のページをめくることであって、血なまぐさい戦争の本をいじくり回すことではないのだ。今の私は、本来の仕事から切り離されてしまっている。こうした本来の運命は、そしてまれなるこの定めは、臨戦態勢にある時には、忘られている。しかし時が経つと、またそれを思い起こすことになり、決心が揺らいでしまうものだ。あなた方全ての人々の中に、この私と同じ姿が見られる。迷信にとらわれたわれらが、この賢明な時代の理性に適合するにはどうしたらいいのだろうか？　いずれわれらは、この時代にのみ込まれてしまうだろう。だが、あなた方がずっと戦うというのであれば、私もあなた方と共に戦おう。まあ私は、何かを期待しようなどとは思ってはいないのだが。

第七場

アンドレーアス・ホーファーが取り乱して、ドネ神父と登場。前場の人々。

ホーファー　やあ、ご両人。

ハスピンガー　ザント亭主ではないか！

シュペックバッハー　おやおや。何という顔つきをしているんじゃ。

ハスピンガー　こりゃ驚いた。悪天使のドネが隣にいるぞ。

ドネ　（傍白）「これはまずい。こき下ろしてきたのが、二人揃っているぞ。俺が仕掛けた爆弾が、この手で火をつける前に、破裂してしまうほどの大爆発が起こるかもしれぬ。今はこれを防がねばなるまい。」（シュペックバッハーとハスピンガーに向かって）お偉方よ、総司令官と話したいということであれば、別の機会にした方がよかろう。ごらんの通り、総司令官は非常なおかんむりで、今は相談することなどできやしない。

ハスピンガー　君は総司令官の後見人か。

ドネ　（ホーファーに歩み寄り）司令官殿。お願いですから、この連中を退席させてください。不意にこの連中と出会ったので、きっと恐ろしい災難が起こるように思います。

ホーファー　ほっといてくれ！（ホーファーはドネを舞台の後方へ押しやる）お前さんは善意でそう言うのかもしれないが、そんなことをしたって何にもならない。わしはこの重い心を軽くせねばならぬ。このわしの胸の中はもうもうと煙が立ち込め、そこに死神が居座っているんじゃ。わが心よ、束縛を解き放て。この心痛を殺人鬼どもにたたきつけてやれ。（舞台の前へ出る）お前さんたちの望みは何じゃ。わしが言っているのはお前さんたちのことじゃ。何が望みかと聞いているじゃろ。話ができないのか。さあ答えたまえ。

シュペックバッハー　お前さんは冷静さを失っておる。わしらの話を聞くことなどできまい。

ホーファー　冷静さだって。お前さんの心のために言っておくが、わしの冷静さと同じぐらいお前さんも冷静になることを望みたいものじゃ。さあ言いたまえ。

ハスピンガー　（ドネを指しながら）あの神父をどこかへやってくれ。（ドネは立ったまま動かない）

ホーファー　ドネ神父は、ここにいてもらおう。神父にはお前さんたちからわしを守るほどの力はない。神父がお前さんたちを妨害することもない。

ハスピンガー　守るだって。どういうことだ。

ドネ　（傍白）「ああ、わが幸運は風前の灯火だ。」

シュペックバッハー　実はわしらが来たのは、お前さんにこう言いたかったのじゃ…。

ホーファー　待て。しばらく待ってくれ。用心しておかねばならぬ。（扉の所へ行き、外を確かめてみる）連中は門番を一緒に連れてこなかったのか。適切な処置がまったく取られていないではないか。では、続けたまえ。

シュペックバッハー　お前さんはわしらの困った状況をよく知っとるはずじゃ。また、それを改善しようとするわしらの考えも知っとるはずじゃ。お前さんはよく分かっているので、わしらの考えをここで繰り返し言うこともないじゃろう。停滞し、手をこまねいていては破滅を招くだけじゃ。わしらがやってきたのは、その停滞を行動によって打ち破るように、お願いし、許可を得ようというためなのじゃ。どうか、わしらの言葉に耳を貸し、わしらのためになる行動を取るように、民衆たちに命令を下してくれたまえ。

ホーファー　お前さんは北へ、そしてお前さんは南へ進もうというつもりか。

シュペックバッハーとハスピンガー　そうだ。

ホーファー　それではわしには何が残されているのじゃ。わしはどこにいることになるのじゃ。

シュペックバッハー　お前さんはインスブルックに残っているのじゃ。お前さんが国境を越えて行こうとしないのならば、内部を率い、皇帝陛下の代理として統治すればよいじゃろう。だがお前さんはここでは軍隊を必要としない。さあ、ザント亭主よ。決断を下してくれ。

ホーファー　直ちに決定的な決断を下そう。だがその前に言ってくれ、ヨーゼフ・シュペックバッハーよ。お前さんがわしを入れようとしている牢獄はどれぐらいの大きさなのじゃ。それから言っておくが、わしは牢獄の窓からイン川へ飛び込んでやるつもりじゃ。お前さんがそれを防ぐというのであれば、窓という窓を鉄格子で厳重にふさいでおくことじゃな。

シュペックバッハー　やれやれ、何を言い出すのじゃ。さっぱり理解できない。

ホーファー　（シュペックバッハーの手を握って）親友ヨーゼフよ。わしは年寄りじゃ。じめじめした所はとてもかなわない。だからお願いする、乾いた部屋をわしに与えてくれ。岩の上で黄色い斑点のイモリがはびこっているような穴倉にわしを閉じ込めないでくれ。お前さんは友人のわしのために少しぐらいは融通を利かすことができるじゃろう。わしは牢屋でおとなしくしているよ、ヨーゼフ。

シュペックバッハー　ああ嘆かわしい。ホーファーは気が狂ってしまった。

ハスピンガー　いや、いや、いや、そうではない。恐ろしい光が湧き上がり、その光線をあの角に向けて力強く放っているぞ。あの罪深い男が震えている所だ。

ドネ　（傍白）「震えている、俺が？　俺は震えてなんかいない。俺は落ち着いて、手際よく切り抜ける道を知っているのだ。」

ホーファー　（ハスピンガーに）お前さんは話す資格はない。黙っておれ。お前さんはわしよりずっと下の立場じゃ。そしてこのシュペックバッハーよりもずっと下じゃ。この人がわしに対してきつい言葉を向けるのは、おそらく強い誇りを持ってこの国の幸せについて考えているからであり、またアンドレーアス・ホーファーが愚かな考えで国民全体の繁栄を損ねようとしているので、ホーファーを排除しようとしているのじゃ。ところがお前さんは小心という最悪の悪魔に騙されて、お前さんのとりえは何も残っていないのじゃ。自分自身のために国を裏切るような人は、わしが見るところ、最初の裏切り者、弟殺しのカインだ。[55] オエっと、吐き気がしてくるぞ。

ハスピンガー　さて、言いたいことは皆吐き出したかな。誰が我々を犯罪人に仕立てたか、およそ分かってきたぞ。そうだ、被告は告訴人の名前を聞くことができるのだ。誰が我々を告訴したのか、言ってくれ。

ホーファー　それは言うことはできない。わしは泣きたいほどじゃ。これほど年取ってから、一番親しい友人たちによって、これほどひどい目にあうことになるとは。死ぬまで泣き続けたいと思う。このわしをまず高い立場に持ち上げ、その後で低い底へ突き落とすとは。暴動を引き起こし、その後で臆病にもこっそり逃げ出すとは。わしの傷ついた心は、二つの嫌悪すべきものの間を飛んでいるのじゃ。まるで子どもにもてあそばれるボールのように、わしは汚物の中から汚物の中へと絶望的に飛ばされているのじゃ。もう早くこの世を去ることができればいいのにと思う。裏切りほど不愉快極まりないものはない。

ハスピンガー　(ドネに)さて、君はもちろん告訴人を知っているだろう。君の話も聞かねばなるまい。

ドネ　(傍白)「この攻撃は失敗だな。手を変えなくてはなるまい。」――殿方よ、恐れながら述べさせてもらいます。実は、ある農民がザント亭主のもとへやってきまして、あなた方の忠実さや誠実さを問題にする重大な弾劾を申し立てたのです。この男ははっきりそう語りました。だが、もしあなた方の面前に立てば、そうした非難もおそらく消えてなくなるかもしれません。

ハスピンガー　それは問題だ。だがそれほど急ぐことはあるまい。同僚よ、君は知らぬ存ぜぬというわけか。ああ、世の中は間違っとるぞ。まあ、これから何が暴かれるかは誰にも分からないがな。

ドネ　同僚よ。そのようにあざけられるのは心外だ。私は退席し、その男をこの場所へ出頭させよう。(傍白)「実際には、できるだけこの場所から離れさせよう。」

ハスピンガー　それでは私も同行しよう。その男を見つけるのを手伝おう。

シュペックバッハー　(ハスピンガーを留めて)ヨアヒム、行かなくてもよい。驚きのあまり、今まで言葉が出なかった。この嘘で固めた紐がわしらの首を絞めようとしとったのか。こんな紐を断ち切るために、お前さんは一歩も動かなくてもよい。わしも動かない。(ドネに)ここにいるのか、退席するのか。探しに行くのか、行かないのか。わしはお前の正体が分かった。お前のその顔で分かった。(ドネは退席。ホーファーを指して)この人にもわしは何も言うことはない。わしが早まって敵に突撃をかけ、多くの人命を犠牲にしたことで咎められるのであれば、また、わしが復活祭に懺悔に行かなかったことを神父が告訴するならば、わしは自分を弁護するためにはっきり意見を述べたい。だが友人の中の最も親しい友人が、邪悪な陰謀におじけづいているのならば、わしは黙っていよう。それをやり過ごすしか方法はない。

ハスピンガー　不信感が私の心に霧のように立ち込めてくる。その霧が我々の見ている全てのものを変えてしまうのだ。このため、この私は古い時代から受け継いだ栄光に心を燃え立たせ、古い教会の修道院を離れ、この山の中の地域を堅守し、廃墟の中からも果敢に戦い抜いてきたのだが、この神父のハスピンガーには、今のザント亭主は、尻尾を巻いて逃げ出す臆病な腑抜けのように見ているのだ。

ホーファー　お前さんらの言葉は矢のようにわが胸に突き刺さる。それではお前さんたちは無実なのか、仲間たちよ。そうだ、無実に違いなかろう。お願いじゃ、わしを進むべき道に戻してくれ。エーデンハウゼンのフレールスという見知らぬ男が嘘をついていたのじゃろう。だがわしの感情は嘘ではない。おびえた子どものように、わしの感情はおじけづいて、引っ込み思案になっていたのじゃ。

ドネ　（登場）探しに行った男は見つからなかった。

ハスピンガー　同僚ドネ神父よ、そんなことだと思っていたよ。

ドネ　したがって、告訴人は出頭できない。（退場）

ホーファー　告訴人がいなければ、裁判官も必要なしじゃ。最高の友人たちよ、さあ、この胸に抱き合おう。わしが疑念を抱いたことを許してくれたまえ。ああ、お前さんたちよりもわしはずっと深く苦しんでいたのじゃ。大事な大事な友人たちが不実だと思い込んで、心が張り裂けていたのじゃ。

ハスピンガー　もういいよ、それで十分だ。

ホーファー　お前さんたちにひどい言葉を言ってしまったが、許してくれるかい。

シュペックバッハー　腹立ちまぎれのことじゃろう。なかったことにしておこう。

ホーファー　だがわしは本当にお前さんたちより苦しんでいたんじゃ。

シュペックバッハー　そのことはもう言うな。やるべきことを進めよう。わしらが何をしに来たか覚えているかい。わしをザルツブルクへ、この人をイタリアへ行かせてくれ。

ホーファー　そんなことをした日にゃ、破滅じゃないか。――そうだ、もう少し気を落ち着かせよう。いいかい、お前さんたち――それはだめだ。そんなことをしてはいけない。それはいかん。

シュペックバッハー　わしらの理由をお前さんが知ってくれたら、考え直してくれるのではないか。

ホーファー　お前さんたちの方もわしの理由を知っているじゃろう。よろしい、始めたまえ。

シュペックバッハー　この国の不幸のことを念頭に置いてくれ。何もせずに手をこまねいているだけでは、わしらの負けじゃ。

ホーファー　そうかもしれない。――だが、わしらは男としてここで戦死するのじゃ。それはわしらが、この故郷で自分たちの居住権を守るためのことであり、名誉なことじゃ。だが武器を持って故郷から出て、敵を追い求めてみろ。そうすればたちまち、悪知恵、不慮の事故、災難といった悪魔の仕業がわんさと押し寄せてくる。人間のやるべきことがその反対のものになってしまうのじゃ。それよりもわしらは純粋な犠牲者として死んでいくのじゃ。そうでなくてはならぬ。神様もそういう人物を満足してご覧になるじゃろう。欲張ってよその巣に向かって群がるような泥棒バチになってはいけない。だからもう黙っていろ。これがこの件に関するわしの最後の言葉じゃ。

シュペックバッハー　お前さんが妥協しないのはよく分かった。それではわしは再び独自の行動をしよう。ツィラータールの国民軍はわしのものじゃ。お前さんが他の民衆をわしに預けてくれないのなら、わしは少なくともわしの軍勢を率いて、ザルツブルクへ向かおう。

ホーファー　それはだめだ。わしはお前さんにそんなことを許すわけにはいかん。

シュペックバッハー　それはないだろう、くそったれ！

ホーファー　ヨーゼフ、落ち着きたまえ。わしが冷静なのが分かるじゃろう。お前さんも冷静にしたまえ。

ハスピンガー　ああ、二人ともカッカとなるな！　まるで賭け事の勝負師のように、額に青筋を立てて、にらみ合っていても始まらないじゃないか。この神父の言うことに、この友人の言うことに耳を貸したまえ。威張りくさった敵の笑いものになってはならん。仲間割れはやめよう。わが軍の陣営の中に最悪の敵対者がいるなどと、敵軍に言われて、そんなことでいいのだろうか。

ホーファー　この仲たがいを始めたやつにそれを言ってや

れ。

シュペックバッハー　わしもそれを言っているのじゃ。

ホーファー　（しばらく間を置いてから）ひょっとしたらわしはこの問題を解決できるかもしれぬ。聞いてくれ、わしの言葉をよく聞いてくれ。お前さんたちはわしに統率の印としてゲルツ家の剣を与えてくれた。わしはためらいながらその剣を受け取った。というのも、わしが今ここにいる人物以上の何物でもないからじゃ。その剣を返上したい。わしの統率権をお前さんたちに返したい。さあ、それはもうわしのものではない。お前さんたちはそれを受け取って、統率権を握るのに、わしよりも、もっとふさわしいと思われる人に渡してくれたまえ。わしは喜んで身を引こう。というのも、インスブルックでお前さんたちと会ったあの瞬間から、わしには楽しい時がひとときもなくなってしまったのじゃ。お前さんたちの選択が卑屈な服従によるものであったと、まずこのわしが確認しよう。

シュペックバッハー　誰がそんなことを言っているのじゃ。誰がそんなことを望んでいるのじゃ。

ホーファー　よろしい。わしがお前さんたちの立場だったら言われたようにするつもりじゃ。だからお前さんたちにもおとなしく聞き入れてほしいものじゃ。司令官を務めるようになってから、わしは司令官の威厳を保つことを覚えるようになった。わしは敬虔な男で、よい忠告は喜んで聞き入れる。しかしわしの言葉と意思が常に最後の決定とならねばならぬのじゃ。国外移住を主張した人物は、お前さんたちも知っている通り、牢獄収監という処罰となった。たった一人の兵でも、わしの手から奪って勝手に国外へ連れ出そうとする人物がいれば、神に誓って言うが、たとえその人物がわしの兄弟であろうとも、わしは民衆たちの目の前でそいつを銃殺刑にするであろう。

ハスピンガー　話がややこしくなってきた。ここで打ち切ろう。ずっと待ち続けてきた使者がやって来た。息せき切ってアイゼンシュテッケンがやって来るぞ。

シュペックバッハー　おお、やっと来たか。

ホーファー　ありがたい。あいつが持って来たものは、われらに光明を与え、困難を終わらせてくれるだろう。

ハスピンガー　あいつの顔はよい知らせで輝いているようには見えないぞ。こちらへ駆けてくる、さあ来たぞ、もう到着だ。

第八場

アイゼンシュテッケン、前場の人々。

シュペックバッハー　どんな知らせじゃ？
ホーファー　まずひとこと言ってくれ、皇帝陛下はどうしておられる？
アイゼンシュテッケン　私は皇帝陛下にお会いできませんでした。
ホーファー　何だって？　お会いできなかったって？　それではわしの頼んだことはどうなった？
アイゼンシュテッケン　あなたの頼みは無駄となりました。皇帝陛下の陣営へまだ十四時間もかかる所で、私は引き返しました。
ホーファー　おやおや、いったいどういうわけじゃ？
ハスピンガー　嫌な予感がしていたんだ。
シュペックバッハー　おお、神よ。
アイゼンシュテッケン　鉄砲に撃たれた鹿のように呻いてください。真夏の太陽にやられた馬のように喘いでください。斧で脳天を割られた牛のように吠えてください。みんなそれぞれ勝手にわめき散らすがよいのです。帽子の花飾りを全部引っこ抜いてしまいなさい。それを勇敢な戦死者たちの墓に投げ込もうじゃありませんか。羽根飾りもちぎり取って、風に飛ばしてしまえばよいのです。――講和[56]となったのです。全てが前のまま現状維持となりました。我々は時間も、希望も、努力も、喜びも全て失いました。戦いも失い、血も傷も失い、家も土地も失いました。チロルは三つに分断されることになりました。一つはバイエルンに、もう一つはイリュリアに、三つめはイタリアに所属するということになったのです。（シュペックバッハーとハスピンガーは顔を手で覆い隠して、安楽椅子に沈み込むように座る）
ホーファー　それについての文書は手に入れたのか？
アイゼンシュテッケン　いいえ。さっきも言ったように、クラーゲンフルトでその噂がふれ回されているのを知り、私は絶望して引き返しました。

ホーファー　噂は間違っているかもしれない。

アイゼンシュテッケン　それは間違ってなんかいません。身分の高い人から低い人まで、国民みんながその噂を語り、その情報を知っています。

ホーファー　それは、やはりどこか違うのではないか。国民みんなだって？　わしの言うことが分からないか。みんなだなんて。一人ずつがと言うべきではないか。ほら吹きどもがと言うべきじゃろう。いつも嘘をついて時間をつぶしている暇人たちがそうしているのじゃろう。

アイゼンシュテッケン　あなたはまだ疑っているのですか。新聞にもちゃんと載っているのですよ。

ホーファー　新聞なんて、吹けば飛ぶような、嘘のおとぎ話を載せているだけじゃ。

アイゼンシュテッケン　他にどんな証明書をあなたは求めようというのですか。

ホーファー　敬愛する皇帝陛下のご直筆とご印璽《いんじ》じゃ。わしらを聖なる戦いへと促された陛下が、わしらが読むことのできる書面でもって、わしらに休戦を勧めるならば、それは確かなものに違いない。それは、いつか最後の審判の日にこの世の破滅を言い渡す神の声のごとく、確かなものであろう。だがそれが届くまでは確かではない。もっとも、もし本当に国民みんながすでにそう語っているとのことであれば、それは真実じゃと、さしあたり考えねばならぬだろう。

シュペックバッハー　（立ち上がって）真実じゃと？　何が真実なのじゃ？　この世のどこに真実が咲き誇っているのか？　わしらの勇気、わしらの希望が真実のように、この暑い夏に活動したこと一つひとつが真実のように見えていたのではないか？　それでは一切が虚偽じゃったのか？　一切合切が虚偽なのか。

ハスピンガー　（立ち上がる）この世は恐ろしくひっくり返っている。和平という言葉は、普段であれば年寄りたちを若返らせ、杖を使うことも不要にしてしまううれしい言葉だ。この世で一番心地よい言葉だ。その言葉が不安に満ちた我々の耳には、最後の審判における永劫追放の判決よりももっと恐ろしく響くのだ。

シュペックバッハー　（ホーファーに）さようなら。アンドレーアス、もうお前さんに会うこともないじゃろう。

ハスピンガー　アンドレーアス、さようなら。来世でまた会おう。

ホーファー　わしのもとを離れないでくれ。兄弟たちよ。どこへ行くつもりなんじゃ。

シュペックバッハー　わしはツィラータールへ行って、この谷を手放す最後の男になるつもりじゃ。（退場）

ハスピンガー　私は修道院の地下廟に潜り込むよ。深い廟が疲れ切った私を早く受け入れてくれることを望む。

（退場）

ホーファー　待ってくれ！　ああ、彼らはもう聞いてくれない。わしは一人じゃ。一人で哀れな国民を代表せねばならない。（トランペットの音）どうしてトランペットが鳴っているのじゃ？

アイゼンシュテッケン　宮殿の前の階段にフランス将校が一名、上ってきます。

ホーファー　アイゼンシュテッケン、行ってくれ。国民たちにお前さんが聞いてきたことを伝えるのじゃ。わしらの事態がどうなっているかを国民が理解できるように。賢い男たちをわしの所へ寄こしてくれ。その男たちによって、わしの考えを皆に伝えよう。（アイゼンシュテッケン退場）さて、フランス軍は何をしようとするのじゃろう。まあ、だいたいは想像できるがな。

第九場

一人のフランス人将校登場。将校の後を追って民衆が押し寄せる。ホーファー。

将校　（民衆に向かって）お前たちが私を殺そうとするなら、分かっているだろうな。私の首の代わりに一ダースの首が飛ぶことになるぞ。（将校は近づいて）私は王子殿下の使者として、お前たち反乱者の所へやって来た。殿下は次のごとくお告げである。お前たちも知っての通り、休戦となった。どこもかも休戦である。お前たち山の住民だけが神の掟に背き、人の掟に背き、戦争をしているのである。お前たちの所では、混乱と無秩序があふれている。村も町も悲惨に喘いでいる。王子殿下は、お前たちの悲惨な運命を配慮し、父君ナポレオン皇帝陛下の全権を持ち、わが国の明確な法律が定めた以上に、お前たちを大いに恩寵の目で見守ってこられた。もしお前たちが、正当なこの国の君主に直ちに従い、武装を解除し、解散するならば、王子殿下はお前たちに許しを与えられよう。この点について詳しい決定をなさるため、そして王子殿下のご意見を賜るため、代表者を王子殿下の本陣であるフィラハへ送るように命令された。お前たちはすぐに決断をしなければならない。私の滞在時間はわずかであるからである。

ホーファー　それでは、私が直ちに返事をいたしましょう。民衆の代表として、この私自身がフィラハにまいります。（フランス人将校は退場。ホーファーは民衆のもとに留まる）

第四幕

第一場

フィラハの官邸。イタリア副王。小姓。後でホーファー登場。

副王　その男を中へ通しなさい。どういう様子をしているのか。

小姓　長いひげをしていて、顔がよく見えません。髭は顔の半分を覆っていて、腰のベルトのあたりまで、波打って垂れ下がっています。あの風貌からすれば、パリのフェドー劇場[57]に登場して、『エジプトのヨセフ』の歌劇でヤコブ役[58]を演じることができると、私は思います。

副王　君はおしゃべりな小僧だな。それじゃあ、そのヤコブ太祖を呼んできたまえ。（小姓退場）私はこうした談合をするのは初めてだ。どうせ聞くことは支離滅裂な話ばかりだろう。こうした連中と話をするときは、じっと我慢して落ち着いていなくてはなるまい。（ホーファー登場）そなたがパッサイアーのザント亭主ホーファーか。

ホーファー　その通りです、王子殿下。

副王　（傍白）「見たところ何の変哲もない農民だ。」――そなたは反乱者たちからの明確な全権委任を持ってやってきたのであろうな。もっとも全権というのは、許容された事態に対して使うものであって、ここではその言葉は適切ではないが。しかしながらドイツ語は語彙が乏しくこの言葉以外に使う言葉がないのだ。そなたは反乱者たちから全権を委任されてやって来たのだね。

ホーファー　国土防衛軍の人々は、私が彼らに代わって殿下と面会することに信頼を寄せています。

副王　信任状はあるのか?

ホーファー　それは持っていません。急いでおり、時間が差し迫っていましたので、書状を作成するのを失念しました。また我々の所ではたいてい何事も口頭で取り決められるのです。ついでに申し上げれば、友人で善良な男、ドネ神父が私に同行してきています。私が殿下に申し述べることは、国民も認めると、この人物が保証してくれるでしょう。神父をここへ呼びましょうか。

副王　いいや、ここに留まりなさい。そなたの言うことを受け入れよう。（しばらく間を取って）私が本来君たちを取り扱うべき方法を棚上げにして、君たちに通行を許し、対話するという行為を示した理由は、私が生まれつき寛大であることと、君たちの短絡的な考えを善意から配慮したためなのだ。君たちが短絡的な考えを持ち続けたので、その恐ろしい結果が君たち自身に降りかかることになったのだ。そなたは私のこうした態度が君たちのためを思って、主従の垣根を越えて特別にやさしく振舞っているものだと分かってくれるだろう。そなたがそれをありがたく思ってくれることを望みたいものだ。

ホーファー　王子殿下、聞き及んだところでは、これまでフランス軍に抵抗しようとしたものに対しては厳しい処置が取られたということです。どれだけ厳しい処置がわれらに課せられるかを考えれば、殿下が今おっしゃったご厚意の言葉に私は驚くばかりです。

副王　よろしい。それでそなたは国民から何を依頼されてきたのか。国民はやっと正しい秩序に従おうと考えるようになったのか。全世界が講和となったので、彼らも平和を享受しようとするのか。

ホーファー　そのような話がされてるそうですな。

副王　おや？　話がされてる。そなたは全世界が話していることを信用していないのか？

ホーファー　殿下、殿下の将校と私の副官の二人が講和のことを私に伝えました。

副王　（机に向かって歩きながら）私はそなたに皇帝の手紙を、…

ホーファー　ああ殿下、貴国の皇帝の手紙によっても私は信用することなどはありません。（副王は不機嫌そうに反対側に向きかえる）殿下、私のぶしつけな言葉をお許しください。哀れなホーファーはこう言うより他にないのです。殿下は寛大さをお示しになるということですので、今こそ、寛大に私の言うことを慈悲深くお聞きくださ い。私どもチロル人は朗らかな小国民です。少なくともこれまではそうでした。しかしながら隣国の人々が今私どもを称讃しない特徴が一つあります。私どもは不信感に満ちていると言われるのです。本当にそうなのかどうか、私には分かりません。もしどうしても不信感に満ちているというのであれば、これにはそれなりの訳があります。というのも私たちは子どもの頃から歩みを進めるのに一歩一歩注意するように教えられているのです。私どもは細い山道を歩きます。私どもの一寸横には深い崖が口を開けています。私どもの頭上には岩の突起が突き出ています。岩が崩れ落ちる前に、すばやく通り過ぎねばなりません。今日は小川に見える川でも、明日には短時間の雨で谷に大水が流れます。霧や雲でどこに橋や平地があるのか分からなくなります。靄《もや》を信頼しようものなら、私どもは底なしの谷へ転落し粉々になってしまいます。夜は熊や狼が私どもの家畜の柵を破り侵入してきます。昼は鷲が私どもから乳児を奪います。お分かりですか、殿下。私どもは常に戦闘状態にあり、用心を欠かすことはできないのです。チロル人は自分の手に握っているものだけを信用するのです。

副王　そなたは実に不思議な人物だ。だが、どうしたらそなたの手に私が講和を握らせることができるのだね？

ホーファー　私は突然成り上がった騎士のように、無法者として反乱を起こしたのではありません。私はすぐに武器を取るようなことはせず、上からの指示を待ち続けていました。それはわが皇帝陛下の意志通知です。私はご直筆とご印璽の付いたわが皇帝陛下の講和の書簡を実際にこの目で見るまでは、武装を解除すべきかどうかという疑念をこの胸から晴らすことはできません。

副王　そなたにぜひ聞いてもらわねばならぬ、ホーファーよ。そなたがそのように異議申し立てすることを黙って見逃すことはできない。もしそなたがそうした異議申し立てを止めないのであれば、今回の会談には理由も目的もまったくなくなってしまうだろう。

ホーファー　王子殿下、ご立腹なさらないでください。どうか慈悲深く私の言うことをお聞きください。この夏、次々と噂が飛びかい、私ども哀れな農民は何度も騙されました。何度だったか数えきれないほどです。その噂のひどさは悪天候の雲の悪戯よりずっと悪質でした。そして風見のバラ[59]の周りをくるくると向きを変える風よりも、もっと早くその噂の言葉はくるくる反対の言葉に変わったのです。ある時は休戦だと言う。するとすぐに、そうではないと言う。合戦があったと言われると、すぐに敵軍が国の右翼にいる。そしてすぐに敵軍は左翼に姿を現したとされる。軍隊が確実に駐留し続けるとされていたのに、次の瞬間には軍隊は退却だと言われる。私どもが不運を確認するのに、言葉を求めるのではなく、他のものを求めるとしても、何か悪いことがあるのでしょうか。

副王　そうか！　だが聞きたまえ！　私はそなたが国民の代表として来たと信用している。私はそなたを信用し、疑ったりしない。君たちが時間稼ぎをし、私とそなたが話している間にも、君たちが新しい策略を練り上げているだろうと、疑ったりはしない。そなたは農民としてそう語り、私は君主としてそう信用する。ところが農民のそなたには、君主や騎士の誓約の言葉は十分に信用できないと言うのだな。（ホーファーは途方にくれて沈黙する）私はそういう言葉は大事だと思っている。恥を知れ、ホーファーよ。

ホーファー　（しばらく間を取ってから）殿下、殿下を信用するようにいたします。

第二場

バラグアイ伯爵。前場の人々。

バラグアイ伯爵　（部屋に入ってきて）突然の入室をご容赦ください。しかしながら、私の情報がこのご会見のお役に立つのではないかと思います。ダンツィヒ公爵がオーストリアの使者を拘束しました。この使者はハプスブルク家から反乱者への書簡を持っており、その内容は「休戦し、武装を解除せよ」というものでした。ダンツィヒ公爵は、「他国の者をチロルへ入国させるべからず」という命令に従い、この使者を書簡ともども拘束しました。そして公爵は、「この書簡を司令本部に送るべきか、反乱者たちの所へ届けるべきか」と、尋ねております。

副王　後で決断しよう。控えの間で今後の指示を待っていてくれたまえ。（バラグアイ退場）さて、ホーファーよ。そなたが望むのであれば、その書簡とやらを私の所へ送らせよう。それが偽物でないかどうか、そなたは事情に詳しい人に調べさせることもできる。それまで、我々の交渉を延期しよう。その後、話を続けてはどうだろうか。

ホーファー　殿下。敗残したものを嘲弄《ちょうろう》するのはおやめください。全てが終わったと、分かりました。私どもはただ生き延びて息をすることをお願いせねばなりません。私は降伏します。神が私どもに降伏を与えたからです。あなた方は道路という道路で凱旋行進をしてください。私どもが譲りたくなかったものを手に取ればいいのです。世界はあなた方のものだ。チロルもあなた方のものになればよいでしょう。もし殿下が私を釈放してくださるなら、私は全ての部隊に使者を送り、掲げた銃を放棄し、剣を捨て、兵士であったことを棚上げし、故郷に帰って、家畜のように黙って静かに暮らすようにさせましょう。

副王　我慢することだ。君たちは、男らしく試練を受け入れたまえ。私は降伏を受け入れよう。夜になれば起こったことも闇に包まれよう。屈辱を感ずることなく、君たちは平和に暮らせばよい。これは確実に保証しよう。ところで、書簡のことだが、そなたの心が休まるように、それをそなたの手元に届けさせよう。そなたはここからどこへ行くつもりか？

ホーファー　まずはシュタイナハへ向かいます。

副王　よろしい。私はそちらへ書簡を届けさせよう。そなたは釈放だ。アンドレーアス・ホーファー、出て行きなさい。

ホーファー　殿下、もう少しだけ殿下のおそばに留まらせてください。私は狼狽《ろうばい》していました。その知らせに私はあまりにも驚いたのです。しかし意識が戻ってきました。ああ、殿下の胸の中に、私の兄弟たちへの敬意を生み出すことができればと、私は願うのです。今後、私が殿下と接見するようなことは二度とないでしょう。もし殿下が私どもを蔑視することしかできないのであれば、私どもの協定にはどんな保証が残るのでしょうか？

副王　約束がなされたのだ。したがって順守される。

ホーファー　奴隷には権利がありません。あなた方は名誉のない人をどうやって敬うのでしょうか。あなた方は家畜同然の私どもをどれほど気にかけるというのでしょうか。殿下、殿下は私たちのことをもっと大事に考えてくださらなくてはなりません。冷静に澄んだ目つきで見ておられる殿下の気高いお心に、私はぜひ申し述べておきたい、「不幸なチロルに憐れみの心を持っていただきたい」、と。そして、「チロルの犬はただ飼い主から餌をもらい、他人からはもらわない。その犬は飼い主から褒められたいだけなのだ」などと、私どもの心を、殿下の国の嘲笑家たちに笑いものにさせ、殿下が顔にしわを寄せて笑うようなことをなさらないでください。あなた方はオーストリアを墓場にしました。殿下に申し上げておきますが、哀れな忠犬はこの墓場の上で死ぬまで吠え続けるでしょう。さあ、殿下、私どもの気持ちを残らず申し述べました。お願いです、どうかこれを踏まえて私どもをお取り扱いください。もうこれ以上言うことはありません。（退席しようとする）

副王　待ちたまえ。そなたの話を聞いて感動した。本来、私はこういったことには耳を傾けない方がよかったかもしれぬ。しかしどうしてか分からぬが、私の気持ちが高ぶってきて、君たちの胸から強情な考えを取り除き、新しい信頼を植え付けようと望むようになった。もう一度繰り返すが、情熱の命じるまま、また悪い人間が命じるまま、君たちが取った行動のことはもう忘れてしまいなさい。今は熟考が必要だ。二人の皇帝の戦いに、個人として、招請も受けないまま、不法に介入することなど、そんなことは忘れてしまいなさい。私がそれを望むのだ。ところでアンドレーアス・ホーファーよ。そなたにぜひ聞いておきたいことがある。そなたはしっかりとした口調で分別を持って語る。聞くところによれば、君たちはみな考えや理性がしっかりしているとのことだ。――賢明な男たちももちろん誤りはする。だがその誤りにすぐに気づいて、その後は繰り返したりしないものだ。――君たちはどうしてオーストリアを愛しているのかね？　よく考えてくれ。君たちをそれほど熱い思いでウィーンへと、シェーンブルンへと向かわせる理由を教えてくれ。そして、そのオーストリアへの愛情に取って代わるようなことを、新しい統治者の我々が何もしてこなかったのか、またこれからも何一つすることができないのか、一緒に検討してみようではないか。君たちはどうしてオーストリアを愛しているのかね？

ホーファー　殿下、そんな問題なんて、私も、チロルの誰もこれまで考えてみたことはないと思います。これにはお答えすることができません。

副王　さあ、よく考えなさい。時間を与えよう。そなたにはまったく自由に考えを説明してほしい、それが私の望みだ。

ホーファー　さて、これは困った。どうして私どもがウィーンの皇帝陛下を敬うのか、殿下に説明できません。記憶を揺さぶって手掛かりを探してみましょう。私どもは危険にさらされたときだけは、戦場に出かけます。私どもは納得できただけの税金を払います。私どもには騎士たちと同じ権利があります。私どもには騎士たちと同様に領邦議会に議決権が与えられています。そして皇帝陛下は常に私どもに好意的でした。でも、これら全てのいずれにも、オーストリアへの愛情の理由が隠れている場所を見い出すことはできません。これらは、私どもが黒と黄色のオーストリア帝国国旗を見た時、私どもを飛び跳ねさせ、歓呼させ、心を震わせるものではないのです。あなた方が新しい支配者となっても、先ほど述べたことは全て認めてくれるかもしれません。自由に語れとの仰せなので申し上げますが、そうした愛情は昔からのもので、ちょうど手をつなぎ合う子どものように、私どもの心にずっと居座っているものと思います。

副王　それでは、その愛情は根拠がないように見えるではないか。

ホーファー　私自身も根拠がないと思います。

副王　そうだ、ホーファー、そなたがそう考えることこそ、私が望んでいたのだ。君たちの意識を曇らせている厄介な靄《もや》など振り払いたまえ。君たちがこれまで持っていたものをこれからも持ち続けたまえ。それどころかさらに多くのものを得るようになるだろう。息苦しく狭い囲いの中から抜け出して、我々に愛情を向けてくれたまえ。そうすれば、我々も君たちに栄誉と展望を与え、君たちは夢見る以上に高い立場に上ることができよう。ここでそなたに私が語ったことを、民衆に伝えてくれ。

ホーファー　私にまったく恥ずかしい思いのまま、ここから立ち去れとおっしゃるのですか。それでは私の拠って立つ所はどこにもないではありませんか。――殿下、殿下はたいへん温厚で慈悲深いお方だ。たいへん恐縮なことですが、どうか私から殿下にご質問させてください。

副王　はて、何かな。

ホーファー　どうして私たちが昔からの私どもの皇帝陛下を愛しているのか、私には答えることができませんでした。そこで畏れ多くもお聞きしますが、どうして殿下は父君のナポレオン皇帝を愛しておられるのでしょうか。

副王　（微笑んで）ホーファーよ、簡単に答えられる問題を出してくれたね。皇帝は出現するや、かならず敵を打ち破ったからであり、皇帝が大帝国を築いたからであり、私に立派な侯爵領を与えてくれたからであり、そして息子として相続人として私が皇帝の栄光と権力の分け前を受け取ることができるからだ。

ホーファー　その通りでしょう。でも、もし、仮にですよ、もっと巨大な人物が登場したら、どうされますか。それは十分に可能なことです。ナポレオン皇帝よりも三倍も多くの戦場で勝利し、三倍も大きい帝国を建設する英雄が現れたらどうされますか。地球は広いので、土地の余裕もそれぐらいはあります。殿下に三倍もすばらしい侯爵領を与え、殿下に三倍も大きな栄誉と権力の分け前を残すのであれば、殿下は父君の皇帝のもとを立ち去られるのでしょうか。今の愛情を取り消して、心を改め、新しい全能者に従われるのでしょうか。殿下。

副王　（傍白）「なんと弁の立つ老人なんだ。」

ホーファー　殿下、黙っておられますね。それでは殿下に代わって私が答えましょう、それは、いいえ、立ち去らないです。もしそうであれば、殿下の心の愛情も、私どもの場合と同じように大した根拠を持っていないように思われます。ひょっとしたらそう定められているのでしょう。私は農民で、心で考えていることをはっきりと口に出すことができません。しかし考えてみると、私にはどうもこのように思えてくるのです。愛情というものは大地からやって来るものではなく、むしろ主なる神が天国から人間の心へ送り込む光線のようなものではないでしょうか。それは、小屋の窓からやさしく光を放つろうそくの火のように、人間の心の中でその愛情が光り輝くためなのです。愛情は、それが愛情であるので、愛をもたらすのです。

副王　やめたまえ。会談はこれで終わりにしよう。

ホーファー　これで終わります。私どもの立場を弁護することも必要でしょうが、それは殿下のお心にご一任いたします。

副王　シュタイナハへ行きなさい。そこでそなたの皇帝からの手紙を受け取りなさい。その手紙は私が言ったことを別の言葉で述べているものだ。君たちが講和を守ることを望む。覚えておきたまえ、講和違反をするものは死刑だ。さあ、ザント亭主よ、帰りなさい。そしておとなしくしていたまえ。（ホーファー退場。王子は呼び鈴を鳴らし、バラグアイ登場）ラ・コストに書状を持たせて直ちにシュタイナハへ派遣するよう、ダンツィヒ公爵に伝えてくれ。そこでアンドレーアス・ホーファーに書状を渡してもらいたい。貴殿も同地に向けて出発してくれたまえ。兵舎に陣取って、なお反乱が起こっているのであれば、重大な決意と兵力でこの国を平定してもらいたい。この点で貴殿が計画していることには、私が許可を与えよう。

第三場

荒れた岩場の谷。アンドレーアス・ホーファーがドネを伴って登場。

ホーファー　ここだ。赤い夕陽がわしらに夕方の挨拶を送ろうと最後の光を照らしているが、その光をブナの木が大きな枝で遮っている陰がある。ここでわしは休もう。お前さんが戻ってくるまでの間、きっと岩場の湧き水が喉を潤し、野生の木イチゴが飢えを癒やしてくれるだろう。ドネ神父よ、シュタイナハへ行ってくれ。書状を将校から受け取り、ここへ持って来てくれ。わしはここでお前さんを待っている。

ドネ　泊まる建物を探さないのですか。この場所からベルクイーゼルまでは二時間とかからないでしょう。

ホーファー　いいや、ドネ神父。パッサイアーのザントへ、自分の家に戻るまでは、人の建物には泊まりたくはない。はっきりさせておきたいが、わしは犯罪をしたわけではない。しかしわしは人の顔を見るのに不安を感じるのじゃ。逃亡しても神に印をつけられたカインのような気分がするのじゃ。高慢な敵どもに物乞いをせねばならぬとは！　おお主よ、あなたはあまりにも重い試練を与えられた。ところで民衆はもう降伏したのか。

ドネ　最初は憤懣《ふんまん》が沸き上がり、大きな叫びが轟きました。だが、その後で、いつもの群衆のことですが、家に帰って行きました。

ホーファー　わしらは性急すぎた。ドネよ、今回はお前さんの助言はうまくいかなかった。お前さんはあまりにもせかしてわしに降伏の声明書を送らせた。わしはまだしばらく待ってみるつもりじゃったのに。それが正しければよかったのじゃが。

ドネ　まだまだ余裕があるように見えても、賢明な男は急いで必要なことを行うものです。気を取り直しなさい。われらに勝った連中は無敵なのです。こんな強敵に負けたからといって、何も恥ずかしいことではありません。

ホーファー　ああ、わしの前で敵を褒めそやすようなことはやめてくれ。わしにはそんな褒め言葉は耐えられない。お前さんは地面が変わるごとに体の色を変えるカメレオンのようではないか。

ドネ　あなたも敗戦をあらかじめ考えていたのではないですか。

ホーファー　だが実際に敗戦になるなんて、決して信じていなかった。ほっといてくれ。お前さんは平和人間で、とても理解することはできまい。シュタイナハへ行ってすぐに手紙を取ってきてくれたまえ。(ドネ退場)　わしらの主君の旗印が外され、新しい君主の旗印が打ち立てられるのが見えた。(傍白)「こんなことなら、わしの両目なんぞ見えなくなった方がましじゃ。」――わしらのこれまでの名誉ある名前を打ち消す叫び声が聞こえてくる。(傍白)「いっそ、わしは耳が聞こえなくなった方がよかったかもしれぬ。」――その声はわしらを川へ呼び出し再洗礼させせようとするのじゃ。わしらのチロルの魂は、そしてわしらの名声の記憶は、次々と流れ去る波に乗り、海まで連れ去られ、そこで墓に入るというわけじゃ。ああ神よ、あなたの雷鳴はどこに行ったのか。――怒り猛る人々よ、お前たちは恥を感じることはないのか。お前たちは昔からの擁壁を崩すのか。この擁壁の仕切り板がもう少し長続きするのをお前たちは願っていないのか。ああ天よ、わしを絶望させないでくれ。静かにせよ、と天使の少年が叱り、雲の中へ進んで行く。わしはヨブとトビアス[60]のように苦しもう。

第四場

エルジ登場。ホーファー。

ホーファー　おやおや。哀れなエルジじゃないか。どこから来たんじゃ？

エルジ　悲惨の国からです。

ホーファー　それは広い地域ではないか。チロル全土と同じじゃ。そしてどこへ行くのじゃ。

エルジ　不幸の国へ。

ホーファー　それでは、わしら他の者も皆同じじゃ。さあ、落ち着いて話しなさい。赦しの心に向かってるのかね。

エルジ　そう願うわ。もうすぐ私は償いを受けるでしょう。

ホーファー　おやおや、お前はわしが尋ねたことと違うことを考えているようじゃ。さあ、安心して、昔からのこの友人に話してくれ。調子はどうじゃね、落ちぶれた、哀れな女よ。

エルジ　まあ、悲しいこと、うわべだけのことね。人間は自分自身の罪を見ないで、隣の人の罪だけを見るものなのね。みんなは私をヘビのように嫌って仲間からはじき出すのよ。だから私は寝泊まりする家もなく、森の中をさまようわ。でもそれが今の私の心にはちょうど具合がいいのよ。私の心にすばらしい安らぎがやってきたわ。私が何に出会っても、もうそれは全て過ぎ去ったことのように思われるのよ。

ホーファー　顔色の悪いエルジよ、お前はなんとひどい悲嘆を語るのじゃ。だが、わしもそれを聞いて自分の悲嘆をしゃべりたくなった。罪は罰を受けると、苦痛の音色を生み出し、傷ついた徳性もその音色を帯びるのじゃ。そうじゃ、わし自身が苦しむことの本当の音色が、お前の口から聞こえてきた。このブナの木の陰で、迷った小鳥のように、わしら二人は悲しみの歌を一緒に歌うのじゃ。昔からの神はまだ生き続けておられると思う。お前がそう思うなら、神はもうお前をお救いなさったのじゃ。家に帰りなさい。わしの言うことに間違いない。きっとヴィルトマンはお前を許すじゃろう。

エルジ　神様はもっと早くそうすべきだったわ。今じゃ遅すぎるわ。

ホーファー　遅すぎるって？　考え直してごらん。お前は何をしようと思っているのじゃね。

エルジ　私に悪いことをしたあの男に復讐をしてやるのよ。あいつは私から家庭も名誉も奪った挙げ句、私を捨てて去ったのよ。私はあいつを殺すことを誓ったわ。疫病神のようにこっそりあいつの足跡をつけて、決行の時を待っているのよ。そして今日がその決行の日だわ。女の復讐がどんなものか、あなたたちに思い知らせてやるわ。

ホーファー　ああ、お前は逆上しておる。そんな邪悪なことはやめなさい。前の罪から抜け出したとたん、新しい罪へ転落してはならない。エルジよ、わしらの誠実なドイツの地に殺人鬼の隠れ家を作ってはならない。復讐というものはひどい行為じゃ、エルジ。復讐の攻撃は復讐者自身の額へと、そして罪のない流血へと向かって行くのじゃ。その攻撃は敵が何か分からなくなってしまうものじゃ。復讐は神様に任せておきなさい。人間には復讐はふさわしいものではない。

エルジ　きっと人間にふさわしいものだわ。だって人間が実行して初めて、神様は不法に対して復讐できるのだもの。チロルの女は逆上することもある。とてつもなく興奮してわれを忘れると、恥でも冒瀆者でも真っ黒に塗りつぶしてしまうのよ。でも墓場より暗いものはあるでしょうか。ラ・コストが今日、イーゼルに来ることは分かってるわ。そしてあいつがもはやイーゼルから出て行くこともないのも分かってるわ。さようなら、私の最後の時間がやって来たわ。（エルジ退場）

第五場

ホーファー　（一人で）それでは破滅をするがよい。お前の魂のためにわしは祈りをしよう。天の偉大な神よ、地球は逆転しています。男たちが祈りを捧げ、女たちが行動するのです。森の中でムクドリたちと戯れて過ごし、リスたちと兄弟のように木の実を分かち合う方がずっとましじゃろう。今や、この荒れ地が最高の住み処じゃ。(あたりは暗くなってくる)夜がやってきた。苔が湿った香りを送ってくる。蛍がか弱い光を放っている。小鳥たちは巣の中で夢を見ている。わしも横になって眠りにつこう。鉛のような眠気が目を襲ってきた。(ホーファーは剣を取り出す)その前にこの剣を墓穴に埋葬しておこう。軍の統率はもう終わった。その印が何になろう。昔の時代のことを思い出してはならない。わしらはこれまでのことを忘れなければならぬ。だから、剣よ、おさらばじゃ。(ホーファーは数歩歩き、岩の裂け目に剣を投げ入れる)さあ、そこで眠り、錆びつくがよい。お前の墓の近くで、秘かに湧き出る泉の精霊たちに歌を歌ってもらい、孤独を慰めるがよい。お前はその子守歌で眠り、やがて摩滅し、剥がれ落ち、最後に塵に帰るのじゃ。木々たちよ、お前たちのもとでわしを守ってくれ。そして禍や罪業からわしを守ってくれ。(ホーファーは横たわり、眠り込む。しばらくすると、ホーファーが投げ捨てた剣を持った天使が現れ、眠っているホーファーに近づく)

天使 あなたはこれまでずっと身に着けていたこの剣を持っていなければなりません。(天使は剣を眠っているホーファーの傍らに置き、姿を消す)

ホーファー (目を覚まして)この夢を見るのは二度目じゃ。剣は向こうの穴の底に入っているはずじゃ。(ホーファーは自分の周りを手探りし、剣をつかむ)ああ、聖人たちよ、剣がここにある! ああ神よ、私の意識をしっかりしたものにしてください。永遠の神よ、はっきりとあなたのご意思をお示しください。私の早合点が嘲笑の的にならぬようにしてください。

ドネの声 (外から)おーい、ホーファーさんよ。

ホーファー (考え事にふけって)だが、わしは確かに剣を投げ捨てたはずじゃ。

第六場

ドネとホーファー。

ドネ （登場）おおい、返答してくだされ。――ホーファーさん、おられますか？

ホーファー わしはここじゃ、ドネ！　皇帝陛下の書状を持ってきたじゃろうな。

ドネ それが持ってきておりません。シュタイナハでは誰もそんな将校のことを知らないというし、その周辺でも将校のことを尋ねましたが、何にもなりませんでした。ひょっとしたら将校は事故にあったのかもしれません。

ホーファー いや、それはないじゃろう。わしはまったく違うと考えている。もしや悪だくみでも、――いや、まだ言わないでおこう。立ったついでにこのわしが急いでシュタイナハへ行き、使者の到着を待とう。お前さんも一緒に来るかい。

ドネ 私は疲れ切っています。

ホーファー よろしい。ではここで別れよう。わしの行く道に同行者を伴うのは無理だろう。道は狭すぎて、二人並んでは歩けないのじゃ。お前さんはわしらの友人たちのもとへと赴き、わしの行動に注視すべしと伝達したまえ。このわし自身の件についての報告は速やかに到着する予定であると。

ドネ あなたの口調は荘重な響きになっています。いったい何が起こったのですか？

ホーファー この場所で夢の幻覚が現れた。だが、それを解釈するのは困難だ。明日、シュタイナハでそのフランス将校と会うことができればいいと思う。もし会えなければ、わしは騙されたと思わなくてはならぬ。そのときは、闇の夢の解釈は流血でもって決着されることになろう。（ホーファー退場）

第七場

ドネ （一人で）さあこれで、私にとっては、闇の側から光の側へと転ずる絶好の機会がやってきたというわけだ。バラグアイは軍勢を連れてもうシュテルツィングに到着しているだろう。バラグアイの所へ行き、役に立つことをしてみよう。なにせこの私ときたら、反乱者たち全ての陰謀の企みも隠れ家も知り尽くしているのだからな。バラグアイは感謝して、私を大いに厚遇するに違いあるまい。あの伯爵は下手な猟師にすぎない。罠が一つあれば、鳥が捕まるとでも思っているのだ。私はあらゆる所に幸運のための罠を仕掛けておくのだ。こちらでは失敗しても、あちらではうまくいくというものだ。（ドネは反対側へ退場）

第八場

イーゼルの旅館の部屋。扉越しに開け放たれた廊下がのぞいている。ナニ、その後エルジが登場。

ナニ　（子ども、花輪を編んでいる）もうすっかり遅い時間になってしまった。とても眠くてたまらない。でもお母さんのお墓のために、今日中にこの花輪を編み上げなくちゃならないわ。歌でも歌いましょう。

丸い花輪は　キンセンカ
お墓の上の　十字架に　…

エルジ　（ドアから中へ入ってくる）ナニ！（ナニは見上げ、叫び声をあげて、隠れる）どうしたの？　お母さんが怖いの？

ナニ　あなたは幽霊で、お墓から出てきたのね。

エルジ　何ですって？　おばかさんになったの。ほら、触ってごらん。私は生きているでしょう。（ナニはこわごわ近づく）

ナニ　お母さんは死んだって、お父さんが言ったわ。

エルジ　もちろん、もうお墓へ入る時はやって来てるわ。お父さんはどこにいるの？

ナニ　インスブルックの人々の所よ。雇い人もいないわ。私とイェニーだけでお留守番よ。

エルジ　今日、誰かお客が来たかい。

ナニ　まだお客は来ていないわ。でもお母さん、.フランス人の召し使いがやって来て、ここで泊まるって知らせに来たわ。私、知っているわ、お母さんにいつもキスをしていたあの人よ。

エルジ　お黙り、ナニ！　すぐに来るってかい？
ナニ　もうすぐここに来るって言ってたわ。
エルジ　（床から花輪を拾い上げて）これはいったい何よ？　お前は花輪を作ってるのかい？
ナニ　お母さん、お父さんはお母さんのお眠りになっている場所を教えてくれないの。それで、私は庭に土を盛って、お母さんのお墓にしたの。お母さん、私は毎朝そのお墓に花輪をお供えしていたの。（エルジは激しく泣き始める）お母さん、お母さんが悪いはずはないわ。お母さん、また戻って来てくれてよかったわ。庭のお墓の土を崩すわね。
エルジ　いいえ。いとしい娘よ。そのままにしておくれ。土盛りは残しておいて、明日もその上に花輪を置いておくれ。（家のベルが鳴る。エルジはびくっと身を縮める）弔いの鐘が鳴ったわ。
ナニ　いいえ、家のベルよ。
エルジ　そうね、家のベルね。お客さんを迎えに行っておくれ。（ナニ退場）恐れる心よ、消え失せよ。勇気の心よ、立ち上がれ、勝ち誇れ。さて、どうしたらあいつを確実に殺すことができるだろう？　毒薬は持っていないし、短刀では手が震えてしまう。どんな手があろうか？　そうだ火だ。火にしよう。恋は、火の炎のように熱いではないか。あいつは酔っぱらって、私に燃え上がっているなどと、何度も言ったではないか。それでは、今日こそは、炎には炎でお返しすることにしよう。

第九場

ラ・コスト、エルジ。後で、ナニ登場。

コスト　（入室）今日、君に会えるなんて思ってもいなかったよ。本当に驚いた。血が騒ぐほどだ。君はどこか遠い所へ行ってしまっているのではないかと心配していたんだ。君には悪いことをしたが、許してくれるかい。
エルジ　フランソワ、あなたの女を恐縮させたりしないでくださいな。悪いのはみんな私自身のせいなのよ。どうしてあんなに見境もなく私はあなたの所へ押しかけたのでしょう。あなたが私を殴り倒さなかっただけでも幸運だったと言わなくてはなりませんわ。

コスト　君の言葉は僕の傷ついた胸を短刀で突くようだ。君が僕をどんなに非難しても、それ以上に僕は僕自身を非難している。でも、どうか僕がどんな状況にあったのか分かってほしい。そうすれば、僕がそれほど君に憎まれることもないように思うのだが。

エルジ　親しい人よ、そんな些細なことは水に流しましょう。ごらんの通り、あらゆることが元の生活に戻っています。あなたを何度もお迎えした酒場の女将があなたの前に立ってます。そして、大事なお客様のご所望は何かとお尋ねいたしましょう。

コスト　美しく善良なエルジよ、僕は救いようもないのだ。楽しい愛の言葉も何にもならない。美しい人よ、僕の望みは眠ることだけだ。僕は死ぬほど疲れ切っている。僕はザルツブルクを出て、本来なら、今日中に、シュタイナハへ行かねばならないのだ。だが用心して、夜は馬を走らせないことにした。というのも僕は非常に重要な書簡を運んでいるのだ。その書簡の運命を闇に任せることは僕にはとうていできない。反乱者たちの徒党がまだうろついている。やつらが僕の進路を防ぐかもしれぬという恐れから、君が見ての通り、僕は青い上着で一般市民のなりをしている。そこで、僕はイーゼルで夜を過ごした方がいいと思ったのだ。

エルジ　分かりました。あなたはここでその書簡とやらと、まったく安全に眠ることができますわ、まるでお墓に入っているように。

コスト　そうだな、でもそれではあまりにも安全すぎるだろう。というのも明日には時間に間に合うように僕は目を覚まさなくてはならないのだ。

エルジ　今のは、言葉の言い回しです。

コスト　僕の寝室はどこかな。

エルジ　このすぐ隣です。寝床はもうしつらえてあります。

コスト　おやすみ。（ラ・コストはエルジにキスしようとする）

エルジ　（顔をそむけて）だめよ。やめてください。私の口は荒れているの。おやすみなさい。ぐっすり長くお眠りになりますよう。（ラ・コストは脇の扉から退場）私の心よ、勇気だ、勇気だ。勇気をなくしてはいけないわ。ナニー！（ナニ登場）こちらへおいで。いい子だから、インスブルックまで行ってきておくれ。
ナニ　何ですって、お母さん、こんな夜中に？
エルジ　そんなに遠くはないでしょう。あなただったらきっと行けるわ。イェニーと一緒に行きなさい。イェニーを呼んでおいで。それから二人で行くのよ。いいこと、お父さんの所へ行って、こう言うのよ。お母さんが帰ってきたけど、お父さんには迷惑をかけたくないって。お父さんが帰る頃には、新しいことが分かるでしょう、と言っているって。
ナニ　ああ、お母さん、明日、行くことにしてちょうだいな。
エルジ　だめよ、今日よ。今日でなくちゃ。急いでいるのよ。いい子ね。（ナニ退場）わが心よ、同情という言葉は無用よ。そうしなくてはならないわ。あいつが私のことを憐れんでくれたことなんかなかったじゃないの。
ナニ　（戻ってくる）お母さん、イェニーも行きたくないって言ってるわ。
エルジ　イェニーも言うことを聞かないとだめよ。私の邪魔をしないでね。上に布をしっかり羽織って行きなさい。夜は冷えるからね。（エルジはナニにキスをする）さようなら、かわいい子、ずっと母さんにやさしくしてね。明日の朝、一緒に私のお墓に花輪を供えましょうね。（ナニ退場）扉が閉まったわ。あの子とイェニーは出かけて行った。でもまだ近くにいる。子どもたちの話が聞こえるわ。話し声はだんだん小さくなる。岩の向こうへ回って行ったのね。谷の方へ階段を下りていく足音がまだ聞こえる。音がしなくなったわ。まだ聞こえるかしら？　耳を澄ましてみよう。だめだわ。何も聞こえない。私一人きりだわ。ああ、どうしましょう！　何と恐ろしいことが始まろうとしているのでしょう。女一人でそんなことができるでしょうか。（エルジは脇の扉の方へ行く）もう暗いのかしら？　そう、部屋は暗いわ。あいつは眠っている。眠っている人を殺すなんて。眠っているときに、この人は罪を犯すわけではないわ。どうしてなの。どうしてこの人は眠りながら死ななくてはならないのだろう。フランソワ、起きなさい。もし目を覚ましたら、私は悪いことなどしなくて済むわ。起きなさい！　起きなさい！　ここに人殺し女がいるわよ！　どこですって？　ここにだなんて？　違うわ、違うわ、いとしい人よ。いとしい女があなたのそばにいるのよ。すばらしい祭りの最後は明るく照らしましょう。（エルジは火を手に持つ）ご覧なさい、恋人の手にたいまつが燃えているわ。（エルジは火を持って急いで出て行き、しばらくして戻ってくる）もうすんだわ。もう、どんな聖人だって、荒れ狂う破滅の恐ろしい流れを止めることはできないわ。炎はもうごうごうといい出した。あの人はまだ眠っている。あの人の叫びで私が動揺しないうちに、早くしておくれ。向こうだ。家の横に谷がある。飛び降りよう。神様が私を呼ぶ前に、さあ、私を殺し、消えてなくしておくれ。私の屍を受け取っておくれ。（エルジは廊下を走り抜け、消え去る。すぐ後で、物が落下する音と鈍い叫びが谷底から聞こえる。それからあたりは静寂になる）

第十場

シュタイナハの中央広場。夜は明けている。アンドレーアス・ホーファーが民衆の中にいる。使者。後からネーポムク・フォン・コルプ、バラグアイ、ドネ。

ホーファー　使いの者はどこにいるのじゃ？

使者　（登場）ここにいます、司令官殿。私はインスブルックの向こうまで行ってまいりました。村から村、町という町を尋ね歩きましたが、皇帝陛下の書簡を持った士官はやって来ておりません。フランスの羽根飾りをかぶったものには出会いませんでした。

ホーファー　わしらは騙されたのじゃ、兄弟たちよ、もうはっきりしている。どうして皇帝陛下が何一つお言葉もなく、わしらを手放すことがあろうか？　どうして陛下のお言葉がわしらのもとに送られて来ないのか？　それゆえ、やつらが偽の講和の知らせで、わしらの単純さを欺いたのは明白じゃ。

民衆の一人　ネーポムクも同じことを言っています。ネーポムクはフランス側の言うことを真に受けず、軍勢を引き連れて、まもなくこのシュタイナハに到着します。

民衆の一人　ネーポムクを加えないでくれ。あの荒々しい軍勢がわれらに福をもたらすはずはない。あいつの口からは真実が語られたためしがない。あのゴロツキ連中はわれらの国土を焼き尽くすだけだ。

ホーファー　わしはネーポムクを歓迎しよう。現在の状況は極めて困難で、極悪の連中も排除することはできないのじゃ。

コルプ　（武装した一団と共に登場）殿、ただいま参上仕りました。殿はいつまで躊躇しているのですか。吾輩が勝利と、そして勝利の雄叫びをもたらしましょう。ケルンテンからオーストリア大公が大軍を引き連れて前進しています。ザクセンブルクでは、すでに大公の大砲が轟いています。

ホーファー　わしらの状況は劣悪だ。兄弟たちよ、お前さんたちは勇敢な男たちだからこの事実に耐えることができるじゃろう。バラグアイ伯爵は、一万の軍勢ですでにブリクセンに駐留し、当地のわしらを脅かしている。しかし、ひょっとすればこの最後の危機が奇跡を起こすかもしれぬ。小人が巨人を倒すこともある。鳩がか弱いくちばしで鷲を殺すこともある。お前さんたちがわしと一緒に戦うのであれば、わしは戦ってみるつもりじゃ。

数名　われらを戦さに向かわせてくれ。

他の数名　われらは血に餓えているのだ。

ホーファー　このような危機にあっては、それこそが本当の餓えじゃ。わしらの燃えたぎる炎を水で消し止めることはできない。わしが諸君に告示したこの臆病な講和の紙切れは、ごますりの言葉と、友人を偽った連中により、そそのかされたものじゃ。わしはその紙を市役所から自分ではがしてきた。そしてここにその紙を引きちぎり、ばらばらにして風に飛ばしてやるのだ。（紙を引きちぎる）こんな和平など消え失せろ！　風よ、この紙切れをあいつらの顔前まで吹き飛ばしてくれ。降伏などを語る者は、わしの裁判で裁かれよう。もしこのわしが降伏を語るようなことがあれば、わしはわし自身を銃殺とする。お前さんたちは偽りのホーファーを殺すのじゃ。戦いを命じるのが真のホーファーじゃ。ネーポムクよ、お前さんがわしらの先頭を進んでくれ。わしはお前さんに続いてブリクセンに行こう。立派な態度を続けたまえ。そうすればお前さんたちの汚点をきれいに洗い流すことができよう。

コルプ　（軍勢に向かい）わが兵よ、諸君には一文の価値もない。だが勇気と勇ましい行動は、諸君にあふれている。さあ進め。主なる神が思っておられることを、吾輩が諸君に告げるのだ。神のお言葉に従って、諸君は敵を打ち倒すのだ。（コルプはその軍勢と共に退場）

ホーファー　（使者に）ヨーゼフとカプツィン修道士はどこにいるのか？

民衆　シュペックバッハーはツィラータールを去って行きました。彼らはもはや行動にかかわりたくないのです。シュペックバッハーは自分の家にこもっています。修道士は、あちこちうろついています。

ホーファー　二人の所へ行って、こう言ってくれ。ヨーゼフに引きこもりは似合わない。あいつは人前に立つ顔つきをしているのじゃ。赤ひげヨアヒムには、わしの陣営こそが居場所なのじゃ。二人ともわしの所へ来てほしい。この二人なしに、わしはブリクセンの戦さに勝利できない。（使者退場）（民衆に向かって）戦友たちよ、出発だ。わしについてブリクセンへ進め！

民衆　ブリクセンへ、ブリクセンへ進め！（民衆は退場しようとする。この隊列の正面から対抗するように、バラグアイが随員を連れて登場。ドネもその中にいる）

ホーファー　（バラグアイを見て）あの男は何をしに来たのだ？（全員がバラグアイを前にして引き下がる。このためバラグアイとホーファーが舞台の中央に対峙することとなる）

バラグアイ　盗賊たちよ、お主らを裁くためにやって来たのだ。（民衆の間に大きなざわめきが起こる）静まれ。お主らは盗賊だ。お主らはそう呼ばれるのがふさわしい。私はお主らを敵として尊敬できない。和平を締結し、和平を破棄する。それは盗賊たちのやり方だ。見よ、私は一人でお主らに近づいても、恐れたりしない。もし緊急の事態が起きても、私は金銭でお主らの手から自分を救い出すことができるからだ。

ホーファー　わしはお前さんを捕らえて見せるぞ。わしらは企みを用いて、お前さんをおびき寄せたわけではない。出しゃばった行動の責任はお前さんが取らねばならぬ。そんな高慢な気取った態度はわしらの好みには合わぬ。お前さんの言葉は何の効果もない。鎧の上に弱々しく鞭で撫でても、痛くもかゆくもないぞ。さあお前さんはどうしようというのじゃ。さっさと言いたまえ。何をしようというのじゃ。

バラグアイ　そなたの方こそ何をしたいのだ。身の程知らずのじいさんよ、私がまず聞く権利がある。あつかましい追い剥ぎめ。この国がこれほど傷つけられてもまだ不十分だというのか。チロルを廃墟にして、狼たちの住み処にしたいと、本気で思っているのか。孤児とやもめたちの涙がそなたの上に注がれることになろう。いったいそなたは、どうして和平の若々しい花が咲くのを、その荒々しい足で踏みにじり、新たな争いの種をまこうとするのか。

ホーファー　こういう連中とまだ話を続けるのは、恥ずべきことじゃ。わしを行動に駆り立てているのは、お前さんたちの嘘じゃ、お前さんたちの悪だくみじゃ、お前さんたちのごまかしじゃ、お前さんたちのペテンじゃ。これでどうして動くか十分じゃろう。皇帝陛下の書簡はどこにあるのじゃ。

バラグアイ　それはイーゼルで、ラ・コストもろとも焼かれてしまった。

ホーファー　焼かれた？　ラ・コストが？　ラ・コストが手紙を持っていたのか？

バラグアイ　ラ・コストがそれを運んでいたのだ。

ホーファー　エルジ！　エルジ！

バラグアイ　人殺しの女はそういう名前のようだ。

ホーファー　そんなはずはない。わしはそんなことを信じるわけにはいかん。和平どころではないではないか。

バラグアイ　（ドネに合図を送る。ドネが書類を持って前へ進む）読みたまえ。

ホーファー　（ドネに向かって）　お前はやつらの側にいるのか。

ドネ　わが国の主君の名において、神により御定めされし統治者の名において、和平を記した文書を受け取りたまえ。（ドネはホーファーに文書を渡す）

ホーファー　（読む）「神聖なる三位一体の御名において、…」わしは続きを読むことができぬ。目がかすんできた。読んでくれ。（文書は数人に回され、読まれる）

一人　その通り、これは本物だ。

別の人　ここにロコ・ジギリと書かれている。[61]
三人目の人　アンドレーアス・ホーファー様。ちゃんとした根拠です。
ホーファー　神聖な天使たちよ。お前さんたちは悪魔と結託するようになったのか。お前さんたちも、悪を誘惑する手管を習い、それを用いることをよしとするのか？（剣を握るしぐさをして）どうしてわしはこの剣を持ち続けて…？　――おっと、これ以上しゃべってはならぬ。おお、痛い、痛い、頭が割れそうじゃ。この世が粉々になるぞ。どうしたことじゃ。
バラグアイ　ホーファーよ。そなたは軍事法により裁かれる。私はここにそなたを弾劾し、その首を不名誉の死罪へと送ることにする。（民衆に向かって）さあ、ホーファーを引き渡せ。そうすればお主らを無罪放免としよう。さあどうだ。やつを私に引き渡さないか。（民衆はざわつく）
（一人が前に進み出る）
チロル人　伯爵殿、お許しくだされ。そういうわけにはまいりません。この御方はわれらの最高司令官です。そしてわれらはこの御方に忠誠を誓った狙撃兵なのです。伯爵殿、どこかよそへ行って、そうした行動を取ってください。ここではこの御方はわれらのものです。
バラグアイ　ホーファーよ。自らその身を引き渡してはどうか。そなたは戦さに敗れたのだ。
ホーファー　お主は、（民衆を指しながら）彼らに代わってわしの身をいけにえとして受けてくれるのか？　お主の所で、ホーファーの死が、チロルの民衆の贖《あがな》いとなるのか？
バラグアイ　それはならぬ。もはや今となっては遅い。民衆たちは、私の言うことを拒絶して、反抗的な考えを示したではないか。こうした考えを罰するために、私はこの国にやって来たのだ。
ホーファー　そうであれば、自分から進んでこの身を引き渡すことは、ばかげたことだ。その腕でわしをつかむことができるなら、わしはお主のものとなろう。
バラグアイ　もう一度言い渡す。その首とその手足は死刑だ。お主らがそういう考えであれば、お主らにしかるべき宿命が与えられよう。（伯爵は随員とともに退場）
ホーファー　哀れなお前さんたち、これでお別れじゃ。わしはお前さんたちを楽しい喜びの日々へと導こうと思った。しかし天の神の協議における決定は違っていた。そこで、わしはわしの血でもってみんなの命を救おうと思った。だが伯爵はこれを拒んだ。それでもわしは誠実な司令官として、わしの義務をやりぬいたと思っている。しかしお前さんたちは、勝利の時も敗北の時も善良な男として振る舞ってくれた。したがって、たとえ運がなかったとしても、わしらは絶えず美徳を掲げて歩み続けるものとわしは信じている。誠実な心の人が、パッサイアーのザント亭主のことを、チロルの忠実な農民たちのことを聞けば、それがどこであっても、かならずや涙が流されるじゃろう。わしはお前さんたちのためにこの地上ではもはや何もすることができない。みんなには、ただ永遠の神のことを考えてほしい。わしもそうしよう。秘かな岩場に、わしはこの世での終《つい》の棲家《すみか》を探そう。さらばじゃ。（ホーファーは向きを変え退場に向かう。民衆たちは彼の前にひざまずく。民衆たちはホーファーの手を取り、口づけする。こうしてホーファーはなおしばらく留まっている。とうとうホーファーは身を起こして、立ち去る）

第十一場

シュタイナハの市門前。シュペックバッハーとハスピンガー登場。後でチロルの人々。

ハスピンガー　ホーファーの呼びかけにこのように従ってみても、何か役に立つのだろうか？　新たな戦争で混乱を起こしてどうなるのだろうか？　君も和平は本当でないと疑っているのか？

シュペックバッハー　そうではない。だが戦いへの呼びかけがわしを刺激するんじゃ。わしらを追い立てるフランス軍との協定なんぞ、わしにはまったく気に入らんのじゃ。それで魔法にかかったように戦いをしようというホーファーにわしは惹かれるのじゃ。

ハスピンガー　でも君が友人たちをその魔法の輪の中へと一緒に引っ張り込むのはよくないことだ。君のせいで私がどれほどの悲惨を耐えねばならなかったか。それは無意味な悲惨だった。そしてまた新しい悲惨だ。これも無意味となろう。

シュペックバッハー　向こうから髭の亭主ヨハネス・ホル

ツクネヒトがやって来る。シュタイナハの街の様子を語ってくれるじゃろう。

一人のチロル人　（登場）お逃げください、どうかお逃げください。ここに留まるのはよくありません。ザント亭主を探しているのでしょうが、彼はどこかへ行ってしまいました。私たちは壊滅してしまい、あちこちをさまようことになりました。あなた方はザント亭主と共に指名手配されています。フランス兵がビラを張り付けて行きました。あなた方の首には大きな賞金がかかっていま す。さようなら。私にも死罪が言い渡されているのです。

シュペックバッハー　一言だけ頼む。アンドレーアス・ホーファーはどこへ行った？

チロル人　ケラーラーンにある山小屋へと行きました。（去る）

シュペックバッハー　それでは神父さん。さようなら。お前さんがわしを咎めたのも、今日が最後になるじゃろう。わしは友人たちを破滅させてしまうようじゃ。向こうへ行き、逃げなされ。わしはこちらへ急いで行こう。わしらが最高司令官に据えたホーファーをこのまま放っておくのは、わしには立派なことではないように思えるのじゃ。インスブルックで一緒だったときに、わしは善良なホーファーにあれこれ面倒をかけてしまったので、今はホーファーを救おうと思うのじゃ。わしはつるつるに凍った氷や石を越えてホーファーの所へ行くつもりじゃ。

ハスピンガー　ヨーゼフよ、あなたは思いのほか私のことをあれこれと気にかけてくれているようだね。それでは私も行き先を変えよう。理性的で、誠実な行き先があるのであれば、このヨアヒムは牢獄も死刑も恐れはしない。君だけがホーファーの救出に向かうのはよくないよ。私にもその義務を分かち合うようにしてくれなくっちゃ。

シュペックバッハー　親友よ。お前さんの心にも立派な心がけがあることは分かっていたよ。さあ行こう。祖国はわしらから奪われてしまった。だが少なくともわしらは、わしらの友ホーファーと一緒に逃げ延びようじゃないか。（退場）

第五幕

第一場

ボルツァーノ。とある部屋。夜。

ドネ　勇者とか、つわものとかいう連中は、息を切らして宝の山を引き上げようと一生懸命になるものだ。だが賢者にとってそれを横で眺めていることほど楽しいことはない。というのも我々賢者の慧眼《けいがん》だけがその宝を見分けることができ、連中の取り分を示すことができるのだ。バラグアイ伯爵はもう何週間もアンドレーアス・ホーファーを捕まえようと苦しんでいるが、まだその目標に達していない。ホーファーを裏切る者などはいない。不安な気持ちで、伯爵は食事の楽しみもなくしている。伯爵はベッドでゆっくり眠ることもできぬ。ところがこの私は、ほくそ笑みながらこれを眺めている。私はもうとうにその場所を知っているだ。なぜなら八月にそこからホーファーを引っ張り出したのは、他でもない、この私だったからだ。汗まみれになって苦労している伯爵を見ると、私には言い知れぬほどの元気が湧いてくる。金モールを付けた伯爵に一言告げれば、伯爵の気持ちも安らぐだろう。だが、慌ててそれを言ってしまっては愚の骨頂であろう。そんなことをしてしまえば、せいぜい感謝の言葉が最高の報酬となるだけだ。しかし私は光り輝く幸運を勝ち取るのだ。そのためには、長い間、無用な苦労を重ねることも必要だったのだ。伯爵からこの夜更けに呼び出しを受けた。伯爵は切羽詰まっているに違いない。そろそろ潮時だろう。今日で鬼ごっこは終わりにしよう。

第二場

バラグアイ伯爵とドネ。

バラグアイ伯爵　（登場）神父さん、眠っているところを起こしてしまったな。新たな作戦を立ててもらいたい。これまでの作戦ではどうにもならない。たった今、出動隊が戻ってきたが、何の成果もなしだ。ザント亭主はきっと、幸運の帽子をかぶっているに違いない。

ドネ　それは奇妙なことですな。

バラグアイ　やつを捕らえるため、私はあらゆる処置を講じた。エッチュの谷も、パッサイアーの谷も、くまなく探し回らせた。わが軍の足跡が残っていない山道はもはや一本もない。だが何にもならなかった。ホーファーを密告した者には、たんまりと報酬を出すと私は約束した。だが誰も申し出てこない。ホーファーが自ら出頭してくるように、私は処分を弱めて、死刑求刑を取り消しさえした。それでもうまくいかず、ホーファーはそれを信用しなかった。私は鳥を追いかけて、空中に飛び上がる犬のようだ。

ドネ　私でしたら、やつを宿命に任せ、そのままにしておくでしょう。

バラグアイ　だめだ、だめだ。そんなことはできない。私はこの国を平定すると誓約したのだ。この点では私はダンツィヒ公爵より厳密に考えている。あいつが生きている限り、反乱は活気を取り戻す。どの森にも一番高い木があり、どの山脈にも一番高い山がある。このように、内乱や騒動の肩の上にも、自然は何らかの頭を立てようとするものなのだ。しばしばその本人でさえ、なぜ自分が上にいるのか分からないものだ。ホーファーはそういう男だ。あいつを捕らえなくてはならない。トルグラー、コルプ、シュテーガー、ルクスハイム、マルケンシュタインのような他の連中だったら、その名前であちこちの村の民衆たちを煽り立てることはできないであろう。これが最後の炎であることは、私には十分、分かっている。だがその炎はホーファーの血によってはじめて消し止められるのだ。

ドネ　いい方法があるかもしれません。

バラグアイ　早くそれを言ってくれ。

ドネ　ところで私は何をいただけるのですかね、私の骨折り、心労、献身に対して?

バラグアイ　懸賞金は君のものだ。

ドネ　わが心が求めるもの、それは金ではありません。私は栄誉に対しては鈍感なたちではないのです。もしホーファーの首にこの国の運命が結びついているのなら、そして私があいつを打倒するとしたら、私はまさに和平の立役者そのものではないでしょうか。そうです。この栄誉にあふれた手柄を立て、私はこの頭に勝利の飾りを輝かせたいと思います。善良なホーファーを打倒するのは、心が痛むのですが、より高い配慮でわが心を克服し、これを実現させ、そのことによって直ちに教会の高い地位に昇格することを望みたいものです。

バラグアイ　よかろう。私が君にできることなら何でも約束しよう。私は軍人だから、司教の帽子がどの神父の頭を飾ろうと、一向に構わない。君の手助けで、ホーファーが我々の手に入ったら、直ちに私は君を王子殿下に、そして王子殿下を通じてナポレオン皇帝陛下にぜひとも推薦しよう。手付金としてこの銀貨をまず取らせよう。さあ、君の方策とやらを言いたまえ。

ドネ　当地にシュタッフェル[62]という名の人物が住んでいます。聞くところによれば、この男が近辺で起こった出来事の情報をザント亭主に伝えているとのことです。こいつは貧しく、愚かな、くだらない男です。死刑で脅せば、きっとこの男から隠れ場所が聞き出せるでしょう。

バラグアイ　そいつはきっと山中でうろついていた男だ。出動隊がそいつに出会い、怪しいと思って、拘留し、引き連れてきたところだ。おい、伝令兵よ。

第三場

伝令兵。前場の人々。その後シュタッフェル。

バラグアイ　拘束した者をここへ引き立てよ。（伝令兵は退場し、シュタッフェルを連れて戻る）よく聞け。お前はザント亭主の情報を握っておるな、ゴロツキめ。直ちに隠れ家を白状するがよい。さもなくば、命はないと思え。

シュタッフェル　もしわしの舌がホーファーのいる場所をお前さんに言ったとしたら、この舌は腐ってなくなってしまうに違いありません。もしこの唇が、隠れ家の秘密を守ることができなかったら、この唇はあごまで垂れ下がってしまいましょう。もしこの耳が舌や唇の裏切りを聞いたら、この耳は私の頭から転がり落ちてしまうでしょう。

バラグアイ　そんな恐ろしい呪いの言葉を言うのなら、シュタッフェルよ、私はこれ以上お前を問い詰めたりはしない。（伝令兵に）出動隊はまだ実弾を装填しているのか。

伝令兵　はい、その通りです、将軍殿。

バラグアイ　それではこの中庭に移動し、その窓の前で、即刻、この殉教者を銃殺にしてもらおう。

シュタッフェル　待ってくだされ。そんな突然なことは。わしはまだ死にたくありません。お待ちくだされ。ザント亭主はアルプスの山小屋にいます。パッサイアーの上、四時間ほどの、ケラーラーンです。

バラグアイ　よろしい。それでは君に案内してもらおう。こやつを一緒に連れて行け。（伝令兵はシュタッフェルを連行する）この厳しい雪と氷の荒れ地の中、あいつの所へたどり着くのはほとんど無理かと思っていたぞ。（銃声が響く）何が起こったのだ。

伝令兵　（登場）将軍、今の農民が、自分の弱さを呪って、ピストルで自分の心臓を撃ちました。気が付かなかったのですが、ピストルを服に隠し持っていたのです。

バラグアイ　何という民衆たちだ！　おじけづいているかと思えば、なんと大胆なのだ。どうしてあの農民は私の銃弾を怖がったのだろう。遺体を片付けろ。ブリクセンでわが軍が救出した大尉がいたな。反乱者たちの捕虜になっていた大尉だ。その人物をここへ呼んでくれ。名前は何というのだったかな。

ドネ　レヌアール大尉です。

バラグアイ　そいつだ。レヌアールを呼んでくれ。（伝令兵退場）（ドネに）君はその場所をよく知っているのか。

ドネ　私自分、以前にはホーファーを訪ねにしばしばそこへ行ったことがあります。

バラグアイ　それでは、君にはぜひわれらに道を教えてもらわねばならん。

ドネ　ああ、そんなことには私の心が耐えられません。

バラグアイ　だが、君がやってくれるね。

第四場

レヌアール大尉、前場の人々。

バラグアイ　（レヌアールに）レヌアール大尉、今夜、貴殿は捕虜となったことの屈辱を晴らしたまえ。ザント亭主が見つかったのだ。貴殿が指揮して、やつを逮捕したまえ。ドネが随行する。歩兵と近衛兵の強力な行動隊を連れて行きたまえ。民衆たちはホーファーを見ると騒ぎ出す。周囲一帯に武装した軍を配置せよ。

レヌアール　命令には従わねばなりませんが、それをするには心が痛みます。あの老人は、私を死から救ったのです。逮捕されていたときには、私をほとんど友人のように扱ってくれました。

バラグアイ　義務と愛情の葛藤は、嵐のような時代にはしばしば起こるものだ。あいつを捕らえたら、直ちに早馬をミラノに向けて走らせてくれ。王子殿下はミラノに行っておられるのだ。第二の早馬はマントヴァに走らせてくれ。そこで軍法会議を開いてもらうためだ。その軍法会議にホーファーをできるだけ早く送り届けたまえ。三日後に刑の執行に関する交渉団を派遣してくれたまえ。待て、もう一つ残っている。（バラグアイは机に行き、書類を手にする）これはオーストリア王室からの書簡である。わが軍の隊員が、ラ・コストの遺体のもとで最近発見したものだ。それは、まるで奇跡のように残されていた。（バラグアイはその手紙をレヌアールに渡す）これをホーファーに手渡してくれ。ホーファーはその書簡に執着し、そこに書かれていることが正しいとほざいておった。何が正しいかを質すのはこの私だ。ホーファーにとって正しいのはこの書簡を受け取ることだ。われらにとって正しいのは、やつに銃弾を与えることだ。（全員退場）

第五場

荒れた岩山。雪で覆われている。パッサイアーの上手。ケラーラーン山小屋の前。まだ夜である。

ホーファー　（山小屋から出てくる）風が刺すように吹いている。今日は一月二〇日じゃ。まさに厳しい冬じゃ。星々は雪の上に光を放っている。わしはぼろ小屋の中で眠ることもできなかった。「汝は、汝に授けられしその剣を大切に持ち続けるがよい。」天使はそうおっしゃった。それは神の声だった。その声はこう述べられたようにも聞こえた。「この剣を、そして剣によって告げられた汝の力を、国の平和のために使うがよい。私は汝らを敵の手に委ねた。だから敵に忠実に従え。そして、もはや抵抗が力を失ったからには、この抵抗を鎮圧する手助けをせよ。汝は戦さの指導者であった。しかし、今は平和の指導者となれ。」あるいはこう言われたのかもしれない。「臆病は悪習だ。剣の担い手が臆病風に吹かれるようなことがあってはならない。この剣を、秘かに勇敢な手でずっと握り続けよ。剣を持って力強くあれ。そして汝の戦友を力づけよ。苦難にあっても、辛抱強く幸運の女神を待ち望め。」どうして全てをおっしゃってくださらなかったのか。あれはいったい何だったんじゃ。わしにとっての命令は「戦さだ！」ということじゃった。というのも、わしの心は戦さを欲していたからじゃ。わしの魂は怒りと苦しみに切り刻まれていたからじゃ。そのため、天使はわしに戦さを命じられたのじゃ。聖なる神よ、もしわしが罪を犯してしまったなら、わしを見つけ出し、わしに罪を問うてくれ！　わしの悩みは大きい。だからといって嘆くつもりはない。敵は村々に火を放ち、その赤い光はわしの山小屋までも輝く。村人たちがわしの新たな戦いの命令を聞こうと合図しておるのじゃ。夫を奪われた女たちの泣き声がここまで響いている。わし自身も、お尋ね者となり、一人きりじゃ。誰を見ることもなく、誰の話も聞かず、腹を空かせ、寒さに震えている。この氷河の上で生きながらにして死んでいるのじゃ。

シュペックバッハーの声　（外で）ここに道が続いているぞ！

ハスピンガーの声　（外で）違うぞ、ヨーゼフ、道はこっちだ！

ホーファー　聞き覚えのある声が聞こえてくる。わしの友人たちが幽霊となってわしを探しているようじゃ。お前たち影よ、やって来い！　わしは幽霊など怖がったりしないぞ！

第六場

（シュペックバッハーとハスピンガー登場。ホーファー。）

シュペックバッハー　あそこに誰か座っているぞ。

ハスピンガー　あれはホーファーではないだろうか。

ホーファー　お前さんらはまだ肉も血もある生きた人間なのか。それともわしの友人の幽霊なのか。確か、真夜中はとっくに過ぎたはずなのになあ。だが、恐ろしくて、お前さんらの手に触れるのをためらってしまう。つかんだら、わずかな空気にすぎないような気がするのじゃ。お願いじゃ、疑い深いわしのこの心を何とかしてくれ。

シュペックバッハー　おはよう、ホーファー。

ハスピンガー　友人の手に握手をしてくれ。（二人はホーファーに握手の手を差し出す）

ホーファー　ほんとにお前さんたちなのか。ほんとなのか。ああ、この哀れなホーファーに、まだこの地上で、こんな喜びの日が来ようとは。何という幸せに巡り合えたのだろう。わしの胸は、楽しい感情を持つことなどなくなってしまっていた。客の迎え方も、どうしたらよいか分からぬほどじゃ。わしが冷淡に見えてもどうか悪く思わないでくれ。わしはここでひどい生活をしているのじゃ。（夜が明ける）

ハスピンガー　ああ、哀れなホーファーよ、その髭はなんと白くなってしまったことか。

ホーファー　お前さんの頭に巻いた髪も白くなったではないか。

シュペックバッハー　おや、ごらん、われらが友人ホーファーの膝は震えているではないか。

ホーファー　ヨーゼフよ、お前さんの鋭い目つきも消え失せてしまったな。

ハスピンガー　まるで静かな嘆きの教会のように、われらはここに立っている。そして大きな苦痛の新しい歌を歌うのだ。どうしてわれらの目が明るくなることがあろうか。祖国は涙を枯らすほどさめざめと泣いている。われらの膝が震えるのも当たり前だ。祖国は耐えられぬほどの重荷を背負いこんでいるのだ。祖国からは若さが切り取られ、それでわれらが白髪になるのも当たり前だ。

ホーファー　白髪は賢さを示すものでもある。祖国は賢明な知恵を見出すじゃろう。震える膝でも目的地に向かって行くことはできる。祖国はふらふらと進みながら目的地に着くじゃろう。涙のせいで目は遠くを見ることはできない。目は不自由でも祖国は幸福へと手探りで進むじゃろう。

ハスピンガー　君はまだ将来に期待しているのか。私には見通しはない。私の全ての期待は死者の国へ行ってしまった。

ホーファー　（ハスピンガーの手を握り）神父さん！　わしはこれまで、明日になったらこれこれのことをする、などとあつかましくも前の晩に断言したことはない。わしはいつも忘れずに、もし神様のお恵みがあれば、と言い添えているのじゃ。わしが今日の昼を生きて過ごすことができるかどうかも分からないし、今日わしがどんな目にあうかを言うこともできない。人間には一歩先のことも見通すことはできないのじゃ。しかしわしに分かることは、冬が過ぎればやがて夏が来るというのが真実であるということじゃ。それと同じように真実であることは、お前さんたちが、そしてわしらの子孫が、ウィーンにおられる皇帝陛下を敬い続けることじゃ。それをお前さんに言っておきたい。

シュペックバッハー　ホーファーのおやじさん、お前さんはどこからそのような確信を得ることができたのじゃね。

ホーファー　（自分の胸を指し）ここからだ。（天を指しながら）あそこからだ。例えば、わしのできの悪い下男が商売を台無しにしたとしよう。下男が馬を牧場ではなく、脱穀小屋の中に入れたとしよう。あるいは、犂《すき》で畑ではなく、床の上を耕したとしよう。このように、ありとあらゆるものをそれにふさわしい場所に用いなかったとしても、わしはしばらくの間は、辛抱強くこうした間違いを眺めているつもりじゃ。そして心の中で、この若者はやがて間違いを正すのではないかと、思っているのじゃ。それでもどうにもならず、その下男が頑なであれば、私はこの不届き者に、出て行けと言い渡すのじゃ。天の主も、粗野な下男がいつまで経っても、ひどい混乱をしでかすようであれば、叱責して住み処から追放されるのじゃ。

シュペックバッハー　ホーファーよ、それではそういう望みを持って、わしらは生きていこうではないか。わしはお前さんがそのように真心のこもった考えを持っているのでうれしいよ。わしらはお尋ね者で、すばやく逃亡しなくてはならない。だがお前さんを救い出すまでは、この国を出て行こうとは思っていない。わしらと一緒に来たまえ。わしはお前さんをオーストリアまで抜けさせよう。

ホーファー　お前さんたちは大事な友人じゃ、まっとうで、かけがえのない人々じゃ。お前さんたちが示してくれた貴重な誠実さにわしの胸は奥底まで温められる。だが怒らないでくれ。ヨーゼフよ、わしはお前さんと一緒に逃げようとは思わない。

ハスピンガー　あなたがヨーゼフと逃げないのなら、私と一緒に来てくれ。グラウビュンデンの暗い岩場にあるミュンスタータールの静かな修道院へ行こう。

ホーファー　親切な友よ、だがグラウビュンデンでわしは何をすればいいのじゃ。

シュペックバッハー　ああ、ホーファーのおやじさんよ、友人たちの言う通りにしたらどうじゃ。

ホーファー　兄弟たちよ、わしはそんなに頑固じゃろうか。わしはそれほど頑固ではないのじゃが、わしはこうするより他にないんじゃよ。お前さんたちはわしをよく知っており、わしのやり方も分かっているじゃろう。このホーファーがよその国で何ができるというのじゃ。アルプスの高山植物のように、わしは山の岩場に固く結びついて育った。このわしのために流された血がこの足をさらに固く岩場に張り付けた。お前さんたちが、わしの根っこをこの大地から引っこ抜くならば、年寄りのホーファーはじきに干からびてしまうに違いない。神の恵みで、お前さんたちが無事逃げることができるように祈る。だがわしはここに留まろう。

シュペックバッハー　お前さんは英雄としてオーストリアで尊敬されるじゃろう。皇帝陛下は親身に、お前さんを大事に世話してくれるじゃろう。

ホーファー　皇帝陛下は慈悲深い主君に違いない。だが農民を城に入れ、部屋に通し、食卓に招くわけにはいかぬじゃろう。それに国民の好奇心の的になることなど、わしには不向きなのじゃ。
ハスピンガー　親愛なるホーファーよ、ミュンスタータールの静かな修道院なら、君に安らぎと平穏をもたらしてくれよう。
ホーファー　修道院は修道士が暮らす所、そして悔悛《かいしゅん》した罪びとたちの避難所じゃ。わしは罪びとでもない、また修道士でもない。だから神父さん、わしには修道院はふさわしくはないのじゃ。
シュペックバッハー　だがお前さんはここで何をするつもりなのじゃ？　よく考えてみてくれ、ホーファー。
ホーファー　主なる神がお与えになったわしの宿命を全うするのじゃ。
ハスピンガー　それではあまりにも捨てばちではないか。やけっぱちにならずに、勇気を奮い起こしたまえ。
ホーファー　いいや、わしの心は何にも邪魔されぬほど落ち着いている。
シュペックバッハー　この荒涼の地ではお前さんは餓え死にしてしまうぞ。
ホーファー　わしの若い息子が時々食事を運んでくれる。
ハスピンガー　敵軍は君をここで捕らえ、破滅させようとしているのだぞ。
ホーファー　それでは、神がわしを最後の犠牲者とされることを願うばかりじゃ。
シュペックバッハー　神は無意味な犠牲を好まれはしないじゃろう。
ハスピンガー　祖国のために生き延びたまえ、それは義務だ。
ホーファー　わしは主なる神の見ている前で、生き、そして死ぬのじゃ。それではこの辺で話は打ち切ろう。今この時は、おそらくわしらが一緒にいる最後の美しい瞬間だ。こんな美しい瞬間には、言い争いなどふさわしくなかろう。わが友人たちよ、去って行ってくれ。お前さんたちの友人であるこのわしのことはそっとしておいてくれ。ここに長居することは危険だ。（シュペックバッハーに）大胆な男よ、この国の幸せのために、よく考えてくれ。（ハスピンガーに）誠実な男よ、この国の幸せのために、立派に祈ってくれ。わしは、神がお届けになる宿命を、この国のために、お受けするつもりじゃ。

シュペックバッハー　ああ、天よ。わしはお前さんを残して、敵の手に渡してしまわねばならぬのか。

ハスピンガー　私の胸は張り裂けそうだ。もう気持ちが爆発してしまう。

ホーファー　お前さんたちの行く道に、神の恩寵の微笑みがもたらされるように祈ろう。（シュペックバッハーに）もしお前さんに皇帝陛下の謁見がかなったなら、「アンドレーアス・ホーファーは最後まで主君に忠実であった」と、言ってくれ。そして、この間に、多くの血が無益に流されたが、この誤りはまさに愛情から生まれたものであり、この誤りのことで皇帝陛下がわしをお怒りにならないようにと、わしが願っていたと伝えてくれ。愚かなホーファーは、全世界ではなく、ただ皇帝陛下に信頼をお寄せしたかったのであるということ、そして皇帝陛下のお言葉はホーファーのもとに届かなかったと、申し述べてくれ。（シュペックバッハーとハスピンガーは、激しく心を揺さぶられ、背を向ける）わが友たちよ、冷静になってくれ。そしてわしの言うことを最後まで聞いてくれ。わしはまだ生きている。ひょっとすればまだしばらくは生きているかもしれぬ。だが、もしわしがそうではない定めとなれば、男らしく死亡の知らせを聞いてくれたまえ。そしてわしの白骨は、しかるべき時が来るまでそっと忘れたままにしておいてくれ。やがて、オーストリアの鷲がこの古巣に戻るじゃろう。その時が来たならば、わしのために墓を作ってくれ。わしの墓に黒い十字架を立て、その十字架に、「ここにザント亭主ホーファー眠る」、と記してくれ。（ホーファーは二人に手を伸ばし、やさしく抱擁する。二人はそれぞれ違った方向へ向け出て行く）わが救世主、わが主よ、二人を守りたまえ。わが兄弟のこの二人に、このかけがえのない友情のために、罪を贖《あがな》わせたりなさいませぬように。この困難な歩みのために、二人に罪を贖わせたりなさいませぬように。

第七場

息子ヨーハン登場。ホーファー。

ホーファー　さて、若鳥のハンスよ。年寄り鳥のための餌かい？　年寄りに餌を持ってきてくれたのか？

ヨーハン　父ちゃん、僕が持って来たのはとてもひどい知らせだよ。父ちゃんは裏切られたんだ。フランス兵がパッサイアーの谷を通って山へ近づいている。

ホーファー　何だって？　そんなに早くか。それではシャイプラーンへ行き、そこから高地グリンデルベルクへと逃げよう。

ヨーハン　どうにもならないよ、父ちゃん。全ての山々はフランス軍の見張りが立っている。見たら分かるよ。

ホーファー　何だって？　それではもう助からないのか。最後の時が来たのか。もうずいぶん前から心の準備はできていたが、こうなると恐ろしいものじゃ。

ヨーハン　ああ、父ちゃん。父ちゃんは死んでしまうの？

ホーファー　わが子よ、騒ぐではない。わしの心を邪魔しないでくれ。今わしは、心の底で激しい戦いをしているのじゃ。どうしてわしは死ななければならないのか。勇気と大胆さ、それがこれまで、わが心を赤いリボンで飾っていた。さて、ホーファーよ。今や、お前は別の赤いリボンを付けるのじゃ。お前はこの胸を赤く飾るじゃろう。それは血で飾られるのじゃ。そして、その飛び散った血が勲章のようにこの胸に張り付けられるのを願おう。わが心よ、勇気を持て。もうその時が来たのじゃから、覚悟しようではないか。栄光ある死は不安や苦痛を消し去るじゃろう。それでよしとしよう。わが子よ、父の遺言を聞いてくれ。

ヨーハン　父ちゃん、死んじゃ嫌だ！

ホーファー　だがな、わが愛する息子よ。ナポレオン大皇帝はそんな祭りを必要としているのじゃ。わが息子よ、お前をわしの相続人とする。ザントとチャウフェンにある二つの屋敷の相続人とする。お前はそこで母親を養い、この世で幸せに暮らすように面倒を見なくてはならない。ノイマルクに暮らすわしの友人であり援助者であるヴィンツェンツ・フォン・ペーラー氏の所へ行き、自分がザント亭主ホーファーの哀れな孤児であると言いなさい。そして、昔の友情と付き合いに免じて、お前が十分な年齢になるまで後見人としてお前の面倒を見てくれるようにと、父親が願っていたと伝えてくれ。

ヨーハン　ああ、僕の父ちゃんがいなくなっちゃうよ！

ホーファー　きっと、フランス人がたくさんお前たちの所へやって来て、荒っぽいことや滑稽なことが起こるじゃろう。やつらが粗野になればなるほど、お前はますますおとなしくしていなければならない。フランス人たちがやって来たら、お前は扉の前でへりくだり、そして寛大なる殿方の皆様のご命令は何でございましょうか、と尋ねるんだ。もし誰かが、お前に暖炉から離れろという合図をしたら、不平を言わず隅へとよけなさい。もし連中が子牛を欲しいというのであれば、こう聞くんだよ、それでは雄牛も雌牛もお望みではありませんか、とな。もし連中がお前の右の頬を打ったなら、直ちに左の頬も謹んで差し出しなさい。要するに、お前に権利はないのだということを、お前はいつも考えなくてはならない。連中が主人であり、お前は召し使いだということを決して忘れてはならないのじゃ。

ヨーハン　父ちゃん、どうして僕はそんなにぺこぺこと頭を下げてばかりいなくらゃならないの？

ホーファー　わしの言った通りにしたら、お前には具合が悪いのか。

ヨーハン　父ちゃん！　そんなことになったら、僕はいつもしくしく泣いて、手を握り締めてじっと我慢し、歯ぎしりして悔しい思いをするばかりじゃないか！

ホーファー　息子よ、よく考えてごらん。そうしていると、お前は宝をお前の胸に抱くのじゃ。その宝は誉れ高い憎しみというものじゃ。それこそ、お前の必要としているものだ、いとしい子よ。いつかその時がやって来たら、お前はこの大切な宝物で報復をするのじゃ。お前が低く抑えられていればいるほど、お前はそれだけさらに高く昇ることになるのじゃ。息子よ、お前が青年の力を得て、皆とことをなすことができるまでには、まだ時間がかかろう。それまでは最高の神がこの審判の日を開廷しないよう、祈りを捧げなさい。恐るべき報復の日があまりにも早くやってきては困ったことになろう。引き裂かれたこの世界へと恐ろしげに近づいてくる天使たちの姿がもう見えるような気がする。息子よ、お前が銃を上手に扱えるようになるまで、神様が罰を与えずに成長させてくれるように祈ろう。その日がやってきたら、お前は三〇人の敵に鉄砲玉をお見舞いするのだぞ。さあ、お前はわしが言った通りにするな?

ヨーハン　はい、父ちゃん。

ホーファー　それじゃあ、わしの祝福を受けなさい。お前には父の祝福が必要じゃ。（ホーファーは、ヨーハンに祝福を与える）物音がしたぞ！　母さんによろしく言ってくれ。行け！（息子は退場。ホーファーはひざまずいて静かに祈る）

第八場（最終場）

レヌアールがフランス兵とドネとともに登場。ホーファー。

レヌアール　パッサイアーの生まれ、ザント亭主、アンドレーアス・ホーファーよ、ナポレオン皇帝陛下のお達しにより、その方を逮捕する。[63]

ホーファー　（立ち上がって）お主らは槍と竿を持ってわしの所へやって来た。わしはたった一人じゃ。この勝負はお主らにとっては楽なものじゃろう。（ホーファーはドネを見て、驚いて身をすくめる）さては、友を裏切ったのはお前じゃったのか。

ドネ　おお、ホーファーよ。あちらにもこちらにも義理があって、悲しいことにそれらがぶつかったんだ。

ホーファー　（レヌアールに）隊長さん、お願いですから、この男にこの場を離れるように言ってくれませんか。わしは冷静なんじゃが、あいつの顔を見ると、わしの落ち着いたこの胸に、いさかいと苦悩の気持ちが湧いてくるのじゃ。

レヌアール　神父さん、向こうへ行っててくれ。

ドネ　ここにいさせてくれ。この立派な人に私の行動の理由を知ってもらいたいのだ。

レヌアール　向こうへ行かないなら、君は谷底へ落ちてもらおう。（ドネ退場）ご老人、そなたが献身的に仕えてきたそなたの君主の書簡を受け取りたまえ。搬送中に忌まわしい事件が起きたのだ。今、これを送ってきたのはバラグアイ伯爵なのだ。（レヌアールは書簡をホーファーに渡す）

ホーファー　貴重な書簡よ、お目にかかるのは遅すぎた。慣れ親しんだこのご紋に口づけをしよう。（ホーファーは封印の印章に口づけし、開封して読む）ああ、わが陛下、陛下は休戦、降伏せよと勧告なされるのか。このわしはいつも通り、直ちに陛下の指示に従います。わしはおとなしく死の運命に向かいます。そして戦いをやめ、永遠の安らぎに入ります。さて、フランス兵の諸君、諸君らはチロルの最高司令官であったこの男を捕まえたわけじゃ。銃には実弾も込められている。わしはこれでわしの命も一巻の終わりにしたいと思う。わしにどこへ立てと命令するのじゃ？

レヌアール　ホーファーよ、そなたは思い違いをしている。この山でそなたは最後の日を迎えるわけではない。戦時国際法による判決によってそなたの運命は決まるのだ。法廷では結審を下す白黒の玉をお持ちになって、司令官たちがすでにご参集されているのだ。

ホーファー　ああ、なんと血なまぐさい冗談じゃ！　わしをどこへ連れて行こうとしているのか。

レヌアール　マントヴァだ。

ホーファー　わしをイタリアへ連行するのか。わしの思いはかなわなかったのか。わしは友と一緒にいることを望み、この国を出ようとは思わなかった。それなのに敵軍が、わしの愛するこの故郷の国境から外へ連れ出すのか。それでは、死に赴くこのわしの目は、もはやあの白い氷河の頂が太陽に赤く染まるのを見ることはできぬのか。山草の香りやアルプスの冷気ばかり吸ってきたこの息をわしは殺風景な灰色の城壁で終えることになるのか。

レヌアール　ホーファーよ、それはもう決定済みのことだ。おとなしく従いたまえ。

ホーファー　そうしよう、隊長さん。（ホーファーは地にひれ伏し、大地に接吻する）わしを育ててくれた大地よ、お別れの口づけじゃ。わしはこの世に生まれ、この大地だけを愛してきた。これからもずっと善良で誠実な男たちを育ててくれ。（ホーファーは立ち上がる。レヌアールは涙を流して、身をそらす）泣いているのか、隊長さん？　わしに憐れみをかけてくれるのか？　お前さんの顔をよく見せてくれ。見覚えのある顔ではないか。

レヌアール　インスブルックで私があなたの捕虜となったとき、あなたは誠実に、父親のように私に接してくれた。そのため、私はこの悲しい任務が終わるまで、私は息子としてあなたにやさしく付き添っていきたい。

ホーファー　なんと思いもかけない友との再会なのだ。なんとやさしく穏やかに、わが人生は終わりを迎えることになったのか。遠くで鐘が鳴り響き、谷底では教会の歌が歌われているのが聞こえてくるような気がする。

レヌアール　私は涙があふれ出て、止まらない。

ホーファー　お若い方、涙をぬぐいなさい。泣きたいのなら、自分自身のため、お前さんの戦友たちのために泣きなさい。というのも、お前さんたちの君主がこれからどこへお前さんたちを連れて行こうとしているのか、どこの地の果てで、お前さんたちが目をつぶし、苦難の運命を迎えることになるのか、お前さんたちには分かっているのだから。いつかお前さんは、平穏にこの世を去っていったザント亭主をうらやむことになるかもしれぬ。

レヌアール　やめてくれ。大地がぐるぐると揺れ動くようだ。

ホーファー　それではわしの信念をしっかりと持ち続けてくれたまえ。お前さんたちの国ではキリスト教が大事にされていないようじゃが、お前さんは幸せな顔つきをしている。きっと敬虔なご両親がお前さんを生み育てたのじゃろう。お前さんに言っておきたい。永遠の神が玉座におられる所、その足元に、聖なる天使が座っておられる。その体は二つの翼で覆われている。翼は肩から銀色に光って輝いており、頭と胸と体はその光に照らされているのじゃ。そして永遠の神がその目が見ておられる人々の運命を、この天使は忠実に、板の上に書き写すのじゃ。こうしてよい時間も悪い時間も永遠の神の見ておられる所で流れ続けるのじゃ。さあ、マントヴァへ行こう。——わしはもう何も思い残すことはない。（ホーファーは先頭を進み、フランス兵たちが後に続く）

リアン一世の所領となった。

27　一八〇九年四月一一日、第一次ベルクイーゼルの戦いで、タイマー少佐（Martin Teimer、一七七八―一八三八）が率いるチロル軍がキンケル将軍のバイエルン軍に勝利した。

28　一八〇九年五月二九日、第二次ベルクイーゼルの戦いで、ホーファーの率いるチロル農民軍が、デロイ将軍（Bernhard Erasmus von Deroy、一七四三―一八一二）のバイエルン軍に勝利した。

29　インスブルックの北西にある切り立った岸壁。後の皇帝マクシミリアン一世が、一四八四年、カモシカ狩りのときにこの岸壁に登って、降りられなくなり、農民の青年に救助されたというエピソードがある。

30　Maximilian I.（一四五九―一五一九）、神聖ローマ帝国皇帝（一五〇八―一五一九）。マクシミリアンは皇帝になる以前にチロル国の領主（一四九〇―一五一九）となった。戦争などで各地を転々とした生涯であったが、一四九〇年以降の拠点はインスブルックで、居城ホーフブルクに暮らし、皇帝の墓碑もインスブルックの宮廷教会にある。

31　オーストリア帝国（一八〇四―一八六七）の紋章には双頭の鷲が描かれていた。

32　ヨーハン大公は、「チロルの山々をマクシミリアン一世皇帝も、カール五世皇帝も、オーストリアの盾、中心と呼んでいる」と述べている。

33　オーストリア中央部を流れる川、ドナウ川の支流。

34　キリスト教（カトリック）では、ラファエルとガブリエルは、ミカエルと共に三大天使。

35　Tschitfes. 正しくは Stilfes（シュティルフェス）である。Sterzing 近郊の地名。

36　Timoleon（紀元前四一一―三三七）、古代ギリシアのコリントスの政治家、将軍。シラクサを解放し、カルタゴの大軍を撤退させ、シチリアに平和をもたらした。

37　Eugène de Beauharnais（一七八一―一八二四）（ウジェヌ・ド・ボアルネ）、父のアレクサンドル・ド・ボアルネ子爵はフランス軍少尉であったが、マインツをプロイセン軍に奪還され、軍を離脱したことにより国民公会からギロチンで処刑された。その後、母のボアルネ夫人はナポレオンと再婚し、ウジェヌはナポレオンの義理の息子となった。一八〇五年にフランスの属国としてイタリア王国が設立されると、ナポレオン（イタリア王に就任）から副王としてこの国の統治を任された。

38　Marcus Junius Brutus（紀元前八五―四二）、本来はブルートゥス、古代ローマの政治家・軍人。カエサルの独裁を止めるため暗殺に加わった。

39　Aristides（Aristeides）（紀元前五五〇頃―四六七頃）、古代

40　アテネの政治家。「正義の男」として知られている。
イソップの寓話『カエルとヘビ』。あるときカエルたちは天の神ジュピターに王様が欲しいと願う。ジュピターは木の棒を与えた。カエルたちは木の棒が水に浮いているだけで、何の役にも立たないので、別の王様をジュピターに願い出た。ジュピターは、今度はヘビを王様として与えた。ヘビは民であるカエルたちを次々と食い殺すので、生き残ったカエルたちは第三の王様をジュピターに願い出る。ジュピターはカエルたちに「お前たちの願いをかなえてやったのだ。我慢せよ」と雷のような大声で怒鳴りつけた。この寓話で、ダンツィヒ公爵は民衆軍の司令官ホーファーが役立たずの木の棒のようなものだと言いたいのであろう。

41　ホーファーは優れた軍事戦術家である。五千名の本隊は山の背後に隠し、たった二百名のおとりの射撃兵を前線に送り出す。ダンツィヒ公爵軍が相手陣の中央が手薄だと誤認し、平地から山の斜面を登って攻めてきたときに、ホーファーは本隊を出動させ、斜面の上からの突撃で敵軍を粉砕するのである。平地での白兵戦を避け、山岳で鍛えられたチロル軍に有利なように山の斜面を利用し、山を味方につけるという作戦である。

42　ユダは金銭を得て、キリストへの裏切りをした。マタイ福音書二六—一五。

43　インスブルックのこと。インスブルックはマクシミリアン皇帝の本拠地であった。

44　Clemens von Raglovich（一七七六—一八三六）、バイエルン軍将軍。

45　メラーン（現在はイタリア・ボルツァーノ県メラーノ）の北方のチロル村にある古城。チロル伯爵の居城。

46　Margareta（Margarete）von Tirol（一三一八—一三六九）、チロル・ゲルツ家最後のチロル女伯（一三三五—一三六三）。

47　Pierre de Villeneuve（一七六三—一八〇六）、フランス海軍の提督。一八〇五年にトラファルガー海戦にてイギリス海軍に大敗を喫した。Pierre Dupont（一七六五—一八四〇）、フランス軍の将軍。一八〇八年七月二三日、バイレーンの戦いでスペイン軍に敗れ、降伏した。

48　ヘンリー・パーセル作曲のイギリスのオペラ『ディドーとエネアス』（一六八八初演）をもじったもの。このオペラでは、トロヤ戦争で敗れたトロヤの王子エネアスが船で難破し、カルタゴに漂着する。そこでカルタゴの女王ディドーと恋に陥るが、エネアスはトロヤ再興のためカルタゴを出て行く決意をする。ディドーはエネアスが出発した後、自害する。

49　古代ギリシアの神話では、アルゴスという船大工の作った巨大な船に乗り、ギリシアの英雄たちが海を渡り、コルキスという国にある「黄金の羊の毛皮」という宝物を獲得するために大冒険の航海をする。アルゴナウト隊員とはどんな困難にも屈せず、目的に向かって突き進む屈強な勇者たちのことである。

50 一八〇九年五月二二日、ウィーン近郊のアスペルンで、カール大公のオーストリア軍がナポレオン率いるフランス軍を打ち破った。ナポレオンが直接指揮した戦闘で敗北した最初の事例である。

51 オーストリアとフランスとの戦争は、一八〇九年九月二七日、アルテンブルク（ハンガリー）で講和の予備交渉がまとまり、一〇月一四日、ウィーンのシェーンブルンで講和の調印がなされた（シェーンブルン講和）。

52 古代ローマのフォロ・ロマーノにあったヤーヌス神殿の扉は、戦時には開かれ、平時には閉ざされていた。

53 ウジェヌの父、アレクサンドル（Alexandre de Beauharnais、一七六〇―一七九四）はフランス軍の司令官であったが、一七九三年のマインツ包囲戦に敗北し、軍を離脱したため、一七九四年七月二三日、ギロチンにより処刑された。

54 創世記二五章以下。ヤコブとエサウは双子の兄弟であった。エサウが長子で家督を相続する権利があったが、エサウが空腹のとき、ヤコブは食事と引き換えに長子の特権を譲渡することを約束させた。また目の悪くなった父親イサクにヤコブは兄エサウのふりをして、食事を与え、父親から祝福を得た。エサウは長子の権利と父の祝福の件で、二度も弟に押しのけられたことを激しく怒った。

55 創世記第四章。アダムとエバの長男カインは弟のアベルに嫉妬しこれを殺害した。その後、神に弟の居場所を聞かれても「知らない」と嘘の答弁をした。聖書の世界では人類最初の殺人者であり、神への裏切り者である。

56 一八〇九年一〇月一四日のシェーンブルン講和。

57 一七九一年に設立されたパリ・フェドー通りの劇場。一八二九年に閉鎖された。

58 メユール（Etienne Nicolas Méhul、一七六三―一八一七）の『エジプトのヨセフ』（Joseph en Egypte）は一八〇七年、パリで初演された。ヤコブはヨセフの老いた父親である。

59 「風見のバラ」とは、バラの形をした風向計のことである。

60 ヨブは旧約聖書ヨブ記の登場人物。悪魔の策略により、財産、家族、健康を失い、どうしてこのような苦しみに遭わねばならぬのかと人生を呪う。トビアスはルター聖書ではトビアスと呼ばれるが、ここでのトビアスは、旧約聖書「トビト記」のトビトのことである。トビトはアッシリアに捕囚され、迫害を受けても信仰を失わない。しかし雀の糞で失明し、妻を疑って恥じ入り、死を願う。

61 Loco Sigilli.「正式の封印に代わり」という意味で、本来の封印と同じく正式な文書の写しであることを証明する印である。

62　ホーファーを裏切り、隠れ場所を密告した人物は、史実では、シュタッフェルという名ではなく、ヨーゼフ・ラッフェルという男であったとされる。

63　史実では、ホーファーは息子ともども、一八一〇年一月二〇日の早朝、午前五時に逮捕された。

『アンドレーアス・ホーファー』（改訂版）

主な登場人物

アンドレーアス・ホーファー　パッサイアーの旅館経営者。チロル民衆軍の総司令官。「ザント亭主」と呼ばれる。
ヨーゼフ・シュペックバッハー　チロル民衆軍指導者。
ヨアヒム・ハスピンガー　カプツィン派修道会司祭。チロル民衆軍指導者。「赤ひげ」と呼ばれる。
エッチュマン　イーゼルの旅館の亭主。
ペーター・マイアー　チロル民衆軍の一員。
ファッレルルン・フォン・ローデンエック　チロル民衆軍の一員。
アイゼンシュテッケン　チロル民衆軍の一員。
ハインリヒ・シュトース　チロルの若者。ベルベルの婚約者。
マティス　エッチュマンの使用人。
ヨーハン　ホーファーの息子。少年。
エルジ　エッチュマンの妻。
シュトラウビング夫人　チロルの女性。ベルベルの母。
ベルベル　チロルの若い女性。ハインリヒの婚約者。
イタリア副王　本名ウジェヌ・ド・ボアルネ。ナポレオンの義理の息子。
ダンツィヒ公爵　ナポレオン軍の元帥。本名ルフェーブル。
バラグアイ伯爵　イタリア副王の側近。
ラ・コスト　フランス軍中佐。ダンツィヒ公爵の側近。
フレリ　フランス軍大佐。
レヌアール　フランス軍大尉。
宰相　オーストリア帝国宰相。
参事官（エードゥアルト）　オーストリア宰相の部下。
ドネ司祭　チロルの司祭。
ライナー兄弟　チロルの民謡歌手。
その他、チロルの民衆軍の兵士、子どもたち、女性たち、小姓、フランス軍将兵など。

第一幕

第一場

ベルクイーゼル[1]の旅館の一室。エッチュマン、エルジ。

エッチュマン　どうして俺の後をこそこそと、つけまわすのだ？　どうしてそんな探るような顔つきをしているのだ？　お前は税務署の回し者か？　俺が密輸しているとでも思っているのか？　そんな女は山の牧草地へ放り出すぞ。

エルジ　まあ、あなたったら。

エッチュマン　頼むよ、エルジ。

エルジ　マティスはどこへ行ったの？

エッチュマン　言ってなかったのかな。インスブルックだよ、エルジ。

エルジ　シュテルツィングを通って行ったの？

エッチュマン　回り道をしたのさ。このひどいご時世だ。今は誰もまっすぐ街道を行くなんてできやしないよ。

エルジ　マティスはインスブルックへ何をしに行ったの。

エッチュマン　牛を買いに行ったんだよ。牛を何頭かまとめてな。

エルジ　まあ、うちの牛小屋はいっぱいでしょ。そんな必要はないわ。

エッチュマン　お前など山の牧草地に行ってしまえ。

エルジ　神様の懲《こ》らしめに逆らってはなりません。どんなひどい懲らしめになるか分かりません。

エッチュマン　がたがたぬかすな。あたりは静まりかえっているではないか。

エルジ　静まってるですって？　使いの人たちがたびたび出入りしているのはどうしてなの？　どうしてひそひそ話をしているの？　あなたたちの顔つきを見ると、何か不遜なところがあります。いったいあなたたちは何をしているの？　誰のためにしているのでしょうか？　あなたたちはおバカさんよ。静まってるですって？　きっとあの連中があなたたちを破滅させて静かにしてしまうに決まってるわ。

エッチュマン　お前は山の牧草地に放り出されたいのか？

エルジ　私は臆病ではありません。私も勇気を持っているわ。でも連中にとってはそんなことどうでもいいのよ。

エッチュマン　ええい、もう黙っておれ。

エルジ　あなたの妻として、はっきりと私の考えを申し上げましたよ。後になって、ああひどいことになったなどと、決して嘆いたりしないでくださいな。誰かが注意してくれればよかったのになんて、言わないでくださいね。（退場）

エッチュマン　それぐらい分かってるわい。マティスはどこをうろついているのだ？　ブリクセンまでは十二時間だ。もう四日も前に俺はあいつを送り出したのだ。

第二場

マティス登場。エッチュマン。後からシュペックバッハー。

マティス　（登場）旦那様、ただいま戻りました。

エッチュマン　おお、マティスか。ありがたい。やっと帰ってきたか。それで様子はどうだったのだ。

マティス　悲惨です。

エッチュマン　さっさと詳しく話してくれ。

マティス　わが軍は退却しました。

エッチュマン　すっかりチロルから出て行ったのか？

マティス　クラーゲンフルトまで行進して行きました。

エッチュマン　そりゃありえないのじゃないか。部隊はプスタータールに陣取っているのだろ。

マティス　いいえ、旦那様。それはまったく違います。石鹸屋のファイトと話をしました。この男はこの土地に詳しく何でも知っています。チロルは見捨てられたのです。

エッチュマン　ああ、立派なヨーハン大公殿下よ[2]。殿下はこのチロルという真珠を敵に投げ渡してしまわれるのか。殿下はこれに耐えることがおできですか？　そしてフランツ皇帝陛下[3]、陛下も耐えることがおできですか？

マティス　皇帝陛下はツナイムの休戦[4]に応じざるを得ず、チロルを敵に渡したとき、涙をお流しになりました。大公殿下は休戦協定の恥辱をぬぐい取るため、新たな戦争を始めようとお考えです。殿下はなおもチロルをあきらめてはおられません。このため、シャトレー将軍[5]とシュミット男爵[6]は、我々の山をゆっくり行進し、急いで出て行こうとはされませんでした。[7]しかし、敵軍がやって来て、わが軍に脅しをかけたため、最高司令官たちはやむなく急ぐように命令しなくてはなりませんでした。

エッチュマン　お前は俺たちの仲間のことを何か聞かなかったか？　アンドレーアス・ホーファーはどうしているのか。

マティス　ホーファーは髭をかきむしり、地面にひれ伏し、涙を流して神に祈りました。それからパッサイアーのザント亭[8]を出て、岩山の洞穴に身を隠しました。「自分はもう光を見る気持ちはない」、それが、ホーファーの最後の言葉でした。

エッチュマン　上に立つ連中が逃げているのか。祖国救済の事業は崩壊してしまうではないか。

シュペックバッハー　（登場して）そうじゃ、まったくその通りじゃ！

エッチュマン　シュペックバッハー[9]じゃないか！

マティス　何ですって？

エッチュマン　どこから来たんだい？

シュペックバッハー　リンじゃよ。

エッチュマン　ああ、今日、あんたが来るなんて、思ってもいなかった。

シュペックバッハー　わしの馬を頼む、若い衆よ。（マティス退場）お前さんの所に客が多くなるぞ。

エッチュマン　客だって？　シュペックバッハー、よく来てくれた。――あんた方は戦い続けるつもりなんだね？

シュペックバッハー　もちろんじゃ。ツナイムの休戦なんか、わしらに何の関係があるというのか。わしらの山で炎が燃え始めたら、燃え尽きるまで燃えさせておくのがよいのじゃ！　お前さんにそっと言っておきたいことがある。白上着と赤ズボンのオーストリア軍が退却したことを、わしはとてもよいことじゃと思っている。というのもこの軍は所詮、よそ者の兵たちで、わしらのことをまともに考えていなかったからじゃ。わしがこの命を差し出そうとするなら、自分でその取引に責任を持ちたいものじゃ。――よく聞いてくれ。わが軍が退却してしまい、チロルが自分以外に頼るものがいなくなったと分かったので、わしはすぐさま、ヨアヒム神父[10]に、敵軍を打ち倒せと伝えた。どこでも、いつでも、どのようにであっても、敵軍に出会ったら、打ち倒すのだと。というのも、それが最善の策だとわしには思えたからじゃ。あれこれ迷うことはない。——広間に集まって相談なんかすれば、臆病風が不安をもたらし、そうした話し合いの方が冷静で賢明だとされてしまうだけじゃ。わしはホーファーにはドネ神父を使者に送り、メラーン、パッサイアー、アルグントから総動員で出撃せよと伝えた。一方、わしはパスベルクからフォルダースへと連なる山々を見張っていた。イン川では、フランス兵は誰一人、わしの射撃兵に見つからずにヤカンを洗うことさえできない程じゃ。

エッチュマン　それでは、私は何をすればいいのかね？

シュペックバッハー　まあ様子を眺めていればよい。まず、ワインをつぐことじゃ。お前さんの店の看板にある白い馬を目印にするように、わしのところに来てくれる友や使者たちに伝えてある。ただパンを焼き、肉を料理し、馬に餌をやり、寝床の藁を整え、そして暖房の薪を用意すればよい。きっとお前さんの店でにぎやかなことが起こるじゃろう。

第三場

前場の人々。エルジ登場。

エルジ　（登場）いつまでお前さんたちはそこでおしゃべりしているのよ？　おやまあ、疫病神のシュペックバッハーさんじゃないか。屋敷中にフランス兵があふれているわよ！

エッチュマン　何だと？

シュペックバッハー　フランス兵？　この場所にか？

エルジ　大勢の兵がインスブルックからこの地にやって来てるわ。

シュペックバッハー　勝ったぞ！（シュペックバッハーはエルジを抱きすくめる）

エルジ　（身を振りほどいて）あんたたちはおかしいよ。（エルジ退場）

エッチュマン　（窓からのぞきながら）飾り紐の帽子に金色の襟だ。
シュペックバッハー　（歩き回りながら）進軍してきたのはダンツィヒ公爵[11]じゃ。ダンツィヒ公爵がハルとインスブルックの平原にずっと留まっていたのは、わしにとっては苦痛の種じゃった。あそこではわしらの射撃兵はどうにもならない。何の決着もつかないまま小競り合いで疲れてしまうのじゃ。だが、立派で高貴な元帥は、わしに愛情を示してくれ、強力な軍隊の列を連ねてわしらの峠を通ってくれるのじゃ。まったくわしはこのおやじをぎゅっと抱きしめ、おやじから汗と血を流し出してやりたいぜ。氷のブレンナー峠から大きなイン川へと、谷を流れ下る小川という小川に、赤い血を喜びの使者として送り流したいものじゃ。こうしてこのシュペックバッハーが何をしたか、イン川に伝えてやろうじゃないか。
エッチュマン　元帥殿のご入来だ！　あんたは隠れろ！
シュペックバッハー　隠れろ、じゃと？　どうしてじゃ？　お前はまともな亭主か！　誰がお前の店に来ようと、同じではないか。元帥が部屋に入って来るからといって、農民に出て行けとは何事か。おやじよ、わしはここに座っているぞ。そしてお前さんが公爵にもわしにも、同じように早く食事を出してくれるかどうか、見届けようじゃないか。
エッチュマン　やれやれ、あんたの大胆さにゃ、びっくりするばかりだ！
シュペックバッハー　そうじゃ、あの時と同じことじゃ。前のことじゃが、わしがシャルニッツで狙撃兵たちに捕まったときに、やつらがわしの夜食を食べようとしたので、わしはやつらの顔に熱い油を浴びせてやったもんじゃ。まあ、わしを信じてくれ。連中は上品で先見の明がある。ところが、目の前にあるものなど見ようとも思っておらんのじゃ。連中は、自分たちの敵なんぞ、ほんのわずかでも賢いなどと思っておらん。自分たちの敵はとてつもなく愚かだと信じ込んでいるのじゃ。まったく恩赦をしてもらっているようなものじゃ。公爵がわしのような静かな男をどうしたらひどい目に遭わせることになるのか、見てみたいものじゃ。エッチュマンよ、向こうへ行って高貴なお客たちを迎えてきたまえ。（エッ

チュマン退場。シュペックバッハーは後方のテーブルに着席する）

第四場

シュペックバッハー。ダンツィヒ公爵とラ・コストが登場。後でエッチュマンと女給仕。

ダンツィヒ公爵　直ちに二人の伝令を派遣したまえ。一人はフィラハの王子副王殿下に、もう一人はシェーンブルンのナポレオン皇帝陛下に派遣するように。では書簡の内容を書き取ってくれたまえ。（公爵は口述し、ラ・コストは書類に書きこむ）副王殿下には、こう書きたまえ。「ロワイエ将軍の第一軍をツィラータール経由でラディッチュへと、本官は派遣せり。一方、ブルシャイト大佐配下のバイエルン軍をブレンナー峠からプルッツへ右展開で派遣せり。本官自身は、中央の道程を進軍し、中心部隊と共にブリクセンとボルツァーノへと向かう所存なり。シュテルツィングへは明日到着し、ボルツァーノには遅くとも三日後に到着する予定なり。その後、ザウ峡谷、プスター峡谷越しに殿下と連絡を取り、殿下のご命令を待ち受ける所存なり。」書き取ったかね？

コスト　ご命令どおり、閣下。

公爵　フランス皇帝陛下に。「本官は何らの抵抗も受けることなく、ザルツブルクから伯爵領チロルに進軍せり。当地はすこぶる平穏なり。農民蜂起の不埒な扇動者、すなわちシャトレー侯爵とヨーゼフ・ホルマイアー[12]が焚付けし炎は、フランス黒鷲軍[13]の強力な羽ばたきの一撃によって既に鎮火せり。フランスの鷲が堂々と眼光を光らせ、山の上に旋回するは、いつものごとし。反乱は全て鎮圧され、暴動は消滅せり。」この報告の発信地は、ボルツァーノとしたまえ。筆が止まっているぞ。どうした？

コスト　閣下、お伺いいたしますが、この報告をボルツァーノの宿営地にわが軍が到着するまで延期してはいかがでしょうか。

公爵　その必要はない。この数週間というもの、皇帝陛下は部隊からの報告を受けておられない。チロルは皇帝陛下の偉大な勝利の道にうずくまるハリネズミのごときものだ。このチロルを征服すること、それが皇帝陛下にとって大切なのだ。私はボルツァーノに到着することは確実と考える。それゆえ、わが軍がそれまでに経験するであろうこと、それをもうすでに起こったこととして報告しても構わないのだ。

コスト　まだ障害が発生するという恐れはあります。

公爵　ナポレオン皇帝陛下は辞書から「不可能」という言葉を削除された。部下がそういった言葉を使うのはけしからん。陛下が、チロルを望まれる。そうすれば、陛下はチロルを手に入れられる。チロルを手に入れよと、私に命令が下される。そうすれば、私はそれを成し遂げる。ウルムとフリートラント[14]で皇帝の側近であった君が、この結論の正しさを理解できぬはずはなかろう？

コスト　閣下が命令されることです。私はボルツァーノからの手紙と書きます。

シュペックバッハー　（傍白）「わしの雇い人たちが、こんな話を聞いていなくてよかったわい。若い連中がこれを聞いたら、きっと、ひどい嘘つきを学ぶ学校になるじゃろう。」

公爵　（ラ・コストに）十分に注意してくれ。詳しいことは報告に書かないでくれ。特に、昨日ユーデンシュタインの谷でわが軍司令部が背後から銃撃され、わが軍のミュラー少佐が射殺されたことについては、何も書かないでくれ。

シュペックバッハー　（傍白）「おお、そうかい。」

公爵　ゴロツキどもを捕まえたら、銃殺にしてやるぞ！　詳細については何も書かず省略しておいてくれ。

コスト　しかし、今朝も右翼戦線で激しい銃撃が聞こえました。グライルやムッタースの方から聞こえたように思います。

公爵　（部屋を歩きながら）そうだ。山ではまだ時々銃撃の音がする。――思うに、最近まで暴動があった国は、治ったばかりの熱病患者のようなものだろう。医者は治ったと言い渡すが、病人は生理的にふらふらしていて、以前の荒々しい幻想をすぐに忘れるわけではない。たとえ命は救われても、ひどい恐怖が荒れ狂い、脈打つごとに次々に現れるものだ。ところで、もう朝食は注文したんだろうね、ラ・コスト君？

コスト （扉の向こうへ叫んで）おおい、亭主よ！

シュペックバッハー （大声で）おおい、ナニ！

公爵 やや、今しゃべったのは誰だ？

コスト ここで眠っていた農民です。（農民の方に近づいて）おや、思い違いでなければ、この顔には見覚えがあるぞ。

シュペックバッハー （立ち上がって）知っていて、当たり前じゃろう。お主はラ・コストじゃないか。お主はヴィルタウで捕虜になっていたじゃろう。そして五月にわしがアイゼンシュテッケン[15]と交換したではないか。

コスト その通りだ。すると、お前は盗賊の——

シュペックバッハー いや、わしの名前は「盗賊」ではない。将校さん、そんな名前は洗礼届に書かれておらん。わしはリンのヨーゼフ・シュペックバッハーじゃ。ツナイム休戦までは民衆軍の司令官じゃった。

公爵 （近づいて）なんと、ここで首領の一人に会えるとは！　ラ・コスト君。わが軍が軍隊という軍隊を全て打ち破った後でも、こういう民衆たちと戦わねばならぬとは、何という奇妙な運命だろう。ところで友よ、そんなにつっけんどんにしているのではなく、話し合いができるところを見せてくれ。君たちの謎の予言者は、どこに隠れているのかね？　あの、髭に力を持つというザント・ヴィルト将軍とか、何という名前だったか。

シュペックバッハー お前さんのおっしゃるのは、パッサイアーのザント亭主ホーファーなる人のことか？　その方が哀れな顔をお隠しになる場所がどこかは、友人たちも知らないことを、知っておきなされ。

公爵 ラ・コスト君、今の声の調子を聞いたかね？　連中があの人物のことを語るとき、荘重な響きがするのだ。オーストリア皇帝は、戦時局に聡明な人物を持っているに違いない。それで山の老人を持ち出したのだ。民衆たちに偶像の彫刻を与えれば、連中はそれを敬うことは確実というわけだ。そのためウィーンのお偉方たちは、パッサイアーのあの農民をテルに仕立てたのだ。君たちは、ここではヴィルヘルム・テル[16]をよく読んでいるのだろう？

シュペックバッハー 旦那、わしらはカレンダーしか読みません。

公爵　まあ、君たちはそうしているのがいいのだ。農民が考えすぎると体に悪かろう。君たちはこの私にしっかりと信頼を寄せてくれたまえ。私は君たちを押さえつけようなどとは少しも思っていない。私はこの国が好きだ。この国の住民も好きだ。君たちが私たちとまじめな和平を結ぶなら、私は君たちの善良な友となるだろう。（女給仕が朝食を運んでくる。エッチュマンも同時に登場する。公爵とラ・コストは朝食の席に着く）

第五場

前場の人々。後からファッレルン・フォン・ローデンエック。

シュペックバッハー　そっちの配膳が終わったら、そろそろわしの分も頼むよ。旦那、わしがここで食事をしても構わないじゃろうね？

公爵　席は空いている。私のための部屋でもあり、君のための部屋でもあるんだ。（女給仕に）私の分はもう出してもらった。この人にも世話をしてやりなさい。

エッチュマン　（シュペックバッハーのところへ行って）あんたは自分が、何をしているのか分かっているのか。あんたに二つだけ、こっそり伝えておこう。ラディッチュとプルッツではもうおっぱじまったぞ。それからファッレルン・フォン・ローデンエックとペーター・マイアーが外で待っている。出て行って二人の話を聞いてやれ。

シュペックバッハー　そういう指示をするのはやめてもらおうか。わしは公爵の臨席のもと、ここで二人の話を聞こう。

エッチュマン　あんたは頭がおかしくなったのか？

シュペックバッハー　公爵閣下殿よ、よく聞いておくんなされ。（傍白）「よく注意して、後で二人に指示を与えるのだ。」わしはこの国で馬の商いをしておりますのじゃ。そしてわしは、使用人をあちこちへ送っております。最近、ラディッチュに大きな群れの馬とプルッツにもう一つ別の群れをわしは持っていました。今、わしの部下二人がこちらに到着しました。一人はラディッチュから、一人はプルッツからです。二人は山でどのような商売をしたのか、わしに報告をしに来ましたのじゃ。公爵閣下、わしがこの部屋で使用人たちの報告を聞くのを許してくれますかね？　哀れな若者たちは、歩き続けて体もほてっており、外では強い太陽が当たりますのじゃ。

公爵　二人を来させたらよいだろう。

シュペックバッハー　（エッチュマンに向かって）　分かったかい。――（公爵に）旦那、この男は、わしがお前さんと一緒にずっといると、お前さんが気を悪くするなんて言ってたんですぜ。だがわしは、お前さんが先ほどおっしゃったように、お前さんはわしらの友だと言ってやりましたんじゃ。わしはいつもこう思ってますのじゃ。友だちの前では、秘密なんぞないって。そして友だちの前では、大事なことでもはっきりと話をするものじゃ、とね。（エッチュマンに向かって）まずファッレルンを、そしてその後でペーター・マイアーを来させてくれ。（エッチュマン退場）

公爵　ラ・コスト君、勘定の支払いをしてくれ。（ラ・コスト退場。公爵はシュペックバッハーの所に行く）聞いてくれ。君の大胆さには感心した。君がこの土地の人であるのは残念なことだ。そうでなければ、君にぜひわが軍に来て一緒に働いてくれと言うところだ。君がそこにしっかりと立っているのを見ると、三〇年前、私が父親の粉ひき小屋に立っていたのを見るような気がする。実は、私はアルザスの粉ひき屋の息子[17]なのだ。私は自分の出身を恥ずかしいとは思わない。むしろ喜んでいるのだ。というのも、先祖代々の中で最後の序列になるより、最高の序列になる方がずっとましだと思うからだ。君なら、戦争によって何がしかの人物になることができると、私は見込んでいる。

シュペックバッハー　もしわしが旦那方と戦場に行くことになれば、わしの馬はどうなりますのじゃ？

ファッレルン・フォン・ローデンエック　（登場）ただいま戻りました、ヨーゼフの旦那。

シュペックバッハー　やあ、ファッレルンよ、ごくろうさん！　さあ、様子を話してくれ。

ファッレルン　しっかりと進んでいます。

シュペックバッハー　プルッツではどんな仕事をしたのじゃね？

ファッレルン　一つずつ聞いてください。
シュペックバッハー　分かった。お前はまだ若いから、あれこれしゃべることができないのじゃな。（傍白）「わしの若い部下たちは、なかなかまじめで思慮深いではないか。」お前たちの商売がうまくいくように、わしはお前たちに手紙を書いた。その手紙はちゃんと届いたかね？
ファッレルン　はい。旦那様が手紙を託した赤ひげのヨアヒム神父が届けてくれました。
シュペックバッハー　わしの知らせをどこで受け取ったのか、まず言っておくれ。
ファッレルン　私たちが馬の群れを連れて、ちょうどポントラッツに向かっているところでした。
シュペックバッハー　取引をする相手の買い手と、お前たちはどこで出会ったのか？
ファッレルン　買い手たちは、プルッツとドゥレンフェルトからやって来ました。
公爵　それはバイエルン軍がいる地域だ。
シュペックバッハー　買う気のある連中は大勢いたのか？
ファッレルン　平原いっぱいいいました。
シュペックバッハー　すると、馬の群れの数は十分ではなかったのか？
ファッレルン　そうです、旦那様。買い手二〇人につき、馬一頭でした。
シュペックバッハー　その不足する分を、お前たちはどうしたのか？
ファッレルン　私たちは近くの村から調達しました。
シュペックバッハー　土地の人たちは、お前たちの役に立ったのか？
ファッレルン　チロル人はお互いに助け合いをしますよ。
シュペックバッハー　新しい、活発な取引が始まったのか？
ファッレルン　粘り強い値引き交渉が二日間続きました。買い手たちは、最初支払いをしようとしませんでした。しかし、連中はついに私たちの考えを受け入れました。私たちは思っていた通り、売り払うことができました。お客たちには誠実に尽くしました。そして、全ての顧客に長期間にわたっても十分なほど売り渡しができました。

シュペックバッハー　よくやってくれた。ここに座りなさい。
公爵　（ファッレルルンに）どこかでブルシャイト大佐を見なかったか？（ファッレルルンは黙っている）
シュペックバッハー　（笑いながら）はっきりと言ったらどうじゃ。
ファッレルルン　私が今、話したのは、その人とその部下の人たちと取引したことです。
公爵　ブルシャイトはチロル内に深く入ったのか？
ファッレルルン　公爵様、それを申し上げることはできません。（彼はシュペックバッハーのテーブルへ行き、座る。女給仕が二人に朝食を持ってくる）
コスト　（再び登場。公爵に向かって）馬の餌やりが終わりました、閣下。
公爵　よろしい。それでは出発だ。部隊はすでにシュテルツィングに向けて進軍している。ラ・コスト君、すぐ馬に乗りたまえ。
コスト　公爵閣下、（シュペックバッハーを指して）この男を人質として同行させてはいかがでしょうか。
公爵　どうしてそんなことをするのか。
コスト　あいつが他の大勢の連中と、よからぬことを企てているという確かな情報があるのです。
公爵　友よ、思想は自由だ。哀れな人々から、思想のとらわれない領域を取り締まろうと思う者は、偉大なるナポレオン皇帝陛下に仕える最低の男だ。国も人も、ところ違えば様々だ。
コスト　しかし閣下、体は思想に雇われているのではないでしょうか。（彼は公爵とひそひそ話をする）
シュペックバッハー　（席に着いたまま、ファッレルルンに向かって）連中はわしらを捕虜として連行するかどうか秘密の相談をしておる。
ファッレルルン　我々を連行しないこともあるのでしょうか？　その場合、我々は何をしたらよいのでしょう？
シュペックバッハー　（ファッレルルンとワイングラスを打ち合わせて）わしらはワインを飲みほそう。
公爵　（ラ・コストとの話から振り向いて）それに反論する確かな根拠がある。多くの騒々しい連中が、夏の遠征の短い間に、農民たちの君主となってちやほやされ、もはや新たに農作業に向かうのを嫌がるようになってしまった。そんな連中があまりにも多く、我々が連中を全て逮捕したりすれば、その大勢の連中を見張りする番人が足りなくなってしまう。そうしたやり方には、我々の武力は強すぎるのだ。そんなことをすれば、怒りをまき散らすだけであろう。私の前にいるこの男も、あけっぴろげな男で、私には何の罪もないように見える。陰謀はベールに包まれたままでかすかに進行するものだ。だから、この話はやめておこう。（チロル人に向かって）皆さん、楽にしてくれたまえ。（シュペックバッハーに）君がこの先、馬を連れてボルツァーノに来るんだったら、私のところへ名乗り出るがよい。きっと私の馬小屋は補充が必要となっているだろう。代金は、他の人に劣らない程、払うと約束しよう。（公爵とラ・コストは退場）

シュペックバッハー　おやじさん、お前さんの代金は高くつくことになりますよ。

第六場

シュペックバッハー、ファッレルン。ペーター・マイアー登場。

シュペックバッハー　マイアー父っつぁん、どうしてカタツムリのようにそんなにグズグズしていたんじゃ？　あまり遅いので、気分もイライラするほどじゃった。わしの友であるダンツィヒ公爵にもお前の持ってきた知らせをぜひ聞かせようと思っていたのに、惜しいことをした。お前はどこから知らせを持って来たのかね？

マイアー　ラディッチュの狭く恐ろしい峠からです。荒々しいアイザック川が、太陽の光にも温められず深い谷の岩を飛び越えているところです。そこでは岩が血にまみれ、大地が血を吸い、死体の山が積まれました。

シュペックバッハー　どういう様子だったのか、早く言ってくれ。

マイアー　我々はラディッチュに陣を張っていました。そこへ、岩の谷を通ってロワイエ軍が行進してきました。わが軍は少数で、わが軍だけではどうしようもありませんでした。そのため、我々は山に助けを求めました。そして山は誠実にわが軍の援軍を務めました。川の上に小さな橋がかかっていて、その上空にそそり立つ岩があり、その岩の中央に、わが軍は登りました。わが軍は大きなカラマツを切り取り、岩の塊を集め、地面に細い杭を打ち込み、その杭の上にカラマツを載せ、カラマツの上に岩の塊を載せました。それからわが軍は鉄砲に弾を込め、カモシカのように静かに岩の陰で待ち伏せしました。しばらくして、谷底をフランス軍が行進してきました。フランス軍は橋の上を急ぎ足で進み、上からはまるでネズミのように小さく見えました。ちょうど頃合いを見て、私は射撃兵に笛で合図をし、若者たちは支柱を外しました。すると山は轟音を立て、動き始めたのです。まるで転がり落ちる最後の審判のように、山は谷底へと落ちて行きました。まもなく谷底からは恐ろしい呻《うめ》き声が聞こえました。叫び声、吠え声は、我々のところまで轟きました。その後で靄《もや》が立ち込め、もうもうと谷を覆い尽くし、我々の足元まで達しました。わが軍は、その靄の中を下に向けて発砲しました。まだ生きていた連中も、わが軍の銃弾によってこと切れました。靄が消え去ってから、我々は尾根から下り、敵兵たちの所へ行きました。そこでは、岩と岩が積み重なっていました。目がつぶれ、骨が煙をはいていました。橋は粉々になっており、アイザック川はバラバラになった死者の体で覆われ、まるで荒れ狂う化け物のように飛び跳ねて、戦場の上を流れていきました。

ファッレルン　なんとむごたらしいことか！

シュペックバッハー　正しい裁きじゃ。ところで赤ひげのヨアヒム神父のことを何か聞いていないか？

マイアー　神父さんは隣の部屋に隠れています。神父さんは知られすぎているので、敵の前に姿を見せなかったのです。（脇にある扉を開ける）

第七場

前場の人々。ハスピンガー神父登場。

ハスピンガー　（登場）イエス・キリストに讃えあれ！

他の人々　永遠に讃えあれ、アーメン！

ハスピンガー　皆さんに、神聖な国の守護聖人の祝福あれ！

シュペックバッハー　おや、神父さん、どうしてそんなに顔色が悪く、痩せこけているんじゃやね？

ハスピンガー　私の仕事は、祈祷書を読むことであって、血なまぐさい戦争の本をめくるようなことではないのだ。ところが今は本来の仕事からかけ離れたことに振り回されている。こんな特別な宿命になったこと、こんな奇妙なめぐりあわせになったことを喜ぶような人はいないだろう。――その上、六日の間、私は矢のようにあちこち山と谷を飛びまわっていたんだ。その間、眠る暇もなかった。それに、ラディッチュとプルッツの疲労が加わったのだ。その間、この杖がへとへとの足を支えてくれたのだが、私の頬は、この杖のように白く痩せこけてしまったのだ。

シュペックバッハー　神父さん、元気をなくさないでくれ。

ハスピンガー　私のことは心配しないでくれ。

シュペックバッハー　お前さんは、わしと一緒に最後までやり通す覚悟かね？

ハスピンガー　私にやる気がないように見えたなら、この私を撃ち殺してくれ。やつらは礼拝堂で強姦を行い、聖具室を汚し、聖餐の盃で大酒を飲んだのだ。われらの神聖な教会の敵どもを根こそぎ退治するまで、私は髪に鋏《はさみ》を入れず、足の埃を掃おうとは思っておらん。やつらは神の冒瀆者、謀反人、ペテン師、不敬のやからだ。

シュペックバッハー　よろしい。お前さんのしゃべり方はわしとまったく同じじゃ。わしはなぜだか分からぬが、敵どもを憎む。敵を憎んで、やつらの体の赤い血の流れでこの憎しみを消し去るまで、憎み続ける。

ハスピンガー　アンドレーアスの所へ行こうじゃないか？

シュペックバッハー　ホーファーがいるのか？

ハスピンガー　その通りだ。元気な兵士たちとヤウフェン峠をやってきた。ここから鉄砲を撃てば射程距離ほどのシェーンベルクに陣取っているのだ。

シュペックバッハー　それでは、最後の仕上げができたと同然じゃ。さあ、友よ、立ち上がろう。アルプスの山から大地まで、この戦争は今、燃える旗を掲げたのじゃ。さあ、命が二つあっても足りないぐらいだぞ。（ファッレルンとマイアーに向かって）行きたまえ。仲間に街道の右手と左手に分かれてイーゼルへ来るように伝えてくれ。

街道筋を避けるのは、敵の公爵にすぐに気づかれないようするためじゃ。（ファッレルンとマイアー退場）シェーンベルクへ向かう途中で、お前さんにホーファーの件で話しておきたいことがある。

ハスピンガー　あなたが言いたいことは、もう分かっている。

シュペックバッハー　総司令官が必要じゃ。お前さんは引き受けるつもりはないかね。

ハスピンガー　そんな大それたことはできないよ。私は何事も悲観的に考える。皆を率いるなんてとてもできはしない。

シュペックバッハー　わしの先走った策略も統率となると難しかろう。ところがホーファーのじいさんは、お前さんやわしとは違っている。わしは心の中であの人のことを滑稽に思うこともしばしばあるのだが、同時に尊敬の念で心がいつも震えるのだ。

ハスピンガー　よろしい。あの人に司令官になってもらおう。（二人は退場する）

第八場

ベルクイーゼル近くの高地。遠くにインスブルックの塔が見える。アンドレーアス・ホーファーと民衆。

ホーファー　祖国を守る兄弟たちよ、わしらは再びイーゼル山に立っている。この山は、二度にわたってわしらの故郷の栄光を見てきた。最初は春のことじゃった。バイエルン軍がここであの有能なタイマー少佐に降伏した[18]のじゃった。次は夏のことじゃ。わしらがデロイを打ち破った[19]のじゃ。こちらにはマルティンの岩壁[20]が輝き、あちらにはインスブルックが佇んでいる。ここではマクシミリアン皇帝陛下[21]の精神がわしらを包む。

民衆　父なるホーファー様よ、お前様はわれらを励まし、当然のことながらわれらはお前様に従ってきました。ところで、この行軍の目的と本当の意図は何なのか、われらに教えてくだされ。

ホーファー　皇帝陛下のためにチロルの国を守ることじゃ。

民衆　しかし、皇帝陛下はわれらを見捨てられたのではありませんか。

ホーファー　いや皆の衆、まだじゃ。和平はまだ成立していない。敵軍が望むような和平は、決してやって来ないじゃろう。「諸君が朕を頼りにする限り、朕も諸君を頼りにする」とシャルディングの覚書にははっきりと述べられている。よく聞いてくれ。万が一、わしの右手が屈辱の署名をするようなことになれば、わしはこの右手を切り落としてしまうじゃろう。皇帝陛下もわしらと同じお気持ちであると考えなくてはならない。時の運に恵まれず、短期間だけツナイムの休戦協定のやむなきに至ったのじゃ。されど、オーストリアの鷲[22]は再び動き始めるに違いない。そのとき、チロルが敵の手の中にあるとすればどうじゃろう。まったく悲惨な事態といわねばならない。それゆえ、わしらが「オーストリアの盾[23]」という名前にふさわしいことをするため、わしはお前さんたちを呼び寄せたのじゃ。オーストリアの住民の中で、わしらは最も貧しいものである。だが、皇帝陛下の最も忠実な住民でなければならない。ハンガリーの人々は陛下に金を献上する。ボヘミアの人たちは宝石[24]を陛下に渡す。わしらチロル人がお渡しするものは、誠実な愛の心じゃ。そしてこの心の望むことを行動に移すこの体じゃ。この心が望むものをわしらは勝ち取り、遠きいにしえから続く神聖なオーストリア王家のわしらに対する信頼に応えなければならない。その後で、皇帝陛下が講和を締結され、ウィーンの宮殿に盛装してご機嫌よくお座りになり、その玉座の周りにエンス川[25]の上流や下流の全ての国民が集合した暁には、真っ先に皇帝陛下は、わしらチロルの灰色と緑の服を着た射撃兵にお目を向けられるに違いない。

民衆　でも、事態が別の状況となったとしたら、どうなるのでしょうか？

ホーファー　そんなことは神様にぜひ避けてもらいたいものじゃ。だが、もし究極の不幸が起こったなら、わしらは男としてそれに耐えなければならない。

民衆　われらが国外に行かねばならない、ということはないでしょうね？

ホーファー　わしは諸君と共に山に留まる。ここでわしらは喜びの声をあげ、涙を流し、戦さに勝ち、死を迎えるのじゃ。このことをお前さんたちにはっきり言っておく。わしは誓って、それを約束する。

民衆　それでこそ、われらは体も心も精神もお前様に捧げます。ザント亭主万歳！　アンドレーアス・ホーファー万歳！

ホーファー　ありがとう、兄弟たちよ。よく見ておれ、わしが今することを。わしは鉄砲の弾丸を向こうへ撃ち放つ。（鉄砲を発射して）こうしてわしの考えを敵の陣地へ届けたのじゃ。フランス軍の砦へと。さあ、これで誰もが分かったじゃろう、わしらの体や考えが何をせねばならぬのか！

第九場

シュペックバッハーとハスピンガーが登場。ホーファーは二人を迎える。

ホーファー　やあ、ヨーゼフ、それにヨアヒム神父よ。お前さんたちに会えて、なんと心強く気持ちのよいことか。このような時にこのような友に会えるとは、なんとうれしいことじゃ。とうとうわしらは一緒になることができた。わしらは一緒にいるのじゃ。握手をしよう。

シュペックバッハー　アンドレーアス・ホーファーよ、ありがとう。こちらからも、ようこそと言って握手をしよう。時間も迫っているので簡潔に話をしたい。わしはお前さんの頭を最高の栄誉で飾りたいのじゃ。お前さんには、この戦争で最高司令官としてチロルの国と兵士を勝利へと導いてもらいたい。わしと、尊敬すべきハスピンガー神父、チロルの山岳軍の統率者たちは、共通の利益のためそのように決定し、それをお前さんに伝える。お前さんの回答はどうか？

ホーファー　何だって？　ヨーゼフよ、ヨアヒムよ。どうしてそう考えたんじゃ。兄弟たちよ、お願いだ。そのような重要な企ての協議を行うときは、急いではならない。わしはパッサイアーのただの農民じゃ。この大勢の賢明で大胆で理性的な人々よりも、わしのどこが優れているというのじゃ。

シュペックバッハー　司令官の選出はもう正式に決まって

動かせぬことじゃ。わしらの知恵と大胆さが力を生むとすれば、その力はお前さんのものじゃ。わしらのできる助言を用いて、お前さんが偉大で英雄的な指揮を執ってくれ。わしらにはお前さんの熱い心が必要なのじゃ。

ハスピンガー　よく分からないなら、奇跡だと思ってくれ。

ホーファー　よろしい。みんなの力は一つじゃ。――お前さんたちがどうしてそうするのか、詮索したり解釈したりするのはやめにする。もしここに集まった郷土の仲間たちが反対しないならば、わしは受け入れることにしよう。

民衆　総司令官閣下、アンドレーアス・ホーファー万歳！

ホーファー　それでは、受け入れよう。主なる神が祝福されたまわんことを。――シュペックバッハーよ、次の戦闘のための計画を、お前さんは考えているか？

シュペックバッハー　司令官殿、もちろんじゃ。お望みならば、建物の中で詳しく説明いたそう。

使者（やって来て、シュペックバッハーに）司令官殿！

シュペックバッハー（ホーファーを指して）こちらのもっと偉大な司令官に話してくれ。チロルの最高司令官じゃ。

使者　チルフェス[26]に陣取っているわが軍の前線部隊とダンツィヒ公爵が全面戦闘に入りました。

シュペックバッハー　わが軍の姿を見せるのが早すぎたな。

ホーファー　戦友たちよ、神の名においてベルクイーゼルの第三次救国戦争を命令する！（シュペックバッハーに）お前さんの部隊の員数は？

シュペックバッハー　六千名じゃ。

ホーファー（ハスピンガーに）お前さんのところは？

ハスピンガー　約七千だ。

ホーファー　わしのところには五千名の射撃兵がいる。したがって、わしらの兵力は一万八千じゃ。ダンツィヒ公爵は二万五千を少し超える兵力がある。それでちょうど均衡が取れている。（山を指しながら）というのもこの山を戦闘員に数えるからじゃ。わしは剣を持っておらん。剣を一振りわしに与えてくれ。

シュペックバッハー　おおい、皆の者、誰か剣を持っておらぬか。（チロル兵の間でざわめきが起こる。一人のチロル兵

がためらいながら前に進み出る）

チロル兵　私は剣を持ってはいるのですが…（ためらいながらチロル兵は剣をシュペックバッハーに差し出す）

シュペックバッハー　何じゃ、この剣は！　白と青のリボン[27]が付いているではないか。たまげたぞ。バイエルンの剣ではないか。お前は何という名じゃ？

チロル兵　シャッサーです。平時は、ハルの製塩所で働いているものです。

シュペックバッハー　だめじゃ。いくらわが軍でいろいろと不都合なことがあると言っても、こんなことがあってたまるか。――敵の剣を総大将が手にするなんてことは！　この剣を引っ込めよ。（シュペックバッハーはチロル兵に剣を返そうとする。その剣をハスピンガーが手に取る）

ハスピンガー　これをホーファーに渡そうではないか。この鉄には生命はない。だが意志の力で生かすことはできる。これを敵からの最初の戦利品だと見なそうではないか。我々はまだあらゆるものを敵から取り返さねばならない。家、教会と祭壇、力と勇気と抵抗を取り戻すのだ。（ホーファーに剣を手渡す）敵の剣を司令官の印として、この国の栄誉を勝ち取ってくれ。（ホーファーは後ずさりする）あなたはこのリボンの旗色を見て、しり込みするのか。

ホーファー　そうではない。わしは自分であれこれ考えて、身震いしているのじゃ。剣を渡したまえ。（剣を受け取り）この剣の柄をつかむと、わしの手はおののく。なぜなら、生死を決する最高司令官の力を、それは持っているからじゃ。哀れで罪深い一人の人間の手がそのような権力を持つとは、なんと不遜なことじゃろうか。この立場は栄光にも、また悲しみにも満ちたものになろう。今、わしはこの剣の神聖な十字の鍔《つば》を持ち上げる。（ホーファーは剣を高く掲げる）父なる神よ、アンドレーアス・ホーファーの行く末を導きたまえ！　バイエルンの剣よ、昔からの統率者と昔からの権利のための立派な戦いをしようではないか！（ホーファーは先頭を進み、他の人々が続く）

第二幕

フランス軍の陣営。朝焼けの頃。

第一場

フレリ大佐、ラ・コストが出会う。

コスト　なんと！　目の前にいるのはフレリ大佐ではありませんか！

フレリ　その通りだ、ラ・コスト中佐よ。友よ、ごきげんよう。

コスト　どこからやって来られたのですか？

フレリ　フィラハの副王殿下のところからだ。

コスト　何をしに、こちらに来られたのですか？　ここでの賭けトランプゲームに加わって、貧乏くじを引こうとでも思っておられるのですか。

フレリ　いや、いったい君たちの部隊は何をしているのだ。ザルツブルクを通ったとき、君たちの部隊はボルツァーノまで行かないと追いつかないと聞かされた。少なくとも、とっくにブリクセンを越えているに違いないとのことだった。ところが私が目にしたのは、このインスブルックの前の平原に、まるで死者のように静かに陣取っている君たちだ。見ると、ぼろぼろの鷲の旗、制服の色も番号もばらばらな兵士たちだ。兵士たちは、汚れた武器をしぶしぶ磨いている。いつもなら、わが陣営では勇ましい歌が何度も鳴り響くものだが、それも忘れ去られて、何も聞こえてこない。私がすれ違ったのは、負傷兵たちを載せた痛ましい荷車が列をなして続く姿だ。それに私が尋ねても、農民軍は手強いという答えが返ってくるばかりであった。おそらく大敗戦が起こったのではないのか？

コスト　評価の基準は様々ですが、私は大敗戦と考えます。我々は、農民軍に打ち負かされたのです、大佐。私は上司たちを誹謗《ひぼう》しようとは思いません。それは無秩序だということになりましょう。でも、あなたを信頼して言っておきましょう。私は元帥に助言をしました。もし元帥が私の助言を受け入れておられたなら、我々はここに留まってはいなかったでしょう。民衆たちは山の上で天候の変わるのをよく知っており、風と雲の悪戯を熟知しています。そのことを元帥はあまり分かっておられません。我々に多大な損害をもたらしたシュペックバッハーが、すぐ近くにやって来て、そいつを捕らえることができたのに、元帥はそうされなかった。元帥は、この恐ろしく、荒々しい狭い道を、この身の毛のよだつアルプスの峠を、まるでマクデブルクからポツダムへ続く平野を進軍された時のように、悠然として歩を進めてこられた。その後すぐに、わが軍の派遣部隊がプルッツとラディッチュでほとんど全滅したという、敗戦の知らせが届いたのです。同時に、道路の左と右の全ての山々から、まるで射的遊びのような射撃が始まりました。雲に覆われた頂までアルプスの山々は、ミツバチのようにぎっしりと集まったチロル軍で覆われており、わが軍が上を見渡せば、敵の鉄砲以外に何も見えませんでした。わが軍は、チルフェスとチェーフェスへ突撃を試みましたが、無駄でありました。この恐ろしい網から逃れる出口はありませんでした。弾丸があられのように我々の隊列に降り注ぎました。わが軍の兵たちは、まるで無防備な獲物のように撃ち殺されました。こうしてわが軍は退却をよぎなくされました。わが軍は多くの兵を失い、ここに留まっているのです。

フレリ　ラ・コスト中佐よ、君が話してくれたのは、実に悲しい物語だ。だが、私が殿下から伝えられた指示は、この状況に適合した内容だ。というのも、指示は賢明な融和政策と注意深い待機なのだ。

コスト　そうした賢明な方策をもってしても、何ともならないでしょう。おや、元帥閣下がやって来られる。しゃべるのはやめましょう。

第二場

ダンツィヒ公爵と前場の人々。

ダンツィヒ公爵　（登場）ウジェヌ王子殿下が遣わした大佐はどこにいるか？

フレリ　ここにおります、閣下。

公爵　おはよう、大佐。貴公のことを考えて、はるばるボルツァーノまで遠い道のりを行かずに済むよう、配慮しておったのだ。それゆえ、こうして国境の所で、私は貴公を迎えるわけだ。またそうした方が、最近私が運命の女神と賭けをした出来事について、貴公は、いち早く聞き知ることができよう。女神がひどい手を使って戯れを続けるつもりなら、私もその戯れを楽しんでやろうと思っていたところだ。私がこの賭け勝負に勝ったのかどうかは、貴公が判断すればよかろう。だが冗談はこれくらいにしよう。貴公の伝令の件だが、副王殿下は、私にどんな命令を下されたのか。

フレリ　指揮権を掌握される皇帝陛下のご子息は、以下のごとく伝言されました。「公爵殿においては、もしどこにも抵抗勢力が現れぬならば、当初に決定された方向を維持し、チロルの国を進軍すべし。しかしながら、もしこの国の反乱の火がなおも燃え続けているならば、チロル伯爵領にはこれ以上、足を踏み入れるべからず。」

公爵　なぜ王子殿下はそのようにお考えなのか。

フレリ　殿下は、近く和平になると考えておられます。王子殿下はこう述べられました。「近い将来、この領土は最高統治者たちの協議によって、間違いなく我々のものと認められよう。そのような領土のために、混乱極まる戦いに出向くのは適切ではない。この小さな貧しい国は隣国からの輸入なしに生き延びることなどできぬのであり、もしこれを包囲することができれば、反乱は速やかに鎮火されるだろう。そしてさらに、このことこそ、よくよく配慮しなければならないことであるが、それにより大惨事と無意味な流血は回避されるであろう。」この問題に関して、大本営で私が聞いた理由は以上の通りであります。

公爵　要するに、前進するために反乱者に対し銃撃を必要とするならば、わが軍は前進してはならないというのが、最高司令官の言葉通りのご命令なのだな。

フレリ　命令の解釈と活用は公爵閣下に完全に任されております。「元帥杖を持つ者は指図を受けない」、と皇帝陛下はおっしゃっておられます。

公爵　何人も自らの考えにおいてのみ行動するものだ。ところで諸君、今、何時か？

コスト　三時を過ぎたところです。

公爵　それではあと一時間もすれば、夜が明けるな。（ラ・コストに）起床ラッパを鳴らすよう命じてくれ。

コスト　閣下、わが軍は疲労の極みに達しており、戦況もまったく好転しておりません。

公爵　それでは、もう君と一緒にいるのは今日を限りとしよう。フレリ大佐、王子殿下に、この中佐よりもっと凡庸な将校を派遣していただくよう、私からお願いすることにしよう。ところで大佐よ、私の心を打ちのめすものは何か、貴公には話しておきたい。私は、ナポレオン皇帝陛下の国家の礎は、火薬と弾丸の上に成り立っていると考えていない。そうではなく、むしろそれは黄金の栄誉を重んじる高い志の上に成り立っているのである。ところが、このかけがえのない栄誉心という、立派な宝物が、今回は失われるように思うのだ。そうだ、わが軍が農民たちに追い払われるなんてことがあり得ようか。それを考えると虫唾《むしず》が走る。つまり、私がこの戦さをするのは、私欲を求めるためではなく、ただ栄誉のためなのだ。今回は、あるいは敗戦に終わるやもしれぬ。だがわが軍の栄誉を傷つけるようなことを私はしたくないのだ。もちろん、ここでもうまく勝利へと有利に展開することを望んでいる。私にはまだ二万三千の兵がいる。兵たちは、大砲の轟く音を聞けば、顔も紅潮して元気を取り戻すことだろう。（公爵と将校たち退場）

第三場

ベルクイーゼルの旅館の前の広場。アンドレーアス・ホーファーとヨアヒム・ハスピンガー登場。

ホーファー　わしはおかしな夢を見た。お前さんたちから受け取った剣を、わしは三度放り投げた。深い谷底へとな。ところが三度とも空中を飛んで戻ってきた。そっとわしの足元にやって来るのじゃ。神父さんよ、この夢をどう捉えたらいいのじゃろう?

ハスピンガー　それは夢見た者の考え方次第だよ、ホーファーさん。昼には、体を飽食と酒で満たし、虚栄や欲望の充足しか考えないようなやつがいる。そういう連中は、昼間だけじゃなくて夜の夢でも虚勢を張るものだよ。これに対して、精神を主なる神まで高めようと努力し、それが神まで届かないからといって、秘かに涙を流す者がいる。こういう人の所へは、夜の静寂な時間になると、天使たちの神々しい姿が近づいてくる。その天使の足は柔らかくて、太陽が照っている昼間は、地面を踏むことができないんだ。だがその姿が近づけば、人間の目に見えないものが、精神の目にそっと見えてくるものだ。

ホーファー　ところでわしの夢に出てきた天使はいったい何者だったのじゃろう。

ハスピンガー　天国の中でも一番愛らしい天使なのだろう。神が慈悲の目でその天使を見ると、天使はかわいらしく赤くなり、乙女のように恥じ入って、びくりとするものだ。それこそ恭順の天使に違いない。

ホーファー　わしにミサをしてくれないか。礼拝堂は遠いのか？

ハスピンガー　ほんの五十歩ほどのところだ。見てみなさい、永遠のランプの光が見えるだろう？

ホーファー　ところで、ヨーゼフ・シュペックバッハーは礼拝にやって来るのじゃろうか？

ハスピンガー　いや、あの人は見張りの部署を全て点検しているのだ。一時から、夜どおし、汗を流して、あちこち走り回っているのだ。

ホーファー　あの男が神を敬わないとは残念だ。

ハスピンガー　まあ、あの人のしたいようにさせておけばよい。

ホーファー　神に心を開かずに、戦さに向かうなんて、わしにはとてもできないことじゃ。戦さでは血も流れるじゃろう。死神の黒い喉に誰が呑み込まれるかは分からない。聖餐も取らず、救世主との和解もせず、胸に弾丸が当たって致命傷を受け、絶望の淵で、死に直面して、恐れおののきながら倒れたとしたら、どんなに恐ろしい状態じゃろうか。神父さん、来てくれたまえ。秘跡の祈りを授けたまえ。わしの心はキリストの聖なる体のもとへ向かうことを熱望しているのじゃ。（二人は退場）

第四場

シュペックバッハー登場。後からホーファー、ハスピンガー、アイゼンシュテッケン。

シュペックバッハー （登場）いったいザント亭主はどこにいるのじゃ？　こんな時に眠っている暇などないはずじゃ。こん畜生、ザント亭主はどこじゃ？　もうおしまいじゃ。（ホーファーとハスピンガー登場）

ホーファー　誰じゃ、こんな静かな朝に、腹を立ててがなりたて、わしらがお祈りに行くのを邪魔するやつは？　ヨーゼフか、恥ずかしいと思わないのか。

シュペックバッハー　おお、ホーファーのおやじさん。まあ、天の神も理解してくれて、シュペックバッハーに対しても、今日ばかりは、お祈りせよとも言わないじゃろう。見ての通り、わしは汗まみれになって、やって来たところじゃ。――なんとひどい連中なんだ。わが部隊の半数の兵は部署を離れ、故郷の妻と子どもたちの所へ帰ってしまった。朝飯を食って、家畜に餌をやるためじゃ。戦火は燃え続けているというのにじゃ。それでわしは急いでできる限りの対策を採った。放浪の職人や紐売りの行商人たちをかき集めて入隊させたのだ。何とか間に合わせて、やっと部隊は揃うところまで来たのじゃ。（チロル軍の行進曲）（アイゼンシュテッケン登場）こちらに近づいているのは味方の部隊か。

ホーファー　ここにやって来た男がすぐにそれを教えてくれるじゃろう。

アイゼンシュテッケン　総司令官殿、メラーン、パッサイアー、アルグント、シャルダース、マイス、ザンクト・フェルテン、シェンナ、パルチンス、プスタータール、フィンチュガウの防衛隊員たち、グレーデン、ザルンス、ケステルルーテン、ローデンエックの兵士たち、ラツフォン、フェルトゥルン、フィランダースの部隊が、行進して到着し、この山の麓に集結しました。

ホーファー　全員揃ったか？

アイゼンシュテッケン　全員揃っています。

ハスピンガー　（シュペックバッハーに）ホーファーは眠っていて、事態を把握していなかったのだ。彼の部隊も動かずじっとしていただけだ。

シュペックバッハー　腹が立つことですな。（不愉快な顔つきでホーファーに笑いかけ）閣下、あなたに毒でも盛って進ぜましょうか。

ホーファー　それでは二百名の射撃隊を前進させ、丘陵地と平野の境まで進めよ。もし敵軍がわが射撃隊に近づくようであれば、敵と小競り合いを開始せよ。ただし、それ以上の戦闘行為に入ってはならない。中心部隊は、山と高い森に囲まれた現在いる場所に留まり待機せよ。[28]

シュペックバッハー　（アイゼンシュテッケン退場）

シュペックバッハー　さあ、ザント亭主よ、お前さんの計画を教えてくれたまえ。

ホーファー　ヨーゼフよ、まだはっきりとはしてないのじゃ。時が経てば、最善と思うことが分かるじゃろう。

アイゼンシュテッケン　（再び登場）下の方で太鼓を打ち鳴らす音が聞こえました。ざわついています。敵軍は隊列を整えているようです。

ホーファー　今こそ、我々貧しい農民が、世界の支配者を相手に決戦をする時が来た。

シュペックバッハー　わしは急いで右翼に回ろう。

ハスピンガー　それでは私は左翼だ。

ホーファー　わしはこの戦場の中央に留まろう。夜は明け、日が道を照らしておる。この道はオーストリアへと、ウィーンへと続いておる。部署につけ、戦友たちよ。さらばじゃ。

ハスピンガー　今日、血に染まって死んでしまうなら、これでお別れだ。

シュペックバッハー　勝って、また会おう。

ホーファー　（他の人たちと握手して）マクシミリアン皇帝の町[29]で、また会おう！（全員退場）

第五場

戦場。銃声。騒然とした様子。ダンツィヒ公爵、ラ・コストと共に登場。後からフレリ、フランスの将校、兵士たち。

ダンツィヒ公爵　二つの大隊はフォルダースとハルでイン川にかかる橋の駐留部隊を直ちに増強せよ。いかなる犠牲を払っても、イン川を確保することが必要だ。そこで指揮を執っているのはシュペックバッハーだな？

コスト　おっしゃる通りです。

公爵　そこでは用心せよ。あの男は自分の仕事を熟知している人物だ。それは私自身が経験して分かったことだ。行きたまえ、ラ・コスト中佐。（ラ・コスト退場）

フレリ　（やって来る）わが軍は、ナタースおよびムタースで崩れそうになっております。例の神父が激しい勢いで、わが軍の砦に向かって突進しています。

公爵　わが軍の砦はまだ陥落していないのか？

フレリ　いいえ、まだです。ですが、ラグロヴィヒ司令官が救援を求めております。司令官は、もうこれ以上持ちこたえられないと申しております。

公爵　持ちこたえるよう、司令官に伝えよ。一連隊をガルヴィースの沼地を越えて敵の左翼へと進軍させよ。そしてエーデンハウゼンから敵の背後を襲うのだ。その後、ラグロヴィヒは前進して突撃を開始するのだ。農民たちを挟み撃ちにして、せん滅するのだ。

フレリ　司令官殿もそのようにお考えでした。しかし、ガルヴィースの沼地は非常に深く、とんでもない犠牲を伴うでしょう。

公爵　いや、できる。フランス軍の連隊ではなく、ザクセン軍かバイエルン軍を使うように言え。（フレリ退場）これで両翼は首尾よく行くだろう。そして、ここ中央で私自らが敵を葬ってやる。（数名の兵士、将校たちが登場）わが勇者たちよ、諸君は何をしようと思っているのか？

一人の将校　最高司令官殿！　イーゼルの頂への突撃をお命じください。散り散りになった反乱者の群れは、キツネのように藪を抜け、時折発砲しながら進軍し、わが散兵たちと戯れているにすぎません。わが軍は、敵を難なく叩きのめし、全地点を支配する中心部を獲得することができます。

公爵　何だって？　相手がここではそんなに手薄なのか。それは何も不思議ではなかろう。私が聞くところによれば、敵軍の予言者ホーファーがイーゼル山の上にいるのだから。やつは天使の群れに囲まれていると思い込み、実際の兵力でもって自分の周囲を固めることを軽視している。よろしい、突撃だ！　諸君は、ちょうどよい時に来た。この山を勝ち取ることができれば、それはわが軍の勝利の日だ。諸君の司令官が、自ら先頭に立ち、そして最後の騎手と運命を共にしよう。大胆な勇者たちよ、諸君の栄誉を考えよ。そして私に続いて、坊主の奴隷どもを打ちのめすのだ。(将校と兵士たちと共に退場)

第六場

イーゼルの旅館前の広場。遠くで銃声。アンドレーアス・ホーファーとエッチュマンがテーブルについている。後からシュトラウビング夫人とハインリヒ・シュトース。

エッチュマン　聞いたかい、銃声だ。

ホーファー　聞いたとも、今日はずいぶん激しいではないか。

エッチュマン　ザント亭主よ、戦場の近くに行ってみようではないか。

ホーファー　ここにいたまえ、エッチュマン。戦場の方がこちらにやって来るに違いない。わしには考えていることがある。――みんながこのわしを最高司令官に選んだのは無意味でなかったと思うようになるじゃろう。まあ、ここでじっと座っていたまえ。(シュトラウビング夫人登場、一人のチロル青年を手に引っ張って連れている)おや、シュトラウビングのおばさんではないか。これは、これは、こんにちは、ごきげんよう。この切り合い、撃ち合いの戦場の中を、お前さんはイーゼル山までやってきたのかい。

シュトラウビング夫人　そうよ、アンドレーアス。ジルシュテークじゃ、頭の上を弾丸がいくつも飛んで行ったわ。そんな弾を耳の中へでも入れようものなら、一生、耳が聞こえなくなるじゃないのと、思ったわ。(夫人はホーファーの上着をつかむ)あなたのお顔をよく見せておくれ。まあ驚いた。あなたはずいぶん変わってしまったのね。今は伯爵様なの、侯爵様なの。皇帝陛下の将軍で、チロル全軍の司令官だそうじゃないの。髭だらけのじいさんにいったい何が起こったのよ。

ホーファー　わしにも分からないよ。だがこういうことになってしまったのじゃ。

夫人　その話を聞いて、わたしゃ、死ぬかと思うほど、笑いこけたじゃないの。

ホーファー　わしのことをあざ笑ったりすると、お前を塔の牢屋に放り込むぞ。

夫人　そうなりゃ、わたしゃ鉄格子の中からお前さんにアッカンベーをしてやろうじゃないか。

ホーファー　そんなくだらないおしゃべりはやめにして、いったいここへ何をしに来たのじゃね。

夫人　用件は二つあるのよ。一つは、シュテークの縁日で馬を取引した五百グルデンのお金のことよ。あなたは私に借金したことをちゃんと書面で書いてくれなかったじゃないの。誰も証人がいないのよ。もしあなたが今日、戦死してしまったら、私のお金は戻ってこないじゃないの。

ホーファー　わしはそのことをちゃんと考えていたよ。借用書を書いておいたんじゃ。（ホーファーは胴巻きから書類を取り出し、夫人に渡す）

夫人　（書類を読む）「借金五百グルデン也。」これでいいわ。お金ができたら、すぐに支払ってくださいね。二つ目の用事はここにいる青二才のことよ。

ホーファー　こいつはハインリヒ・シュトースじゃないか。

夫人　その通りハインリヒ・シュトースよ。羊飼いの息子で、うちの未来の娘婿なのよ。こいつが夜中にうちのベルベルに夜這いをかけたんだよ。わたしゃ、こいつを娘の横から引っこ抜いて、こう言ってやったんだ。「起き上がりな、この坊主、お前にゃ、かわいい恋人のほっぺにキスするより、もっと他にやることがあるだろう」って。あなたの軍にこいつを使っておくれ。「お前を最前線の戦場に送る」と、あなたから言い渡してくださいな。

ホーファー　恋人の所から、死の戦場へというわけか！わしらは今や、やって来る者全てを必要としている。どれ、なかなかの美青年ではないか。夏の日のように生きがよく、アルプスのシャクナゲのように輝いている。その目は求愛してさえずるライチョウにそっくりじゃ。さあ、ハインリヒ・シュトースよ、前線に向かうのじゃ。──おや、こいつはちゃんと聞いているのか。

夫人　この子はまだベルベルのぴちぴちした唇が頭から離

れないのさ。私たちも昔はそうだったじゃありませんか。（夫人はチロル青年の体を揺さぶる）さあ兵隊さん、あたりを見てごらん。ここはもうヴィルテンの部屋の中ではないのよ。あなたは戦友たちに取り巻かれているのよ。（銃声）坊や、ベルベルにあなたから何か伝えておきましょうか。

ハインリヒ　（ホーファーの前に行き）私にどの部署につけと命じられますか。

ホーファー　前衛部隊に行ってもらおう。

ハインリヒ　お母さん、僕のかわいい恋人に、くれぐれもよろしく伝えてください。（ハインリヒ退場）

夫人　ああ、私の胸の痛むこと。さようなら、アンドレーアス。

ホーファー　もう少しここにいてはどうか。

夫人　ここでグズグズできないわ。部屋はみな、宿泊者で詰まっているのよ。衰弱した人ばかりよ。哀れなやっこさんたちはみんなお腹を空かしていて、私が料理を作ってやらなきゃならないの。それで連中はみんな何とか生き延びているのよ。

ホーファー　お前さんに護衛をつけてやろうか。

夫人　何ですって？　あなたは頭がおかしくなったんじゃないの？　二つの腕とこの杖があれば、私の護衛は十分だわ。私のそばに男が近づくなんてまっぴらよ。私が腕を振り回せば、草の一本だって生えやしないよ。さいなら。（夫人退場）

ホーファー　あの女はなんとすたすた歩くのじゃ。どんな男も、あれについて行くことはできないじゃろう。もう岩場の道を下りてしまい、あの女の影が一番高い樅《もみ》の木のてっぺんにかかっているぞ。これこそチロルの女というものじゃ。

エッチュマン　帝国広しと言えども、あれほどの女は指で数えるほどしかいないよ。いいかい、きっとあの女は、いよいよ自分の娘が別の男と結婚するとなると、また他のを探そうとするだろうよ。

ホーファー　それでは三人目の男ということか？　わしにはあの女と張り合うなんて、とうていできないことじゃ。おや、あそこにやって来たのは誰じゃ。

第七場

ホーファーとエッチュマン。ファッレルン登場。後からアイゼンシュテッケン。

ファッレルン （登場）ザント亭主、ヨアヒム神父が、応援部隊を送ってほしいと、切望されています。敵の一団が沼地を渡ってきて、ずるがしこく背後からわが軍を攻撃してきました。谷では激しい戦闘になっています。わが軍は後退しています。

ホーファー 何だって。赤ひげのヨアヒムは何を考えているのじゃ？ 各人がそれぞれの持ち場を守ることが必要なのじゃ。わしは自分の軍勢を減らすわけにはいかん。さあ、戻れ！ ヨアヒム神父は自分で切り抜けねばならぬのじゃ。

ファッレルン 総司令官殿、そんなことをおっしゃるとは、ヨアヒム神父は信じてくれないでしょう。

ホーファー そんなことはない。神父は分かってくれるじゃろう。お前が帰る頃には、神父は自力で切り抜けているはずじゃ。さもなくば、たとえわしが援軍を送ったとしても、それは遅すぎるじゃろう。ホーファーがチロルの心を持っていることを、神父は十分に知っておる。わしにはわしの射撃兵が必要なのじゃ。（ファッレルン退場）

エッチュマン 早く今日という日が終わってほしいものだ。

ホーファー 父っつぁん、おじけづいたのか？ 恐れることはない。わしはこの身をイエス様の御心に捧げている。主なる神は忠実な人々を見捨てられはしないものじゃ。朝酒を一杯、持って来てくれ。――冷たい風が吹いている。――一番上等のワインをあの特別な銀の大盃に入れて持って来てくれ。今日は特別な記念日じゃ。最高のワインを最上の大盃で乾杯しなくてはならぬ。（エッチュマン退場）おおい、アイゼンシュテッケンよ。（アイゼンシュテッケン登場）右翼戦線まで、ひとっ走り馬を走らせ、シュペックバッハーがどうしているか、そのあたりの状況がどうなっているか見てきてくれたまえ。ところでライナー兄弟はここに出陣しているのか？

アイゼンシュテッケン 兄弟は他の兵たちと山の背後に陣

取っています。

ホーファー　お前さんが馬で走って行く途中で、その二人の歌手をこちらへ寄こしてくれたまえ。（アイゼンシュテッケン退場。エッチュマンが大盃を持って登場）ここに置いてくれたまえ。こりゃあ、立派な労作だ。銀の盃が光に戯れて宝石のようじゃ。この大盃には皇帝と大公たちが彫られている。この蓋にはチロル城[31]が聳《そび》えている。この城をわしらメラーンやパッサイアーの住民はいつも仰ぎ見ているのじゃ。この城を見ると、神聖で恵み深いマルガレータ夫人[32]の自由と権利と特権をわしらは思い知らされるのじゃ。そうじゃ、みんなが古い時代のことを思うなら、その方がずっとましじゃろう。

第八場

ホーファーとエッチュマン。ライナー兄弟登場。後からアイゼンシュテッケン、チロルの兵士たち。

ホーファー　やあ、来てくれたか。——さあ、喉は大丈夫かな？

ライナー兄弟　総司令官殿、お聞きなさればどうでしょう。

ホーファー　退屈なので、気晴らしに何か一曲歌ってくれたまえ。

ライナー兄弟　総司令官殿、どんな曲にいたしましょう。

ホーファー　それじゃあ、明るく楽しいにぎやかなのを頼むよ。

ライナー兄弟　（歌う）おいらは　わこうど、元気もの、
　帽子にゃ　三本、羽根飾り。
　おいらのこの羽根　奪うやつ、
　おろうものなら　見てみたい。

ホーファー　エッチュマンよ、合唱して歌いたまえ。（エッチュマン、ライナー兄弟、ホーファーは合唱する）
　おいらのこの羽根　奪うやつ、
　おろうものなら　見てみたい。

アイゼンシュテッケン　（登場）シュペックバッハーからの伝言です。わが軍の橋から敵軍を追い払うことはとうてい不可能とのことです。敵軍は増強しています。シュ

ペックバッハー軍は持ちこたえていますが、敵を追い出すことはできません。チロル軍とフランス軍は指呼の間で対峙しています。平原に凄まじい銃声が響き、一尺一尺の陣地をめぐっての白兵戦が展開されています。シュペックバッハーは、総司令官が山を下り、直ちにダンツィヒ公爵めがけて突進してくれと言っています。もし直ちにそうしなければ、悲惨な戦いとなろうと、シュペックバッハーは考えています。

ホーファー　わしはこの山を守るという誓いを立てたのじゃ。フランス軍がわしの山に来れば、この山はフランス軍の流血の場となろう。わしは早まって、平地に出ることはするまい。山こそわが家であり、わしが安心できるところじゃ。さあみんな、歌を続けよう。

ライナー兄弟　（歌う）おいらは　あちこち　旅をした、
　チロルの国の　隅々へ。
　でも、一番の　べっぴんは
　おいらのナニだ、分かるだろ。

ホーファー　さあ、元気よく、アイゼンシュテッケンよ。みんなで合唱しようじゃないか。（アイゼンシュテッケン、ライナー兄弟、ホーファーは合唱する）
　でも、一番の　べっぴんは
　おいらのナニだ、分かるだろ。

（数名のチロル兵が急いで登場する）

チロル兵たち　たいへんだ！　助けてくれ！

ホーファー　何じゃ、どうしたのじゃ？

チロル兵たち　敵軍が、燃え移る火のように、山へと前進してきます。先頭には公爵の白い帽子の羽根飾りが見えます。

他のチロル兵たち　（やって来て）狙撃兵たちがどうすればよいか尋ねています。

ホーファー　（立ち上がって）狙撃兵は引き揚げろ。主戦部隊を前に出せ。アイゼンシュテッケンよ、命令を伝えよ。（アイゼンシュテッケン退場）敵との距離はどれぐらいじゃ。

チロル兵たち　山から約一千歩の所です。

ホーファー　歌を最後まで歌ってくれ。

ライナー兄弟　（歌う）射撃のための　鉄砲と、
　けんかのための　拳鍔《けんつば》と、

恋するための　娘をば、
持たねばならぬ、わこうどは。

（歌が歌われている間に舞台は狙撃兵たちで埋め尽くされる）

ホーファー　みんな一緒に歌いたまえ。

全員　（歌う）射撃のための　鉄砲と、
けんかのための　拳鍔《けんつば》と、
恋するための　娘をば、
持たねばならぬ、わこうどは。

ホーファー　よし、ここを持ちこたえよう！（大盃をつかんで）皇帝陛下のために乾杯！　そのためにこの栄誉ある大盃で飲むのじゃ。（ワインを飲む）さあみんなも飲んでくれ。この大盃を順に回してくれ。（ホーファーは隣の人に大盃を渡し、大盃はさらに次の人に渡り一巡する）さあ、われらは同じ血が流れる兄弟だ。（銃声）友よ。戦いの時じゃ。元気あふれる若者よ。銃弾を込め、山から撃ち下ろすのじゃ。威勢のいい騎兵たちよ、脇道を駆け抜けよ。森の急流となって、われらはやつらの頭上になだれ込もう。わしは逃げも隠れもせず、われこそホーファーなりと、この髭にかけて神に誓う。進め、進め、皆の者。故郷の守護聖人たちが、火の馬に乗って、われらの先頭に立って突進しているぞ。皇帝陛下万歳！　フランツ皇帝万歳！

全員　オーストリアよ、永遠に万歳！　（全員出陣。銃声。部隊の背後で戦場の行進曲）

第九場

戦場。舞台の横は高台。フレリ。後からダンツィヒ公爵、フランス軍の兵士たち。

フレリ　（負傷して登場）ああ、運も尽きた。なんとひどい運命の戯れだ。俺がわざわざ何百マイルも遠方からやって来たのは、農民とのこの汚らわしい、くだらない戦争で死ぬためだったのか。おお、栄光よ、おお、名誉よ。この言葉に従って、俺は生涯、活動してきた。そして今、俺がそれに忠実に活動してきたことの感謝として、この戦場で死を迎えたい。だがどうしてすぐに死なせてくれぬのか。（フレリはくず折れる）（フランス軍兵士が登場し、逃亡して行く）誰だ、やって来たのは？　わが国の者か？

一人の兵士　お前は地獄おちだ。お前の国の者とは悪魔のことだろう。

フレリ　わが軍は負けたのか。

別の兵士　（先ほどの兵士に）前へ進め。

フレリ　戦友たちよ、この負傷兵も一緒に連れて行ってくれ。俺はフレリ大佐だ。

最初の兵士　どっかへ行って、くたばってしまえ。（退場）

フレリ　おや、また誰か来たぞ。

ダンツィヒ公爵　（登場）私は変な夢でも見ているのではないか。いったいどういうわけだ。この山は生きているのか。ダニのように群がって、山全体が前に押し寄せてきた。そしていたるところで、わが軍の兵士に食らいついたのだ。右翼戦線に兵士がいればよかったのに。ラグロヴィヒに伝令を送っておけばよかった。

フレリ　閣下は私を二度目の伝令に送ることはできません。

公爵　呻《うめ》き声をたてたのは誰だ？　なんと、フレリ大佐ではないか。

フレリ　今はまだフレリ大佐です。じきに一塊の塵《ちり》となるでしょう。——ああ、私にまだ命あるのなら、これからは教会に行き懺悔《ざんげ》もいたしましょう。

公爵　しゃべるのは大事なことだけにしろ。アンブラスの状況はどうだ？

フレリ　命を！（息絶える）

公爵　（大佐の死体を揺さぶり）アンブラスはどうなっているのだ？（フランス軍兵士が登場し、逃亡して行く）止まれ、どこから逃げてきたのか。

兵士　アンブラスからだ。

公爵　あそこもか。あそこもか。（兵士たちの行く手を遮って）諸君の将軍だ——

兵士たち全員　耳を貸すな。逃げろ、遠くへ。恐ろしい山から逃げるのだ。俺たちが通るのをこいつが邪魔するのなら、突き倒してしまえ。（荒々しい態度で逃亡、退場）

公爵　こうなったら、さっさと破滅がやって来るがよい。

第十場

ダンツィヒ公爵。ラ・コスト登場。後から高台にホーファーとチロル軍兵士たち。逃亡するフランス兵士たち。

コスト (登場)ここにおられましたか? 退却です。ザント亭主が今にもやってきます。インスブルックへ退却しましょう。公爵閣下、避難してください。

公爵 ラ・コスト君。君に心からお願いしたい。どうしてこのようなことになったか説明してくれないか。どこが間違っていたのだろう。私の率いているのは以前からの兵士たちだ。どうした加減でわが軍が恐怖の網に巻き込まれることになったのだ。

コスト 大地が激怒して、わが軍に立ち向かってきたのです。敵はあらゆるモグラの穴も知り尽くしています。全ての岩の割れ目から死神がのぞいています。

公爵 ああ、君の言うことを聞いておけばよかった。

コスト もうそのことはおっしゃらないでください。わが将軍殿、私は閣下を尊敬し、崇拝するものです。ああ、たいへんです。一刻も無駄にできません。チロル軍の物音がしてきました。

ホーファー (高台の上に従者たちと現れる)戦友諸君、六台の大砲をここに並べ、バラバラの敵軍隊列に力強く砲弾を放て。わしからの厳令じゃ。わしと戦さを交えたやつらを肢体揃ったまま、川の岸までたどり着かせてはならぬ。(ホーファーとチロル軍兵士は姿を消す)

公爵 あの怪物はぼんやりしているなどと誰が言ったのだ? (大砲の音)

コスト 逃げましょう。ここで命を捨てては何にもなりません。(逃亡するフランス兵士たち、一人の兵士が鷲の旗を持っている)

公爵 その旗を渡したまえ。お前たちの臆病な手に握られていては、鷲の旗も恥ずかしくて赤くなっているではないか。(旗手から鷲の旗をもぎ取る。フランス兵は逃亡する)この鷲の旗を敵軍に投げつけてやろう。この頭をくるみ、われらが神々に献じるのだ。古代ローマ人のように私はここで討ち死にしよう。

コスト 逃げてください。逃げるのです。

公爵 友よ、この敗北の日の後、どうやって生き延びられるというのか。もう命運も尽きた。今やヴィルヌーヴとデュポン[33]に加えて、恥辱の敗戦を喫した将軍の名簿にルフェーブルと書き入れるときが来た。君はわが友、わが勇者であった。そこで君の将軍に最後の奉公をしてくれたまえ。さあ、この胸だ。ここをさあ、突き刺してくれ。

コスト　閣下は皇帝陛下に冷静さを保って仕えねばなりません。その皇帝陛下の名において、また連隊の名において、私はぜひ心を落ち着かせるよう、閣下にお願いします、閣下。我々はもう取り残されてしまいました。策略を使わねばなりません。そこに死亡した騎手が倒れています。その上着を着てください。誰も閣下とは分からないでしょう。（公爵に上着を着せる）

公爵　これでよい。これでよい。運命よ、お前はなんと知恵が回ることか。私は最後の騎手と運命を分かち合おう。そしてその上着を借用しよう。（二人は退場）

第十一場

ホーファー、アイゼンシュテッケン、エッチュマン、多くのチロル兵。後からハスピンガー、シュペックバッハー。

ホーファー　とうとうやり遂げたぞ。フランス軍公爵は敗北した。さて、わが軍の戦友たちはどうなったか、誰か報告してくれる者はいないか。

アイゼンシュテッケン　あそこにヨアヒム神父が喜び勇んでやって来ます。（ハスピンガー登場）さあ、抱き合おうではないか。

ホーファー　首尾はどうかね。

ハスピンガー　喜びのあまり口がうまく回らない。今後、もっとひどいことがやって来るかもしれないが、今日、我々がやり遂げたことは、永遠にわれらの手柄として残るだろう。私は血まみれの戦いの末、やつらを蹴散らせて、あなたの勇敢な部隊の方へと追い立ててやったのだ。

シュペックバッハー　（登場）抱擁をし合おうというのなら、お前さんたちのしっかりと抱き合った腕に、このシュペックバッハーも入れてくれ。そうする価値はあるじゃろう。ザント亭主よ、お前さんは立派な仕事をやってのけた。お前さんが大胆にもやっつけた敵の中心部隊は、大慌てであの橋へとなだれ込んだ。その橋の守備兵たちを、わしはまだやっつけていなかったんじゃが、大混乱、無秩序になった。そこでは敵の駐留部隊が自分たちの味方のフランス軍が押し寄せてくることを防げなかったのじゃ。橋は崩落し、わしの手下たちが鬼のように下に向けて撃った。そして泳げない者たちは、イン川で溺れ死んだのじゃ。

ホーファー　この日のわが軍の犠牲者はどれほどだったのじゃ？

アイゼンシュテッケン　はっきり言える限りでは二百人の死傷者が出ました。その中には、残念なことですがヨーゼフ・モーア伯爵という高貴な方が含まれています。―伯爵は自らが率いていたフィンシュガウ軍の前で戦死されました。

ホーファー　伯爵の魂に安息を祈ろう。そして教会で正式に埋葬するように。かけがえのないご遺体を、葬儀の列を作ってお運びし、慈悲深く高貴なお生まれの伯爵未亡人にお渡ししなさい。伯爵および亡くなった全ての人たちに安らぎを。ところでハインリヒ・シュトースという若者を見た者はいないか。

アイゼンシュテッケン　その者のことでしたら、よい報告をすることができません。その若者は笑いながら前線へ向かいました。うっとりと夢見るような表情のままで、話しかけもせず、返事もしませんでした。そして笑ったまま散弾入り砲弾を装填しました。ところが砲弾の火薬入れに火薬を詰めようとしたときに、砲弾が炸裂しました。ヤマウズラたちが飛んで逃げるように、バラバラになって、若者の体は飛び散りました。頭はあっちへ、手足はこっちへと。

ホーファー　ああ、ベルベルもかわいそうに。

シュペックバッハー　だがなあ、フランスの花嫁たちの方がずっとたくさん泣いているのじゃ。敵は何千人もの犠牲者を出した。死体でいっぱいに覆われた戦場の様子はおぞましいものじゃった。その中には十字勲章をつけた身分の高い連中もいた。わし自身が見たのは、マックス・アルコ伯爵大佐の死体じゃ。十六門の大砲、たくさんの旗、鷲の紋章がお前さんの戦利品じゃ。この勝利は誉れ高きものじゃ。将来にわたりずっと輝き続けるじゃろう。ダンツィヒ公爵は、この国から退却するため、一日の停戦を求めている。敵の司令官は残党を引き連れて、ザルツブルクへ向かおうとしているのじゃ。

ホーファー　この黄金のような勝利は、わしら下々の者にはもったいないほどのものじゃ。まさにクリスマスの幼子キリストのごとく、明るく輝き、その輝く目でわしらに笑いかけてくる。この勝利のことを思うと、わしの心は喜びと甘美な気持ちに耐えられない。この胸にその気持ちを収めることはできぬ。こみ上げる喜びが涙となってあふれ出る。（ホーファーは泣く）

シュペックバッハー　しっかりしろ、お前さんは兵士たち皆の前に立っているのじゃぞ。

ホーファー　わしは涙を流すことを恥ずかしいと思わない。わしの他にも大勢の立派な男たちが涙を流すんじゃ。この国は解放された。神よ、どうしてこんな奇跡ができたのか。この国は解放された。われらは神を讃えよう。われらはインスブルックへ凱旋して入城しよう。住民たちには鐘を鳴らし、神への感謝の祈りのため、準備をせよと伝えてくれ。さあ、アイゼンシュテッケンよ、立ってくれ。一休みしたら足の具合をみて、コモルンにある皇帝陛下の陣営へ行ってくれ。そして皇帝陛下に陛下の忠実な息子であるアンドレーアス・ホーファーと、チロルとフォアアールベルクにおける民衆全ての敬意を伝えてくれ。そしてお前さんがここで見たことを伝え、皇帝陛下に申し上げてくれ。「灰色と緑の旗を掲げるチロルの若者たちは、イーゼル山で皇帝陛下の大敵を勇ましく退治しました」、と。そしてこうも言ってくれ。「要塞や村がもはや無くなってしまったとしても、チロルは陛下を見捨てたりはしません。再び敵が迫って来て、その尊いお体を嘆かわしくも逃がさなければならなくなったとき、われらの所に来てください。われらは陛下をわれらの体でもってお守りいたします。われらは陛下のもとを去るよりも、死ぬことを選ぶ覚悟です」、と。この全てを皇帝陛下に伝えてくれたまえ、アイゼンシュテッケンよ。

第三幕

第一場

ウィーン、ある室内。オーストリア宰相が書類に覆われた机の脇に座り、書類を読んでいる。一人の参事官登場。

宰相 (目を上げて) おはよう、エードゥアルト。

参事官 昨晩、閣下は私どもが考えていたよりもお早くシェーンブルンからお戻りになりましたね。そうでなければ、閣下をお待ちしないなどということはございませんでしたでしょうに。

宰相 どうしてそうするのかね。緊急事態でもなければ、誰かがお楽しみの所を、私のせいで邪魔してしまうのは、私の好むところではないのだよ。ところで君は、ずいぶん楽しいことをしていたようだね。(参事官は目を伏せる) 君に行動のことで忠告しておきたいことが一つだけある。それは注意深くするということだ。それにふさわしい時間にもなっていないときから羽目を外すようでは、君にとって不利益なことになり、私にとっては心の痛むことになろうが、君をここに置いておくことはできぬのだよ。——何か新しいことはないのか。

参事官 重要なことは何もありません。

宰相 それでは仕事を始めなさい。

参事官 お許しください。閣下の父親のようなご厚意に私は甘えておりました。閣下がシェーンブルンからお早くお帰りになったので、私はいささか不安を感じています。あの敵の独裁者は、わが陣営に対し、再び屈辱的な講和を押し付けただけでは満足できず、宴会の席で閣下に対し礼を失した態度で振る舞うに至ったのではありませんか。

宰相 いや、まったくそうではない。ナポレオンは彼なりの流儀で、私を盛り立てようとあらゆる努力をして見せてくれた。アルテンベルクで会って以来、彼はまるでペルヴォンテ[34]のごとく、頭の中にあれこれと願い事を詰め込み、私のために大掛かりな望みを実現しようとしていたようだ。でも君は、よく気が付いたね。私が予定よりも早く切り上げたのは、実際、私の気分がすぐれなかったからなのだ。

参事官　記録するための書類をお持ちしましょうか。

宰相　おや、君はそれが機密事項であると思っているのか。何でもない、ただそう感じただけだ。その時の気分の名残をおしゃべりで口に出しただけだよ。

参事官　閣下がお気に召さないようなことが何かあったのでしょうか。

宰相　今、宮殿の広間にみられる礼儀の悪さだよ。この世紀最高の男がただまともな礼儀を身につけていさえすれば、この男がたとえ侮辱的な言動に出ようと、無教養や罰当たりをさらけ出しても、私は許すことができよう。

参事官　あの男は、自分が支配者であり、自分のお気に入りの歌を勝手に歌うことができると思っているのです。

宰相　そういうわけではない。あの男が好色な話をするときは、ほとんどの場合、まだかわいらしいものだ。だが、問題は礼儀正しく振る舞おうとしたときなのだ。あの男が催したのは女性抜きの宴会で、長靴履きの元帥たちや軍の主計長、そして両替商人たちの出席者がいるだけなので、私は不愉快な気分になっていたのだ。その上、あの男が私の所へ寄ってきて、おべっか使いのような話をだらだら仕掛けてきたので、まったくうんざりしてしまった。それにしても、酢に砂糖をたっぷりまぶしたようなあの甘酸っぱい顔つきを見ると、私には、重砲隊の元将校から、私の足を踏む前に、足を踏んだことを許してくださいと言われているような気がしてならないのだ。あの男が順めぐりをするため、私の所から引き揚げていったので、私はすぐに退席したのだ。——天賦の才能も、幸運も、権力も、生まれのいやしさを補うことができないとは、実におかしなことだ。

参事官　取り巻きには上品な人々もいるのではありませんか、セギュール[35]とか。

宰相　あれも何にもならない。セギュールの父親は確かに立派な人間だった。だがその息子の顔にはもう現代風の不機嫌な皺《しわ》が寄っている。そして趣味の悪さが、厄介な祟りのように、その男の上に立ち上がっているのだ。——あの男は、金羊毛《きんようもう》[36]を三枚とも公式な場所から追放してしまった。一枚だけでも、アルゴ船で冒険して獲得するほどの価値があるのだ。ところがそれを三枚も紐でからげてしまえば、水汲み用の粗末な皮袋になってしまうのだ。そのことにあの男は考えが及ばなかったのだ。いいかい、こんなことはお笑い劇のような結末を迎えるに決まってるさ。さあ、こんな話はこれぐらいにしておこう。

参事官　ああ、もっと話を続けてください。心が震え上がっている私たちにとって、閣下の口から出る言葉で勇気と希望が沸き上がってくるのです。

宰相　まあ君、三〇年も外交官をやっていれば、予言だってできるようになるものだよ。全ては偶然だ。偶然が好都合なものであれば、我々はできる限りの礼儀を尽くしてそれを利用するのだ。今はその偶然が好都合なものではない。こういう時は順応が必要だ。この順応の二文字こそ、政治手腕の全てなのだ。書類カバンを開けてくれたまえ。（参事官は机からいくつもの書類入れを取り上げる）重要な用件は？

参事官　いつもと同じものばかりです。（書類入れを開き、宰相に見せる）ハンガリーです。

宰相　（署名しながら）シュテルンベルク夫人[37]も年を取ったなあ。

参事官　でもあの夫人はいまだに興味深いものをお持ちです。（第二の書類入れを開き、差し出す）スラヴォニアです。

宰相　（署名しながら）それでは夫人はまだ何とか我慢ができるのか。

参事官　（第三の書類入れを示し）クロアティアです。（第四の書類入れを出し）軍事境界線です。

宰相　まだ戦争が続くのであれば、我々にはコンスタンティノープルでトルコと同盟するという手もありうるな。我々はすでにかなりアジア方面へ押しやられているのだ。――どうして君は私をそんなにまじまじと見ているのだね。

参事官　閣下を見ていると、私の頭は混乱してきます。閣下は恐ろしい程の苦痛で重くなった国家をその肩に乗せておられます。この四つの壁に囲まれた部屋の中に、現代という傷ついた巨人が横たわり、救助はまだかと待っています。ところが閣下は冷静に、これまでよりもさらに冷静に微笑んで、冗談を口にされるのです。閣下がひ弱な若者であったこの私に、力強いその手を差し出されたとき、私は誇らしくなり、「さあやってみよう、自分もこの人と同じようになれるかもしれない」と思いました。でも今、目の前で見てよく分かりました。私はいつまで経っても無能な人間です。どうか私を解雇してください。

宰相　ばかなことを言わないでくれ。君も私ぐらいの年になれば、こんなことぐらいできるようになろう。

秘書官　（至急公文書を持って登場）カドール公爵[38]からです。（至急公文書を置いて退場）

宰相　まあ、それを開封して、読んでくれたまえ。

参事官　（文書を読んだ後で）とんでもないことです。新たな要求をしてきました。協定文書を不当に解釈したものです。いったい何のための協定だったのでしょう。

宰相　やれ、やれ。

参事官　相手はシュタイアーマルクの一部をイリュリア国に加えることを主張し、わけの分からない口実を述べて、取り決め額を五百万グルデン上回る賠償金を要求しています。

宰相　君はまたそんなに怒り狂っているのか。相手がどれほど難癖をつけてくるかぐらい、君も分かっているだろう。連中がそれぐらいのことを言ってきても、私はもう驚いたりしないよ。やつらは成り上がり者で、自制するということを知らないのだ。

参事官　でもわが方は要求通り差し出したりはしないでしょうね。

宰相　もちろん差し出すよ。そうせざるを得ないじゃないか。とはいえ、——ひょっとすれば、これは仕掛けられた罠かもしれぬぞ。——まあ、いいだろう。そのうち金で解決できるだろうよ。ところで、第五の書類入れは？

参事官　（書類入れを差し出し）チロルです。（宰相は背を向ける）機嫌を悪くされないでください。私の起草したことが必要なのです。

宰相　いったい何を起草したのかね。

参事官　わが国の通常の基準に基づいて、チロル住民宛ての皇帝陛下の書簡を起草しました。

宰相　私はそういうのは御免こうむりたい。

参事官　運命を受け入れ、征服者に服従すること。私はそう起案しました。どうぞ、皇帝陛下にご署名をいただくようご提示ください。住民たちは、私の知る限り、この書簡がなければ、納得するような連中ではありません。無用な犠牲者が出ています。私は住民のことが心配でたまらないのです。

宰相　君は誰の依頼でそのようなことをしたのかね？

参事官　どうかそんな厳しい目つきをなさらないでください。私には耐えられません。そうしたのは、私の心、栄誉を思う感情、同情心なのです。

宰相　そんなものはツナイムの講和で、皆追い払われてしまったのではないのか。

参事官　しかし講和の後で再び沸き上がってきたのです。

宰相　それは自己責任で、危険を承知の上で生まれたものだ。我々にはそれに保証を与える責任はない。

参事官　そのお言葉からすれば、閣下は――人間を取引なさるおつもりですか。

宰相　どうしてそれがいけないのかね？

参事官　閣下は残忍にも私を引き裂いてしまいました。この点こそ私にはすっきりしない閣下の謎です。

宰相　若い人には最も明確なことが理解できないというのはよくあることだ。逆に若い人たちは暗闇の中で物が見えると思い込んでいたりするものだ。

参事官　閣下は我々自身の問題でもあるこの案件を憎むべきものと思っておられるのですか。

宰相　そうした共同体に加わることから神が我々を守ってくれることを祈りたい。

参事官　何ですって？

宰相　君は今日という日をまったく台無しにしてしまったな。

参事官　台無しですって？

宰相　そうだ。私はこの案件を憎むべきものと思う。この話を聞くだけで私の腹わたが煮えたぎるほどの不愉快な問題だ。会議の時に、愚民たちを利用するという、まったくけしからん決定を回避しようと、私がどれほどの骨を折ったことか。我々が愚民たちを我々のために扇動しておきながら、どういう良心でもって、愚民たちの皇帝ナポレオンに反対する行動ができるというのか。これこそが、恐ろしい結果をもたらすに違いない。たとえ三万人の兵を強制召集して有利な立場が生まれたとしても、それと引き換えに我々は最もけがれた矛盾に陥ってしまうのだ。私はこれを食い止めることができなかった。だが少なくとも私のこの手を汚さずにきれいにしておきたいのだ。

参事官　私たちのために命を差し出した人々をそう扱うのですか。

宰相　やつらとて、あつかましく密猟をし、密輸品を商ってあわよくば一儲けしようとしているではないか。犠牲者が私にとって何らかの価値があるとすれば、その犠牲の価値がどれほどのものか犠牲者が認識していなくてはならない。我々であれば、命を差し出すとき、我々はどのような損失を受けるか、いかなる人間的真価をなくし、いかなる喜びをなくすかを、よく知っている。これに対して、農民は自分の存在が無であるのでそれを投げ捨てるだけだ。

参事官　閣下は民衆を蔑視されるのですか。

宰相　「民衆」とは。そのような新しい表現は、私の理解するところではない。これまでは臣下とか従僕と言ってきたのだ。私は誰一人弾圧したりしない。誰一人食うに困ることがないことを望み、それどころか皆に楽しみを与えようとしてきた。それ以上のことはろくでもないことだ。特に彼らにとってはためにならない。

参事官　民衆がわれらを捨ててしまったら、われらはどうなるのでしょう。

宰相　（立ち上がり）ならず者たちの手を借りるぐらいであれば、まだ自分の手に頼って倒れたとしても、その方がずっとましなのだ。

参事官　閣下は厳格なのですね。この書簡を却下されるのですね。

宰相　（冷淡に）それは軍事局の管轄であり、私の所管するところではない。私は貴殿のための職場を考えた、フォン・ベルク殿[39]。貴殿はナポリの公使となってもらおう。

参事官　貴殿ですって、フォン・ベルク殿とは、どういうことでしょうか。

宰相　貴殿にはかの地でやさしい女性たちと気難しい人物たちと付き合うことになろう。

参事官　閣下は私を打ちのめそうとされるのですか。私を閣下のおそばから追い払おうとされるのですか。

宰相　とにかく人のつながりについては十分に明るい見込みができる。この職場は最初の赴任地に適していよう。

参事官　私が息をし、心で感じ取り、頭を働かせているこの地から追い出されるのでしょうか。私はこの地にしがみついて、感謝、感謝の連続を感じてきました。閣下の魔力により、私は讃嘆、戒《いまし》め、優美、歓喜、無邪気な感情にがんじがらめになってしまいました。こうした感情に見張りのように取り囲まれ、私は自分自身をそこから抜き出すことはできません。もし閣下が私を転勤させるとすれば、私という人間の半分だけを送ることになります。これまで閣下は私をかわいがってくれているとばかり思っていました。

宰相　君が自分の考えを持ち出そうとしたから、そういうことになっただけだよ。もっとも君が自立心を身につけることは望ましいことだがね。

参事官　そういうお考えでしたか。当てこすりのようなことを言ったのは私の誤りでした。お許しください。私の未熟さをご容赦ください。

宰相　君のせいでそれほど気を悪くしたわけでもない。我々人間は奇妙な構造をしているんだ。我々には単に干からびた真実があればそれで済むというわけではない。我々には美しい嘘が必要なんだ。我々が嘘を本当だと信じることはないとしても、嘘は我々の生活を次々に生み出してくれるのだ。私の青春時代には、恋愛、社会、人格、そしてあるときには文学がそういったものだった。だがそういう時代は過ぎ去った。新しい世代が成長した。君もその世代の人間だから、今通用する現代の夢を持っていることだろう。今日の君は、そうした夢の一つを私の所で不適切に使ってしまったのだ。だが君に忠告しておきたいが、そうした夢を全て押さえつけてしまうことはしない方がよい。夢は君の胸の中に火を燃やしているのだ。君がその火を適切な時に用いれば大いに成功を収めることができよう。夢中にならねばならぬとき、我々人間には、夢中にさせるための粉飾がぜひとも必要なのだ。いかなる時にも冷たい理性しか見出すことのできない人間は決して何も成し遂げることはできない。――ところで、君が持ち出したチロルの羊飼いの書簡の件のことだが――

参事官　（書類を破り捨て）性急でした。お忘れください。私どもに差し迫る敵に、無防備な背中をさらしてしまうことは、本当に浅はかなことであります。
宰相　そうだよ、見たまえ、弟子の方が師匠よりもよく分かっているではないか。そこまでのことは、私も考えてはいなかったよ。
参事官　農民たちが無知であるのに、私どもが責任を感じる必要などありませんが、もし彼らがその無知から山の中でまだいくらか騒動を起こすことになれば、当地にやってきたフランスの客人たちも、きっと弱腰になり、シュタイアーマルクの土地と五百万グルデンを免除してくれるかもしれません。そうすれば大公妃と交渉しないで済みます。
宰相　君、君、私の教育を最後まで続けるため、君に注意しておきたい。いいかい、そういうことはいくら頭で考えても構わないが、決して口に出してはいけないよ。——さあ、そろそろ着替えるとするか。友よ、それでは失敬。（宰相は脇の扉から、参事官は正面の扉から退場）

第四幕

第一場

インスブルックの王宮。ホーファー。後からシュペックバッハー、ハスピンガー、民衆。

ホーファー (一人で) 外部からは何の知らせも届かない。周りの峠はみな敵軍に占められている。わしらは生きながら葬られているようなものじゃ。アイゼンシュテッケンが戻ってきてくれたら助かるのじゃが。——ヨーゼフもヨアヒムもわしが考えていたほどにはわしを支えてくれない。みんな違った考えを持っている。これはまずい状況じゃ。わしは不安に駆られ、今こそ誠意が求められているのじゃと、叫んでみる。わしは手を胸に置き、心臓の動きを確かめ、わしらはこの仕事を進めにゃならぬと考える。だがその後であたりを見回してみると、どんな勇気も消えてしまう。

シュペックバッハー (荒々しく登場して) ここでじっとしていたのか。お前さんはここで、女たちは貞淑な服装をすべしという命令書を書いたりしているのか。ここで、夫婦を仲直りさせたりしてるのか。お前さんは!

ホーファー なんと怒り狂っているのじゃ、お前さんは。どうかしたのか?

シュペックバッハー あいつの話を聞いたか?

ホーファー 誰のことじゃ?

シュペックバッハー アイゼンシュテッケンじゃよ。

ホーファー あいつが戻ってきたのか。

シュペックバッハー たった今しがたじゃ。

ホーファー ありがたい、皇帝陛下はどうしておられる?

シュペックバッハー (腹立たしげに歩き回り) 皇帝陛下じゃって? お元気だよ、皇帝陛下は。だがあいつは皇帝陛下にお会いできなかったのじゃ。

ホーファー 何だって? お会いできなかったって? それではわしの書簡はどうなったのじゃ?

シュペックバッハー お前さんの書簡は無駄となった。皇帝陛下の陣営へまだ十四時間もかかるところで、あいつは引き返したのじゃ。

ホーファー　お前さんの言うことはでたらめではないのか？
シュペックバッハー　わしは下手な猟師稼業をしていた方がましじゃったよ。盗賊や追い剝ぎをして身を立てた方がよかったのじゃ。父親を殴り殺していた方がずっとましじゃった。そうしたらこの世でもっと長生きできるに違いない。
ホーファー　何を言い出すのじゃ、シュペックバッハーよ。
民衆　（押し寄せてくる）ああ、父なるホーファー様、われらを見捨てないでくれ！
ホーファー　フランスの公爵がまた進軍してきたのか？
シュペックバッハー　鉄砲に撃たれた鹿のように呻くがよい。真夏の太陽にやられた馬のように喘いでくれ。斧で脳天を割られた牛のように吠えてくれ。帽子の花飾りを全部引っこ抜け。それを勇敢な戦死者たちの墓に投げ込もうじゃないか。羽根飾りもちぎり取って、風に飛ばしてしまえ。
ホーファー　わしは最高司令官じゃ。冷静に報告をしてもらいたい。
シュペックバッハー　（あざ笑うような調子で）そうかい。それじゃあ、報告しよう。チロル伯爵領は三つに分断されることになった。一つはバイエルンに、もう一つはイリュリアに、三つめはイタリアに所属するということになったのじゃ。
ホーファー　これはたまげた。こんなことをしでかすのは悪魔の仕業か。
シュペックバッハー　絹をまとった悪魔たちじゃよ。これが和平ということじゃ。
ホーファー　和平だって？
民衆　そりゃあ、ひどいじゃないか。
ハスピンガー　（やって来て）まったくいたたまれない。この世は恐ろしくひっくり返っている。和平という言葉は、普段であれば年寄りたちを若返らせ、杖を使うことも不要にしてしまううれしい言葉だ。この世で一番心地よい言葉だ。その言葉が不安に満ちた我々の耳には、最後の審判における永劫追放の判決よりももっと恐ろしく響くのだ。

ホーファー　シュペックバッハーよ、和平協定でわしらのことはどうなっているのじゃ。
シュペックバッハー　わしらのことなど忘れられてしまったのじゃよ。
ホーファー　こんなことがあろうか。
シュペックバッハー　アイゼンシュテッケンと話してみるがよい。
ホーファー　こんなことは真っ赤な嘘じゃ。
シュペックバッハー　アイゼンシュテッケンと話してみるがよい。
民衆（ホーファーに）われらをずっと守りたまえ。
ホーファー　諸君に誓おう、「このザント亭主はいったん約束したことは守り続ける」、と。そして言っておきたい、「たとえ和平になろうと、わしらのことが忘れ去られたわけではない。」諸君に「このことを信じてくれ」と、命じる。そんなことはあり得ないことであり、まったくの嘘に違いない。
一人のチロル兵（やってきて、ホーファーに向かい）イタリア副王から使いの将校が来ました。
ホーファー　何だって？　その将校は何をしに来たのじゃ。
チロル兵　総司令官殿と話をしたいそうです。
ホーファー　わしに話とな？（退場、他の人々もその後に続く）

第二場

フィラハ。豪華な宮殿の部屋。イタリア副王。バラグアイ伯爵。後から小姓。

副王　どうしてそんなに私に腹を立てているのか、不機嫌な友よ。
バラグアイ　皇帝陛下のご子息、副王殿下は、ご慈悲深いお戯れで、私をからかっておられます。そのお戯れについて申し述べましょう。私は、なぜ謁見などをなされるのかと、お聞きしたいのです。なぜ王子殿下ともあろう方が、悪党の強盗どもを会談にお招きなさるのか。そうしてそのような、へりくだった態度をおとりになるのでしょうか。騒動が起きている国を、言葉でもって鎮めようとしても、それは水と油を混ぜ合わせようとするようなものです。もちろん、それもできないことではありません。でもそうするためには時間と忍耐が必要です。なるほどわれらには忍耐はございましょう。しかし時間が不足しております。ナポレオン皇帝陛下は今や短期間でチロルを平定したいとお考えです。武装解除と、この国の分割が完了したという知らせを一刻も早く望んでおられます。どうしてわれらがこの単純で、厳格で、確実な路線から離れなくてはならないのでしょうか。

副王　私が暴動の首領を会談に招いたそのわけは——しかし、助言者の公爵殿、貴公の言う単純で、厳格な路線とはどういうことかね。

バラグアイ　農民たちの反抗心、頑なな態度、最後の抵抗を考え、そしてその指導者たちの頑固な憤りを念頭に置かねばなりません。そしてその際に配慮すべきは、どのような小さな肩書も彼らに認めてはならないことです。そんなことをすれば、彼らに弁明の余地を与えかねないでしょう。全員が罪を犯したのですから、チロル全土を追放処分とすることが賢明かと思います。したがって、反乱を支援した村々を焼き払い、村民の男どもを銃殺させるべきと考えていたのです。

副王　なるほど、それは単純で、厳格で、また確実であろう。墓も廃墟も反乱を起こしたりはしないからね。

バラグアイ　我々の立場を配慮すれば、我々を養うのに役立つ国を破壊することが有益かどうか考える余地はあります。したがって大方の住民は許してやり、ただ指導者たちを刑場に送ることができましょう。ここに指導者たちの名簿があります。

副王　なんと六ページもあるのかね。

バラグアイ　殿下に最低限のことを申し上げるとすれば、罪の軽いものは赦免することもできましょう。最悪の連中、更生しがたい者を挙げれば、アンドレーアス・ホーファー、シュペックバッハー、ハスピンガー、アイゼンシュテッケン、タールグーター、ファッレルン、ペーター・マイアー、シュトラウプです。タイマーとジーベラーも死を免れません。

副王　十名の死刑か。

バラグアイ　そうです。それだけです。

副王　私が死刑をどれほど嫌っているか、貴公には分からないだろう。

バラグアイ　必然性がそう命じているのです。だからそうせざるを得ません。私が殺人願望に駆られているわけではありません。

副王　昔、わが父のボアルネ子爵[40]も刑場に向かった。ギロチンから滴り落ちる血に私はハンカチをあてた。今も死刑判決の書類が私の所へ回って来るたびに、あの光景が私の目に浮かんでくる。そして私は身震いして、署名するペンを止めてしまうのだ。

バラグアイ　あのルイ王がもっと厳格で、適切な時期に執政者を切り替えていたら、その後ボアルネ子爵も刑場に行くことはなかったでしょう。

副王　国王が厳格であったなら、今、私が公爵であり、貴公が伯爵であるという、このような地位は存在しただろうか。これは迷路だ。そこでは思考が救いようもなく失われてしまうのだ。もし時間を昔に戻すことができたなら、我々が決して持ち得なかったもの、持とうとも思っていなかったものがあろう。それを、今の私たちは手にしているのだ。われらの感覚は現状に甘やかされてしまい、もし現在の状況が違ったものであれば、それに耐えることはできないかもしれない。それにもかかわらず、心の中では昼も夜も、ああ、現状が違ったものであればよかったのにという叫びが続くのだ。このような争いの中で、我々の救いとなるのは何であろうか。それは心の中のやさしい節度だ。我々は渦の中を進んでいるのだ。そこでは理性の羅針盤が進路を示すことはない。我々の拠って立つ場所を、このわけの分からない巨大で不気味な場所を、清らかな所有地に変えることができるものがあるとすれば、それは敬意と誠意、温和と純真だ。したがって、あの戦闘的なダンツィヒ公爵が最近、フランス兵の血で岩山を染めながらも、実現できなかったことを、私が、今日、善意に満ちた言葉で解決しようと試みようとしても、こうした考えはあながち理由のないことでもなかろう。

バラグアイ　そんな考えは私にはまだおぼろげに浮かぶだけで、よく分かりません。私は我々フランスのために心を保留しておきます。

副王　そうだろうとも。貴公は彼らを強盗だと、放火魔だと呼び、実に厳しい非難を浴びせる。私もこれらのことには同意している。だが友よ、連中は我々とあまり変わらないのだ。

バラグアイ　王子殿下、どうしてそんなことがあり得ましょうか？

副王　伯爵、いったい我々はどうやって今の地位まで上り詰めたのであろうか。それは我々が民衆の蜂起と共に進んだからこそではないだろうか。あの蜂起こそが、我々を明るい星のもとへと吹き寄せたのだ。そしてそれこそがこの朽ち果てた世界の真ん中に、われらの黄金の神殿を築く力を我々に与えてくれたのだ。だがこの国では、我々を後押ししてきたものが、我々に対して立ち向かってきている。この哀れな民衆たちは、単純で、僧侶たちの支配下で暮らしてはいるが、輝かしい我々と同じ程度に、未成年状態から脱却している。民衆たちは自立している。自立を望み、意志を持とうとしているのだ。

バラグアイ　ちっぽけな埃の一粒がわれらの大河を濁すのでしょうか。きっと大波がたわいもなくそんなものをのみ込んでしまうでしょう。

副王　我々が彼らを打ち破るということは確かだ。だがもっと確かなことは、貴公にとっても私にとっても、我々皆にとっても、ここに新しい宿命が始まっているということだ。心が皆を動かしている。心は何をしたいのかを知っている。心を燃え立たせるもの、それが心を引っ張っていくのだ。これは危険な分裂を示すものだ。時代は身ごもって、恐ろしい分娩を迎えているのだ。世界は破裂する。その裂け目の中から我々に向かって、過去の亡霊が迫って来るのだ。――貴公は何か考えにふけっているようだね。

バラグアイ　その通りです。王家のご子息たちが震えておられるのを見ると、他の人たちはたいへんな恐怖に襲われるものです。

副王　震えるだって？　――ナポレオン皇帝が私を息子として受け入れてくれた日に、私は誓ったんだ、皇帝の実の子のように、皇帝の息子となるのだと。たとえ嫉妬深いこの世の連中が、あまりに偉大な皇帝の存在に耐えきれなくなったとしても、またたとえ皇帝の作った巨大な帝国が過去の大帝国と同じく、崩壊の宿命を免れ得ないとしても、私はここに身をうずめ、ここで果てるのだ、と。それから私は、たとえモンマルトルの丘に敵がやって来ても、皇帝は幸運と力を発揮してくれると信じるようになったのだ。それは信頼であって、恐怖などではなかったのだ。

小姓　（登場して）長老が到着しました。

副王　中へ通しなさい。どういう様子をしているのだ。

小姓　長い髭をしていて、顔がよく見えません。髭は顔の半分を覆っていて、腰のベルトのあたりまで、波打って垂れ下がっています。あの風貌からすれば、パリのフェドー劇場[41]に登場して、『エジプトのヨセフ』の歌劇でヤコブ役[42]を演じることができると、私は思います。

副王　君はおしゃべりな小僧だな。さあ、その男を呼んできなさい。（小姓退場）聞くところでは、あの男はまだずっと疑っており、奇妙なことに、元の君主の書簡を求め続けているようだ。そのため私は策略を思いついた。その策略は悪意を持つものではないが、バラグアイ伯爵、貴公にも手伝っていただきたい。控えの間に行って待機し、しかるべき時に入ってきて、知らせを持ってきて、私の芝居の幕引きをしてくれたまえ。

バラグアイ　こういう手口で談判するのは、――いや、いや、お望みどおりにいたしましょう。（脇の扉から退場）

副王　剣を携えた古武士たちはいつも剣を振り回して決着をつけたがるものだ。ところが、玉座への天命を受けた我々には、口に魔法が潜んでおり、それが鋭い剣よりもずっと力強いものだと、古武士たちは思いつかないのだ。――足音がするぞ。――やって来たな。どう切り出したらいいのだろうか。まあ、何とかなるだろう。（椅子に腰かける）

第三場

イタリア副王。ホーファー登場。

副王　そなたがパッサイアーのザント亭主ホーファーか。

ホーファー　その通りです、王子殿下。

副王　そなたは反乱者たちからの明確な全権委任を持ってやって来たのであろうな。もっとも全権というのは、許容された事態に対して使うものであって、ここではその言葉は適切ではないが。しかしながらドイツ語は語彙が乏しくこの言葉以外に使う言葉がないのだ。そなたは反乱者たちから全権を委任されてやって来たのだね。

ホーファー　国土防衛軍の人々は、私が彼らに代わって殿下と面会することに信頼を寄せています。

副王　信任状はあるのか？

ホーファー　それは持っていません。急いでおり、時間が差し迫っていましたので、書状を作成するのを失念しました。また我々の所ではたいていたい何事も口頭で取り決めされるのです。ついでに申し上げれば、友人で善良な男、ドネ神父が私に同行してきています。私が殿下に申し述べることは、国民も認めると、この人物が保証してくれるでしょう。神父をここへ呼びましょうか。

副王　いいや、ここに留まりなさい。そなたの言うことを受け入れよう。（しばらく間を取って）私が本来君たちを取り扱うべき方法を棚上げにして、君たちに通行を許し、対話するという行為を示した理由は、私が生まれつき寛大であることと、君たちの短絡的な考えを善意から配慮したためなのだ。君たちが短絡的な考えを持ち続けたので、その恐ろしい結果が君たち自身に降りかかることになったのだ。そなたは私のこうした態度が君たちのためを思って、主従の垣根を越えて特別にやさしく振舞っているものだと分かってくれるだろう。そなたがそれをありがたく思ってくれることを望みたいものだ。

ホーファー　王子殿下、聞き及んだところでは、これまでフランス軍に抵抗しようとしたものに対しては厳しい処置が取られたということです。どれだけ厳しい処置がわれらに課せられるかを考えれば、殿下が今おっしゃったご厚意の言葉に私は驚くばかりです。

副王　それでは、そなたは国民から何を依頼されて来たのか。国民はやっと正しい秩序に従おうと考えるようになったのか。全世界が講和となったので、彼らも平和を享受しようとするのか。

ホーファー　そのような話がされてるそうですな。

副王　おや？　話がされてる。そなたは全世界が話していることを信用していないのか？

ホーファー　殿下、殿下の将校が講和のことを私に伝えました。

副王　新聞にも載っているのだ。

ホーファー　新聞など読んでいません！

副王　（書類を手に取って）私はそなたに皇帝の手紙を、…

ホーファー　貴国の皇帝の手紙ですか。その皇帝は私の敵です。そのような敵の言うことを私は信用いたしません。（副王は不機嫌そうに反対側に向きかえる）殿下、私のぶしつけな言葉をお許しください。哀れなホーファーはこう言うより他にないのです。殿下は寛大さをお示しになるということですので、今こそ、寛大に私の言うことを慈悲深くお聞きください。私どもチロル人は朗らかな小国民です。しかしながら隣国の人々が今私どもを称賛しない特徴が一つあります。私どもは不信感に満ちていると言われるのです。本当にそうなのかどうか、私には分かりません。もしどうしても不信感に満ちているというのであれば、これにはそれなりの訳があります。というのも私たちは子どもの頃から歩みを進めるのに一歩一歩注意するように教えられているのです。私どもは細い山道を歩きます。私どもの一寸横には深い崖が口を開けています。私どもの頭上には岩の突起が突き出ています。岩が崩れ落ちる前に、すばやく通り過ぎねばなりません。今日は小川に見える川でも、明日には短時間の雨で谷に大水が流れます。霧や雲でどこに橋や平地があるのか分からなくなります。靄《もや》を信頼しようものなら、私どもは底なしの谷へ転落し粉々になってしまいます。夜は熊や狼が私どもの柵を破り侵入してきます。昼は鷲が私どもから乳児を奪います。お分かりですか、殿下。私どもは常に戦闘状態にあり、用心を欠かすことはできないのです。チロル人は自分の手に握っているものだけを信用するのです。

副王　そなたは実に不思議な人物だ。だが、どうしたらそなたの手に私が講和を握らせることができるのだね？

ホーファー　私は突然成り上がった騎士のように、無法者として反乱を起こしたのではありません。私はすぐに武器を取るようなことはせず、上からの指示を待ち続けていました。それはわが皇帝陛下の意志通知です。私はご直筆とご印璽の付いたわが皇帝陛下の講和の書簡を実際にこの目で見るまでは、武装を解除すべきかどうかという疑念をこの胸から晴らすことはできません。

副王　そなたにぜひ聞いてもらわねばならぬ、ホーファーよ。そなたがそのように異議申し立てすることを黙って見逃すことはできない。もしそなたがそうした意義申し立てを止めないのであれば、今回の会談には理由も目的もまったくなくなってしまうだろう。

ホーファー　私もそう思います。殿下が私をこのフィラハの陣営へお呼びになったときから、私は驚いていたのです。

副王　（傍白）「なんと老獪《ろうかい》なんだろう。バラグアイ伯爵は何をグズグズしているのか。」

ホーファー　王子殿下、ご立腹なさらないでください。どうか慈悲深く私の言うことをお聞きください。この夏、次々と噂が飛びかい、私ども哀れな農民は何度も騙されました。何度だったか数えきれないほどです。その噂のひどさは悪天候の雲の悪戯よりずっと悪質でした。そして風見のバラ[43]の周りをくるくると向きを変える風よりも、もっと早くその噂の言葉はくるくる反対の言葉に変わったのです。あるときは休戦だと言う。するとすぐに、そうではないと言う。合戦があったと言われると、すぐに敵軍が国の右翼にいる。そしてすぐに敵軍は左翼に姿を現したとされる。軍隊が確実に駐留し続けるとされていたのに、次の瞬間には軍隊は退却だと言われる。私どもが不運を確認するのに、言葉を求めるのではなく、他のものを求めるとしても、何か悪いことがあるのでしょうか。

副王　そうか！　だが聞きたまえ！　私はそなたが国民の代表として来たと信用している。私はそなたを信用し、疑ったりしない。君たちが時間稼ぎをし、私とそなたが話している間にも、君たちが新しい策略を練り上げているだろうと、疑ったりはしない。そなたは農民としてそう語り、私は君主としてそう信用する。ところが農民のそなたには、君主と騎士の誓約の言葉は十分に信用できないと言うのだな。（ホーファーは途方にくれて沈黙する）私はそういう言葉は大事だと思っている。恥を知れ、ホーファーよ。

ホーファー (しばらく間を取ってから) 殿下、殿下を信用するようにいたします。

第四場

前場の人々。バラグアイ伯爵登場。

バラグアイ伯爵 突然の入室をご容赦ください。しかしながら、私の情報がこのご会見のお役に立つのではないかと思います。ダンツィヒ公爵がオーストリアの使者を拘束しました。この使者はハプスブルク家から反乱者への書簡を持っており、その内容は「休戦し、武装を解除せよ」というものでした。ダンツィヒ公爵は、「他国の者をチロルへ入国させるべからず」という命令に従い、この使者を書簡ともども拘束しました。そして公爵は、「この書簡を司令本部に送るべきか、反乱者たちの所へ届けるべきか」と、尋ねております。

副王 後で決断しよう。――さて、ホーファーよ。そなたが望むのであれば、その書簡とやらを私の所へ送らせよう。それが偽物でないかどうか、そなたは事情に詳しい人に調べさせることもできる。それまで、我々の交渉を延期しよう。その後、話を続けてはどうだろうか。

ホーファー 殿下。敗残したものを嘲弄《ちょうろう》するのはおやめください。全てが終わったと、分かりました。私どもはただ生き延びて息をすることをお願いせねばなりません。私は降伏します。神が私どもに降伏を与えたからです。あなた方は道路という道路で凱旋行進をしてください。私どもが譲りたくなかったものを手に取ればいいのです。世界はあなた方のものだ。チロルもあなた方のものになればよいでしょう。もし殿下が私を釈放してくださるなら、私は全ての部隊に使者を送り、掲げた銃を放棄し、剣を捨て、兵士であったことを棚上げし、故郷に帰って、家畜のように黙って静かに暮らすようにさせましょう。

副王 我慢することだ。君たちは、男らしく試練を受け入れたまえ。私は降伏を受け入れよう。夜になれば起こったことも闇に包まれよう。侮辱を感ずることなく、君たちは平和に暮らせばよい。これは確実に保証しよう。君たちが和平を順守することを望む。和平を乱すものは死刑だ。分かったか。さあ、ザント亭主よ、家に帰り、おとなしくしていたまえ。

ホーファー　殿下、もう少しだけ殿下のおそばに留まらせてください。私は狼狽《ろうばい》していました。その知らせに私はあまりにも驚いたのです。しかし意識が戻ってきました。こうなった以上、私はこの口で負けないようにせねばなりません。殿下、あり得ないことですが、私はイーゼルの山頂に立ち、殿下の軍をせん滅しようと考えながら、殿下に対峙できたならと思います。そうなれば、殿下の胸の中に、私の戦友たちへの敬意を生み出すことができるのではないかと、私は思っています。今後、私が殿下と接見するようなことは二度とないでしょう。もし殿下が我々を蔑視することしかできないのであれば、我々の協定にはどんな保証が残るのでしょうか?

副王　約束がなされたのだ。したがって順守される。

ホーファー　奴隷には権利がありません。あなた方は名誉のない人をどうやって敬うのでしょうか。あなた方は家畜同然の私どもをどれほど気にかけるというのでしょうか。殿下、殿下は私たちのことをもっと大事に考えてくださらなくてはなりません。冷静に澄んだ目つきで見ておられる殿下の気高いお心に、私はぜひ申し述べておきたい、「不幸なチロルに憐れみの心を持っていただきたい」、と。そして「チロルの犬はただ飼い主から餌をもらい、他人からはもらわないとは。その犬は飼い主から褒められたいだけなのだ」などと、私どもの心を、殿下の国の嘲笑家たちに笑いものにさせ、殿下が顔にしわを寄せて笑うようなことをなさらないでください。あなた方はオーストリアを墓場にしました。殿下に申し上げておきますが、哀れな忠犬はこの墓場の上で死ぬまで吠え続けるでしょう。さあ、殿下、私どもの気持ちを残らず申し述べました。お願いです、どうかこれを踏まえて私どもをお取り扱いください。もうこれ以上言うことはありません。(退席しようとする)

副王　待ちたまえ。そなたの話を聞いて感動した。本来、私はこういったことには耳を傾けない方がよかったかもしれぬ。しかしどうしてか分からぬが、私の気持ちが高ぶってきて、君たちの胸から強情な考えを取り除き、新しい信頼を植え付けようと望むようになった。もう一度繰り返すが、情熱の命じるまま、また悪い人間が命じるまま、君たちが取った行動のことはもう忘れてしまいなさい。今は熟考が必要だ。二人の皇帝の戦いに、個人として、招請も受けないまま、不法に介入することなど、そんなことは忘れてしまいなさい。私がそれを望むのだ。ところでアンドレーアス・ホーファーよ。そなたにぜひ聞いておきたいことがある。そなたはしっかりとした口調で分別を持って語る。聞くところによれば、君たちはみな考えや理性がしっかりしているとのことだ。――賢明な男たちももちろん誤りはする。だがその誤りにすぐに気づいて、その後は繰り返したりしないものだ。――君たちはどうしてオーストリアを愛しているのかね？　よく考えてくれ。君たちをそれほど熱い思いでウィーンへと、シェーンブルンへと向かわせる理由を教えてくれ。そして、そのオーストリアへの愛情に取って代わるようなことを、新しい統治者の我々が何もしてこなかったのか、またこれからも何一つすることができないのか、一緒に検討してみようではないか。君たちはどうしてオーストリアを愛しているのかね？

ホーファー　殿下、そんな問題なんて、私も、チロルの誰もこれまで考えてみたことはないと思います。これにはお答えすることができません。

副王　さあ、よく考えなさい。時間を与えよう。そなたにはまったく自由に考えを説明してほしい、それが私の望みだ。

ホーファー　さて、これは困った。どうして私どもがウィーンの皇帝陛下を敬うのか、殿下に説明できません。記憶を揺さぶって手掛かりを探してみましょう。私どもは危険にさらされたときだけは、戦場に出かけます。私どもは納得できただけの税金を払います。私どもには騎士たちと同じ権利があります。私どもには騎士たちと同様に領邦議会に議決権が与えられています。そして皇帝陛下は常に私どもに好意的でした。これらの点でも乱暴なバイエルン国はまったく逆のことを行いました。でも、これら全てのいずれにも、オーストリアへの愛情の理由が隠れている場所を見出すことはできません。これらは、私どもが黒と黄色のオーストリア帝国国旗を見た時、私どもを飛び跳ねさせ、歓呼させ、心を震わせるものではないのです。あなた方が新しい支配者となっても、先ほど述べたことは全て認めてくれるかもしれません。自由に語れとの仰せなので申し上げますが、そうした愛情は昔からのもので、ちょうど手をつなぎ合う子どものように、私どもの心にずっと居座っているものと思います。

副王　それでは、その愛情は根拠がないように見えるではないか。

ホーファー　私自身も根拠がないと思います。

副王　そうだ、ホーファー、そなたがそう考えることこそ、私が望んでいたのだ。君たちの意識を曇らせている厄介な靄《もや》など振り払いたまえ。君たちがこれまで持っていたものをこれからも持ち続けたまえ。それどころかさらに多くのものを得るようになるだろう。息苦しく狭い囲いの中から抜け出して、我々に愛情を向けてくれたまえ。そうすれば、我々も君たちに栄誉と展望を与え、君たちは夢見る以上に高い立場に上ることができよう。ここでそなたに私が語ったことを、民衆に伝えてくれ。

ホーファー　私にまったく恥ずかしい思いのまま、ここから立ち去れとおっしゃるのですか。それでは私の拠って立つ所はどこにもないではありませんか。――殿下、殿下はたいへん温厚で慈悲深いお方です。たいへん恐縮なことですが、どうか私から殿下にご質問させてください。

副王　はて、何かな。

ホーファー　どうして私たちが昔からの私どもの皇帝陛下を愛しているのか、私には答えることができませんでした。そこで畏れ多くもお聞きしますが、どうして殿下は父君のナポレオン皇帝を愛しておられるのでしょうか。

副王　（微笑んで）ホーファーよ、簡単に答えられる問題を出してくれたね。皇帝は出現するや、かならず敵を打ち破ったからであり、皇帝が大帝国を築いたからであり、私に立派な侯爵領を与えてくれたからであり、そして息子として相続人として私が皇帝の栄光と権力の分け前を受け取ることができるからだ。

ホーファー　その通りでしょう。でも、もし、仮にですよ、もっと巨大な人物が登場したら、どうされますか。

それは十分に可能なことです。ナポレオン皇帝よりも三倍も多くの戦場で勝利し、三倍も大きい帝国を建設する英雄が現れたらどうされますか。地球は広いので、土地の余裕もそれぐらいはあります。殿下に三倍もすばらしい侯爵領を与え、殿下に三倍も大きな栄誉と権力の分け前を残すのであれば、殿下は父君の皇帝のもとを立ち去られるのでしょうか。今の愛情を取り消して、心を改め、新しい全能者に従われるのでしょうか。殿下。

副王　新しい全能者に私が従うのかって?――

ホーファー　殿下、黙っておられますね。それでは殿下に代わって私が答えましょう、それは、いいえ、立ち去らないです。もしそうであれば、殿下の心の愛情も、私どもの場合と同じように大した根拠を持っていないように思われます。ひょっとしたらそう定められているのでしょう。私は農民で、心で考えていることをはっきりと口に出すことができません。しかし考えてみると、私にはどうもこのように思えてくるのです。愛情というものは大地からやって来るものではなく、むしろ主なる神が天国から人間の心へ送り込む光線のようなものではないでしょうか。それは、小屋の窓からやさしく光を放つろうそくの火のように、人間の心の中でその愛情が光り輝くためなのです。愛情は、それが愛情であるので、愛をもたらすのです。

副王　やめたまえ。会談はこれで終わりにしよう。

ホーファー　これで終わります。――ところで手紙のことですが、手紙はどこにあるのでしょうか?

副王　何だって。どの手紙のことだ?

ホーファー　殿下の将軍が報告していた手紙のことです。

副王　（当惑した様子で）そうだった。そうそう、どこにしようか――バラグアイ伯爵、あれをどこへ送ればよいかな。ダンツィヒ公爵はこのホーファーに宛てて例の手紙を送ったのだったな?

バラグアイ　殿下の命令される所へ、どこであろうとお届けします。

副王　シュタイナハがよかろうと思うが。いやいや。そうではない。――インスブルックだ。そうだ、インスブルックでそなたはその手紙を受け取りたまえ。

ホーファー　それでは私はインスブルックへ行きましょ

う。殿下、手紙をすぐに送ってください。（ホーファー退場）

副王 （しばらく沈黙してから）バラグアイ伯爵！

バラグアイ 何でしょうか？

副王 貴公は適切な時に現れなかったではないか。私はホーファーとの話し合いをすでに終わっていた。その時に貴公がやってきたので、私は大いに戸惑ってしまった。

バラグアイ こうしたことに私は不得意ですので。

副王 ホーファーがインスブルックで手紙を手に入れることができなかったら、どうなるだろう。――それにしても奇妙な連中だ。だが、他にどうすることができようか？ まったくそんなことをする必要もないだろうに。それでもこういうことになってしまった。――直ちに伯爵領の首都インスブルックに向かって出発してくれたまえ。兵舎に陣取って、まだ反乱が起こっているところでは、重大な決意と兵力でこの国を平定してもらいたい。この点で貴公が計画していることには、私が許可を与えよう。（退場）

バラグアイ これで、何とか私の助言の通りにことが進むであろう。王子殿下は喜ばれないであろうが、軍事裁判がいくつも行われることになろう。――お前らは今考えている以上にひどい目にあうことになるのだ。お前らが今どんな様子をしているかは問題ではない。お前らが何をしたかということが問題なのだ。そのことに対して報いを受けねばならぬ。お前らは、新たに神の寵愛を受けた人々として讃えられるかもしれない。だが、それはお前らが剣で血塗られるからに他ならないのだ。（バラグアイは反対側へ退場）

第五場

イーゼルの戦場。横に小高い丘。前景に樹木。舞台の上方には赤い炎が見える。ファッレルルン、アイゼンシュテッケン、別々の側から登場。

ファッレルルン おーい、君！

アイゼンシュテッケン 誰か、俺を呼んだのか？

ファッレルン　アイゼンシュテッケンよ！

アイゼンシュテッケン　ファッレルンではないか！

ファッレルン　俺だ！　君がここを巡回しているってことは分かっていたんだ。君に聞きたいことがあるんだ。

アイゼンシュテッケン　何だい、それは？

ファッレルン　我々は何をしたらいいのかということだ。

アイゼンシュテッケン　身を屈めることだ。

ファッレルン　誰もどの立場に立っているのかが分からないのだ。アンドレーアスがフィラハから戻ってから、我々は彼の布告を受け取った。それに従って部隊は解散した。ところが家に戻ったとたん、アンドレーアスは戦友として戦えと、我々に命令を送ってきた。パッサイアーの人々が敵をさんざん打ちのめしたということではないか。

アイゼンシュテッケン　ミュールバッハの谷で、あのルスカ将軍のフランス軍を打ち破ったと言うんだ。変人のコルプと馬飼いのペーター・マイアーが指揮を執ったということだ。

ファッレルン　我々は誤った情報を手に入れたのではないか？　大公がザクセンブルクにいると、俺は聞いたぞ。

アイゼンシュテッケン　間違ってはいけない。それはもう過ぎたことだ。老ホーファーは、もう持ちこたえられぬのだ。事態の進行は、ホーファーは、ホーファーの心まで破壊してしまったのだ。彼はもう、茫然自失とのことだ。だからあんな命令を寄こしたのだ。向こうへ行こう。ホーファーがイーゼルの近くに出没していると言っている人がいる。彼の近くには行かないようにしよう。

ファッレルン　ホーファーを避けるのか？　ああ、アイゼンシュテッケンよ、なんと情けないことだ。

アイゼンシュテッケン　もちろん、そうだろう。だがもう助からない。イタリアからもケルンテンからもクーフシュタインからも、大波のように敵軍が近づいている。シュバーツからイーゼルまで火の海だ。

ファッレルン　何だって？　やつらは約束を守っていないのか？

アイゼンシュテッケン　やつらが約束を守るなんてことがあろうか？　さあ行こう。

ファッレルン　なんと情けないことだ、アイゼンシュテッ

ケン！（退場）

第六場

エルジ。たくさんの女と子どもたち。彼らは荷物を抱えている。

エルジ　ここに座りましょう。そしてもう一度谷を見ておきましょう。乱暴者たちは、私たちを追っては来ないわ。あの連中は略奪の最中よ。あそこで私たちの家が煙に包まれているわよ。向こうがあなたの家、あれがあなたの、そしてあれが私の家よ。（女たちは泣いている）こんな結末になるって、あなたたちが前もって分かっていたら、これを見ても、涙を流すこともないでしょうに。でも私は分かっていたので、泣いたりしないわ。私はあなたたちをハンガリーまで送り届けましょう。（彼らは木々の下に座っている）

ある女　あなたはご主人のことで何か知らせを受けましたか？

エルジ　夫はミュールバッハの谷で死んだと聞きました。

女　降伏した後で再び反乱が起こったことが、フランス軍を怒らせたのです。

ある子ども　お母さん、これからどこへ行くの？

エルジ　ハンガリーよ。

子ども　ここにずっといたいよ。

エルジ　それはだめよ。フランス人は悪い人なの。私たちの家に火をつけて、あなたたちのお父さんを打ち殺してしまうのよ！

子ども　フランス人にパンを差し出したらどうかな。

二番目の子ども　ああ、きれいな火だなぁ。見てよ、お母さん。

女　お前は哀れな子だよ！

最初の子ども　もう疲れたよ、お母さん、眠くてたまらない。

エルジ　先を急がねばならないわ。おぶって行くわ。

子ども　お母さん、僕たちはどこへ行けば眠れるの？

エルジ　ここからずっと遠いところよ。

第七場

前場の人々。ベルベル登場。

女　ヴィルテンのベルベルがやって来るわ。
エルジ　そっとしておいてあげましょう。
女　ベルベルが私たちを見つけて、こちらへやって来るわ。自分が今何をしているか話すつもりかしら。
エルジ　あの子にはやさしく語りかけてあげてね。
ベルベル　皆さん、ごきげんよう。ああ、私に言ってください、私に何か言って!
エルジ　家にお帰り、かわいいベルベル。
ベルベル　私はヴィルテンのベルベルよ。
女　あなたはヴィルテンのベルベル、そうね、私たちも知っているわ。若いハインリヒの婚約者だった。あなたたちは密会をして、そしてその翌日に、彼は大戦闘で撃たれて死んでしまった。さあ落ち着くのよ、かわいい子。ハインリヒは神に召されたわ。
ベルベル　それを言わないで、ヨハンナ。私たちの罪を言わないで。聖書にも、肉体が復活すると書かれているわ。悲しいわ、悲しい! あの人の肉体は風の中に飛んで行ってしまった。
エルジ　ベルベル!
ベルベル　悪い人たちがやって来た。私の最愛の人を、弾丸を撃って二十四に引き裂いたの! 私は腕の中に五体満足で抱いていたのに! あの人の頭はどこなの、あの人の朗らかな頭は? あの人の腕はどこなの、誠実な腕は? 速く走る足はどこ? ああ、なんて悲しいことでしょう! あなた方、どこにあるか教えてください!
(彼女はひざまずく)
エルジ　立ちなさい、ベルベル。どこにあるのか私たちには分からないわ。
ベルベル　(立つ)あなたたちには分からない! 誰にも分からない! 私はイーゼル山に登って、そこらじゅうの穴を探します。谷を歩き、小川という小川をのぞいてくるわ。母はそんなことはしてはいけないと言って、私を仕事に出したのよ。でも私はこっそり逃げ出した。母は嫌な人よ、横柄だわ。あの人を部屋から追い出したのは母よ。母の仕打ちはひどすぎるわ。私はきっと母に仕返しをしてやるわ。

エルジ　そんな悪いことを考えてはだめよ！

ベルベル　私の考えは、昔とは違うものになってしまったわ。私は涙が枯れるまで泣いた。夜も眠らずに、傷つくまで手をすり合わせた。天に神などいないわ。（女たちは十字を切る）天に神なんていないのよ！　私はただ亡骸を、かわいそうな体を見つけたいだけよ。私はその亡骸を静かに、清められた土の中へ埋めてあげたいの。ローズマリーを一株、あの人の頭のところに植えてあげて、歌を歌い、おしゃべりをしてあげる。

エルジ　あなたの守護聖人、聖バルバラ[43]に、そうお願いしなさい。

ベルベル　守護聖人はいつまで経っても願いを聞いてくれないわ。何の力も持ってないのよ。私は守護聖人の絵の前で、イラクサの中にロザリオを置いてお祈りをしたの。私のところへ白い涙のような粉が落ちてきたわ。でも守護聖人はじっとして黙ったままだった。

女　我慢しなさい、いい子だから。主は全ての塵を蘇らせるわ。

ベルベル　主が？　塵を？　蘇らせるですって？　それはどういうことなの？　あそこをご覧なさい！（彼女は立ち上がる）

エルジ　ベルベルがこれ以上苦しみませんように！

ベルベル　ご覧なさい、ご覧なさい、最後の審判が始まったわ！

第八場

前場の人々。ホーファーが抜き身の剣を持って丘の上に現れる。彼の後ろにはドネがいる。

ホーファー　女たちの嘆きを聞いたか？　家々が燃えているのが見えるか？　やもめたちや孤児たちが、異教徒たちの所へ移ろうとしている。そして婚約者が愛する人を探している。

ドネ　お人よしですな、ホーファーさん！

ホーファー　ほっておいてくれ！　ドネ、手紙はどこにあるのじゃ？

ドネ　インスブルックにはなかったのです。でも――。

ホーファー　（丘から下りて）騙されたのじゃ、調子のいい言葉で欺かれたのじゃ。敵軍はこの国に入って来ようとしているのじゃ。ドネよ、立ち上がれ！

ドネ　正気になってください。

エルジ　あれはホーファーよ！　我々に神のご加護があるように！　ベルベル、来なさい。（女たちは立ち上がる）

ベルベル　私はこの場所から梃子《てこ》でも動かないわよ。――ご覧なさい、苔草の中から傷ついた指が突き出したわ。あれは木の根っこではないわ。つま先と足の裏だわ。岩山は肉体となって脈を打ち、息をしている。空からは、バラバラになった目玉が落ちてくる。あちらにも、こちらにも。どこもかも。

ホーファー　山の尾根を越えてやって来るぞ。大砲と供の兵たちじゃ。甲冑を着た兵士たちの列じゃ。耳を澄ませ。蹄の音じゃ。荒くれの戦士たちの笑い声じゃ。立て、ドネ。突撃せよ！

ドネ　女たちよ、向こうへ行ってくれ！　お前たちの姿を見ると、ホーファーがますます荒れ狂う。

ベルベル　ハインリヒよ、あなたはなんと大きな姿になったのでしょう。

女　（遠方を見て）納屋が崩れ落ちる！

エルジ　助けて！　私の力が抜けていくわ。（彼女はうずくまる）

ベルベル　この女の人はどこが悪いのでしょう？

ホーファー　村々を回って、こう伝えてくれ。間違ったホーファーが降伏を命令した。しかし、その後で正しいホーファーが、ちょうどヴィルテンのベルベルの婚約者と同じく、死から蘇《よみがえ》った。ここはイーゼルの戦場じゃ。このイーゼルでは、一八〇九年にチロル軍がダンツィヒ公爵を打ち破った。それは過去のことじゃ。乱暴者たちを私のところへ寄こせ。強盗や人殺したちを。他の連中では、勝つことはできないじゃろう。立ち上がれ！　国中に戦争じゃ！　わしは徴兵に行ってくる。（退場）

ドネ　ホーファーよ。――私は彼を止めることができない。（警鐘が鳴る）ああ、狂気の男！　イン川の谷に鐘が鳴り渡っている。私はホーファーを見捨て、密告しなくてはなるまい。（退場）

第五幕

第一場

ボルツァーノ。とある部屋。夜。バラグアイ伯爵、ドネ、レヌアール、将校たち、兵士たち。

ドネ　だが、あの人の命を奪わないということだけは約束していただきたい。
バラグアイ　君の望み通り、約束しよう。
ドネ　私はただ全体の幸福のためを思って行動してきたのです。
バラグアイ　もちろんそれは全体の幸福に役立つに違いない。
ドネ　あなた方がひどい手を使ってあの人をおびき寄せたりすれば、私の悔いは一生、晴れないでしょう。
バラグアイ　それは不幸なことに違いない。――だがおしゃべりはそれぐらいにせよ。それではホーファーはケーラーランにいるのだな？
ドネ　ともかく以前は、あそこに隠れ家がありました。八月にそこからホーファーを引っ張り出したのは、他でもない、この私だったのです。イン川の谷やパッサイアーで、あなたたちフランス軍があの人の無意味な最後の抵抗を粉砕してしまったからには、今度もあそこに逃げ込んでいるでしょう。
バラグアイ　案内人はしっかりした男だろうな？
ドネ　あいつは信頼できる案内人です。
バラグアイ　そいつを警備隊に呼び寄せろ。
ドネ　でも手荒なことはしないでください、伯爵様。
バラグアイ　そんなことはしない。ただ合法的にするだけだ。（ドネ退場）虚飾に満ちた愚か者め、自分の友人を裏切り、敵軍の言葉を信用するとはなあ。レヌアール大尉！
レヌアール　はい。閣下。
バラグアイ　ザント亭主が見つかったぞ。
レヌアール　ほう、さようですか。
バラグアイ　これで困難だった捜索も終わり、山の迷路をはいずり回る必要もなくなった。部下たちも喜ぶことだろう。貴殿が指揮して、やつを逮捕したまえ。騎兵たちを連れて行きたまえ。出動隊員たちは強力な兵たちだ。だがこの地域の全ての部隊に武装配備させよ。出発の準備をしたまえ。

レヌアール　命令に従わねばなりませんが、それをするには心が痛みます。

バラグアイ　どうして心が痛むのだ？

レヌアール　私はイーゼルの捕虜だったのです。

バラグアイ　それではこれから捕虜時代の仕返しをすればよいではないか。

レヌアール　インスブルックであの老人はほとんど父親のように、私を扱ってくれました。

バラグアイ　われらはまもなくドイツを出国する。感傷的な態度は軍隊では不一致を生み出す。――あいつを捕えたら、直ちに早馬をミラノに向けて走らせてくれ。王子殿下がミラノに行っておられるのだ。ホーファーは直ちにマントヴァへ送り届けよ。すでに軍法会議が設置されている。三日後に刑の執行に関する交渉団を派遣してくれたまえ。（建物の中へ入る）

レヌアール　（兵士たちの所へ行き）整列せよ！

第二場

パッサイアーの上方にあるケラーラーンの小屋の前、雪に覆われた荒涼とした岩場。まだ夜の闇に包まれている。ホーファー、シュペックバッハー、ハスピンガーが登場する。

シュペックバッハーの声　（舞台の外から）ここに道が続いているぞ！

ハスピンガーの声　（舞台の外から）違うぞ、ヨーゼフ。道はこっちだ。

ホーファー　（登場）わしの友人たちが幽霊となってわしを探しているようじゃ。（シュペックバッハーとハスピンガー登場）

シュペックバッハー　あそこに誰かいるぞ。

ハスピンガー　あれは、ホーファーではないだろうか。

ホーファー　お前さんたちはまだ肉も血もある生きた人間なのか。

二人　その通りだよ。

ホーファー　ほんとにお前さんたちなのか。ほんとなのか。ああ、この哀れなホーファーに、まだこの地上で、こんな喜びの日が来ようとは。（夜が明ける）

ハスピンガー　その髭も白くなってしまったなあ。

シュペックバッハー　膝も震えているではないか。

ホーファー　わしはここでひどい生活を続けてきたのじゃ。だが、お前さんたちもミサの時のように、ちゃんとした服装をしているようには思えないが。お前さんたちの鋭い目つきも消え失せてしまったな。

ハスピンガー　まるで静かな嘆きの教会のように、われらはここに立っている。そして大きな苦痛の新しい歌を歌うのだ。どうしてわれらの目が明るくなることがあろうか。祖国は涙を枯らすほどさめざめと泣いている。われらの膝が震えるのも当たり前だ。祖国は耐えられぬほどの重荷を背負いこんでいるのだ。祖国からは若さが切り取られ、それでわれらが白髪になるのも当たり前だ。

ホーファー　白髪は賢さを示すものでもある。祖国は賢明な知恵を見出すじゃろう。震える膝でも目的地に向かって行くことはできる。祖国はふらふらと進みながらも目的地に着くじゃろう。涙のせいで目は遠くを見ることはできない。目は不自由でも祖国は幸福へと手探りで進むじゃろう。

シュペックバッハー　わしはお前さんがそのように真心のこもった考えを持っているのでうれしいよ。わしらはお尋ね者で、すばやく逃亡しなくてはならない。だがお前さんを救い出すまでは、この国を出て行こうとは思っていない。わしらと一緒に来たまえ。わしはお前さんをオーストリアまで抜けさせよう。

ホーファー　お前さんたちは大事な友人じゃ、まっとうで、かけがえのない人々じゃ。お前さんたちが示してくれた貴重な誠実さにわしの胸は奥底まで温められる。だが怒らないでくれ。ヨーゼフよ、わしはお前さんと一緒に逃げようとは思わない。

ハスピンガー　あなたがヨーゼフと逃げないのなら、私と一緒に来てくれ。グラウビュンデンの暗い岩場にあるミュンスタータールの静かな修道院へ行こう。

ホーファー　親切な友よ、だがグラウビュンデンでわしは何をすればいいのじゃ。
シュペックバッハー　ああ、ホーファーのおやじさんよ、友人たちの言う通りにしたらどうか。
ホーファー　兄弟たちよ、わしはそんなに頑固じゃろうか。お前さんたちはわしをよく知っており、わしのやり方も分かっているじゃろう。アルプスの高山植物のように、わしは山の岩場に固く結びついて育った。このわしのために流された血がこの足をさらに固く岩場に張り付けた。お前さんたちが、わしの根っこをこの大地から引っこ抜くならば、年寄りのホーファーはじきに干からびてしまうに違いない。神の恵みで、お前さんたちが無事逃げることができるように祈る。だがわしはここに留まろう。
シュペックバッハー　お前さんは英雄としてオーストリアで尊敬されるじゃろう。
ホーファー　わしは英雄なんかではない。栄誉などわしに何の関係があろうか。
シュペックバッハー　皇帝陛下は慈父となって、お前さんを大事にお守りなさるじゃろう。
ホーファー　わしは皇帝陛下のお恵みのパンを食べたいとは思っていない。
ハスピンガー　ミュンスタータールの静かな修道院なら、君に平穏がもたらされよう。
ホーファー　修道院は修道士が暮らす所、そして悔悛《かいしゅん》した罪びとたちの避難所じゃ。わしは罪びとでもない、また修道士でもない。
シュペックバッハー　だがお前さんはここで何をするつもりなのじゃ？
ホーファー　わしの宿命をまっとうするのじゃ。
ハスピンガー　それではあまりにも捨てばちではないか。やけっぱちにならずに、勇気を奮い起こしたまえ。
ホーファー　いいや、わしの心は何にも邪魔されぬほど落ち着いている。
ハスピンガー　神は無意味な犠牲を好まれはしないじゃろう。
シュペックバッハー　祖国のために生き延びたまえ、それは義務だ。
ホーファー　わしは主なる神の見ている前で、生き、そして死ぬのじゃ。わしは苦々しい愚かさに駆り立てられ行動してきたが、それを耐え抜いてきた。それは夜のような暗い時じゃった。今は夜が明けて、明るくなった。だが最もすばらしいこと、つまり、われらの行動の幸せな結末を、わしはもう喜んで迎えることはないじゃろう。さあ、去って行ってくれ。ここに長居することは危険だ。（シュペックバッハーに）大胆な男よ、この国の幸せのために、よく考えてくれ。（ハスピンガーに）誠実な男よ、この国の幸せのために、立派に祈ってくれ。わしは、神がお届けになる宿命を、この国のために、お受けするつもりじゃ。

シュペックバッハー　ああ、天よ。わしはお前さんを残して、敵の手に渡してしまわねばならぬのか。

ハスピンガー　私の胸は張り裂けそうだ。もう気持ちが爆発してしまう。

ホーファー　お前さんたちの行く道に、神の恩寵の微笑みがもたらされるように祈ろう。（シュペックバッハーに）もしお前さんに皇帝陛下の謁見がかなったなら、「アンドレーアス・ホーファーは最後まで主君に忠実であった」と、言ってくれ。そして、この間に、多くの血が無益に流されたが、この誤りはまさに愛情から生まれたものであり、この誤りのことで皇帝陛下がわしをお怒りにならないようにと、わしが願っていたと伝えてくれ。愚かなホーファーは、全世界ではなく、ただ皇帝陛下に信頼をお寄せしたかったのであるということ、そして皇帝陛下のお言葉はホーファーのもとに届かなかったと、申し述べてくれ。（シュペックバッハーとハスピンガーは、激しく心を揺さぶられ、背を向ける）そしてわしの白骨は、しかるべき時が来るまでそっと忘れたままにしておいてくれ。やがて、オーストリアの鷲がこの古巣に戻るじゃろう。その時が来たならば、わしのために墓を作ってくれ。わしの墓に黒い十字架を立て、その十字架に、「ここにザント亭主ホーファー眠る」、と記してくれ。（ホーファーは二人に手を伸ばし、やさしく抱擁する。二人はそれぞれ違った方向へ向け出て行く）わが救世主、わが主よ、二人を守りたまえ。

第三場

ホーファー。息子ヨーハンが岩の間から登場。

ホーファー　さて、若鳥のハンスよ。年寄り鳥のための餌かい？　わしに餌を持ってきてくれたのか？

ヨーハン　父ちゃん、父ちゃんは裏切られたんだ。フランス兵がパッサイアーの谷を通って山へ近づいている。

ホーファー　何だって？　そんなに早くか。それではシャイプラーンへ行き、そこから高地グリンデルベルクへと逃げよう。

ヨーハン　どうにもならないよ、父ちゃん。全ての山々はフランス軍の見張りが立っている。

ホーファー　何だって？　それではもう助からないのか。最後の時が来たのか。もうずいぶん前から心の準備はできていたが、こうなると恐ろしいものじゃ。

ヨーハン　ああ、父ちゃん。父ちゃんは死んでしまうの？

ホーファー　わが子よ、騒ぐではない。わしの心を邪魔しないでくれ。今わしは、心の底で激しい戦いをしているのじゃ。どうしてわしは死ななければならないのか。勇気と大胆さ、それがこれまで、わが心を赤いリボンで飾っていた。さて、ホーファーよ。今や、お前は別の赤いリボンを付けるのじゃ。お前はこの胸を赤く飾るじゃろう。それは血で飾られるのじゃ。そして、その飛び散った血が勲章のようにこの胸に張り付けられるのを願おう。わが心よ、勇気を持て。もうその時が来たのじゃから、覚悟しようではないか。栄光ある死は不安や苦痛を消し去るじゃろう。それでよしとしよう。わが子よ、父の遺言を聞いてくれ。

ヨーハン　父ちゃん、死んじゃ嫌だ！

ホーファー　だがな、わが愛する息子よ。ナポレオン大皇帝はそんな祭りを必要としているのじゃ。わが息子よ、お前をわしの相続人とする。ザントとチャウフェンにある二つの屋敷の相続人とする。お前はそこで母親を養い、この世で幸せに暮らすように面倒を見なくてはならない。ノイマルクに暮らすわしの友人であり援助者であるヴィンツェンツ・フォン・ペーラー氏のところへ行き、自分がザント亭主ホーファーの哀れな孤児であると言いなさい。そして、昔の友情と付き合いに免じて、お前が十分な年齢になるまで後見人としてお前の面倒を見てくれるよう、父親が願っていると伝えてくれ。

ヨーハン　ああ、僕の父ちゃんがいなくなっちゃうよ！

ホーファー　（聞き耳を立て）物音がしたぞ。それじゃあ、わしの祝福を受けなさい。（ホーファーは、ヨーハンに祝福を与える）母さんによろしく言ってくれ。――行け！（息子は退場。ホーファーはひざまずいて祈る）

第四場

ホーファー。レヌアールがフランス兵と共に登場。

レヌアール　パッサイアーの生まれ、ザント亭主、アンドレーアス・ホーファーよ、ナポレオン皇帝陛下のお達しにより、その方を逮捕する。[45]

ホーファー　（立ち上がって）お主らは槍と竿を持ってわしのところへやって来た。わしはたった一人じゃ。この勝負はお主らにとっては楽なものじゃろう。

レヌアール　我々が出発するときに、オーストリアから書簡が到着した。（レヌアールは大きな書簡をホーファーに渡す）

ホーファー　やっと来たのか。それでもありがたい。慣れ親しんだこのご紋に口づけをしよう。（ホーファーは封印の印章に口づけし、開封して読む）ああ、わが陛下、陛下は休戦、降伏せよと勧告なされるのか。このわしはいつも通り、直ちに陛下の指示に従います。わしはおとなしく死の運命に向かいます。そして戦いをやめ、永遠の安らぎに入ります。さて、フランス兵の諸君、諸君らはチロルの最高司令官であったこの男を捕まえたわけじゃ。さあ、わしにどこへ立てと命令するのじゃ？

レヌアール　ホーファーよ、そなたは思い違いをしている。この山でそなたは最後の日を迎えるわけではない。

ホーファー　ああ、なんと血なまぐさい冗談じゃ！　わしをどこへ連れて行こうとしているのか。

レヌアール　マントヴァだ。

ホーファー　わしをイタリアへ連行するのか。わしの思いはかなわなかったのか。わしは友と一緒にいることを望み、この国を出ようとは思わなかった。それなのに敵軍が、わしの愛するこの故郷の国境から外へ連れ出すのか。それでは、死に赴くこのわしの目は、もはやあの白い氷河の頂が太陽に赤く染まるのを見ることはできぬのか。山草の香りやアルプスの冷気ばかり吸ってきたこの息をわしは殺風景な灰色の城壁で終えることになるのか。

レヌアール　ホーファーよ、それはもう決定済みのことだ。おとなしく従いたまえ。

ホーファー　（ホーファーは地にひれ伏し、大地に接吻する）わしを育ててくれた大地よ、お別れの口づけじゃ。わしはこの世に生まれ、この大地だけを愛してきた。これからもずっと善良で誠実な男たちを育ててくれ。（ホーファーは立ち上がる。レヌアールは涙を流して、身をそらす）泣いているのか、隊長さん？

レヌアール　私を覚えていてくれますか？

ホーファー　何だって？　レヌアールじゃないか。お前はインスブルックのわが軍で一緒に食事をし、わしのために手紙を書いてくれたではないか。もうお前の傷は治ったのか？

レヌアール　もうとっくに全快しました。

ホーファー　なんと思いもかけない友との再会なのだ。なんとやさしく穏やかに、わが人生は終わりを迎えることになったのか。遠くで鐘が鳴り響き、谷底では教会の歌が歌われているのが聞こえてくるような気がする。

レヌアール　私は涙があふれ出て、止まらない。

ホーファー　お若い方、涙をぬぐいなさい。泣きたいのなら、自分自身のため、お前さんの戦友たちのために泣きなさい。というのも、お前さんたちの君主がこれからどこへお前さんたちを連れて行こうとしているのか、どこの地の果てで、お前さんたちが目をつぶし、苦難の運命を迎えることになるのか、お前さんたちには分かっているのだから。引きちぎられたこの世界に向かって、飛んでくる天使たちの羽の音が、わしには聞こえるような気がする。いつかお前さんは、平穏にこの世を去っていったザント亭主をうらやむことになるかもしれぬ。

レヌアール　やめてくれ。大地がぐるぐると揺れ動くようだ。

ホーファー　それではわしの信念をしっかりと持ち続けて

くれたまえ。お前さんたちの国ではキリスト教が大事にされていないようじゃが、お前さんは幸せな顔つきをしている。きっと敬虔なご両親がお前さんを生み育てたのじゃろう。お前さんに言っておきたい。永遠の神が玉座におられる所、その足元に、聖なる天使が座っておられる。その体は二つの翼で覆われている。翼は肩から銀色に光って輝いており、頭と胸と体はその光に照らされているのじゃ。そして永遠の神がその目が見ておられる人々の運命を、この天使は忠実に、板の上に書き写すのじゃ。こうしてよい時間も悪い時間も永遠の神の見ておられるところで流れ続けるのじゃ。さあ、マントヴァへ行こう。——わしはもう何も思い残すことはない。（ホーファーは先頭を進み、フランス兵たちが後に続く）

注

1 インスブルック市街地の南部にある小高い山(標高七四六m)。麓にはブレンナー峠を通ってイタリア方面へ通じる街道がある。一八〇九年にはチロル民衆軍とバイエルン・フランス軍との主戦場となった。

2 Erzherzog Johann(一七八二—一八五九)、皇帝レーオポルト二世の息子、皇帝フランツ二世の弟。

3 Franz(一七六八—一八三五)。神聖ローマ帝国最後の皇帝フランツ二世(一七九二—一八〇六)、フランツ一世として初代オーストリア帝国皇帝(一八〇四—一八三五)。

4 一八〇九年七月五—六日の戦闘でオーストリア軍はナポレオン軍に敗北し、七月一二日ツナイムでの休戦に合意した。協定の第四項でオーストリアはチロルの放棄を認めた。

5 Johann Gabriel von Chasteler(一七六三—一八二五)、オーストリア軍第八軍団の司令官。

6 Baron Josef von Schmidt、オーストリア軍少将。

7 ツナイム休戦によるチロルの明け渡しは直ちには行われず、オーストリア軍はようやく八月九日になってチロルから撤退した。

8 Andreas Hofer(一七六七—一八一〇)、チロル民衆軍の総司令官。本作品の主人公。南チロル(現在はイタリア領)のパッサイアー(レーオンハルト)にホーファーの生家「ザント亭」がある。ザント(Sand)は「砂」の意味であるが、この山岳地帯では大きな岩石を含む土石流のことを意味している。「ザント亭」とは土石流が流れた谷にある旅館ということである。

9 Josef Speckbacher(一七六七—一八二〇)、チロル民衆軍の指導者。

10 Joachim Haspinger(一七七六—一八五八)、カプツィン派の神父。チロル解放戦争の指導者。

11 Herzog von Danzig(一七五五—一八二〇)、ナポレオン軍元帥。本名フランソワ・ジョゼフ・ルフェーブル(François Joseph Lefebvre)、一八〇七年五月一九日、ダンツィヒ(現グダンスク)を攻略したので、ダンツィヒ公爵の称号を与えられた。

12 Joseph von Hormayr(一七八一—一八四八)。オーストリアの政治家、歴史家。ホーファーに関する記録を記述している。*Geschichte Andreas Hofers*, Brockhaus, Leipzig, 1817.

13 一八〇四年の皇帝就任以後、ナポレオンは自軍の旗に鷲の印をつけ、軍隊の先頭に掲げた。

14 ウルムでは一八〇五年一〇月一一日、オーストリア軍がナポレオン軍に降伏。フリートラントでは、一八〇七年六月一四日、プロイセン・ロシア連合軍がナポレオン軍に敗北した。

15 Josef Eisenstecken(一七七九—一八二八)。マットライ出身の射撃隊隊長、チロル解放軍の指導者。

16 一四世紀にスイス・ウーリ州で民衆のために戦った伝説的英雄。シラーの戯曲（一八〇四年）で有名。

17 ダンツィヒ公爵（ルフェーブル）はアルザスのルファックの町に製粉屋の息子として生まれた。したがって平民の出自である。なおダンツィヒ公爵は一七五五年生まれ、シュペックバッハーは一七六七年生まれなので、実際には三〇年という年齢の差はない。作者はここでは史実の人物から離れ、シュペックバッハーを若い人物として設定しているのであろう。

18 一八〇九年四月一一日、第一次ベルクイーゼルの戦いで、タイマー少佐（Martin Teimer、一七七八―一八三八）が率いるチロル軍がキンケル将軍のバイエルン軍に勝利した。

19 一八〇九年五月二九日、第二次ベルクイーゼルの戦いで、ホーファーの率いるチロル農民軍が、デロイ将軍のバイエルン軍に勝利した。

20 インスブルックの北西にある切り立った岸壁。後の皇帝マクシミリアン一世が、一四八四年、カモシカ狩りの時にこの岸壁に登って、降りられなくなり、農民の青年に救助されたというエピソードがある。

21 Maximilian I.（一四五九―一五一九）、神聖ローマ帝国皇帝（一五〇八―一五一九）。マクシミリアンは皇帝になる以前にチロル国の領主（一四九〇―一五一九）となった。戦争などで各地を転々とした生涯であったが、一四九〇年以降の拠点はインスブルックで、居城ホーフブルクに暮らし、皇帝の墓碑もインスブルックの宮廷教会にある。

22 オーストリア帝国（一八〇四―一八六七）の紋章には双頭の鷲が描かれていた。

23 「チロルの山々をマクシミリアン一世皇帝も、カール五世皇帝も、オーストリアの盾であり、中心であると呼んでいる」と、ヨーハン大公は述べている。

24 ボヘミアはガーネットなどの宝石の産地である。

25 オーストリア中央部を流れる川、ドナウ川の支流。

26 Tschilfes. 正しくは Stilfes（シュティルフェス）である。Sterzing 近郊の地名。

27 バイエルンの旗や紋章には伝統的に青と白が用いられている。

28 ホーファーは優れた軍事戦術家である。五千名の本隊は山の背後に隠し、たった二百名のおとりの射撃兵を前線に送り出す。ダンツィヒ公爵軍が相手陣の中央が手薄だと誤認し、平地から山の斜面を登って攻めてきたときに、ホーファーは本隊を出動させ、斜面の上からの突撃で敵軍を粉砕するのである。平地での白兵戦を避け、山岳で鍛えられたチロル軍に有利なように山の斜面を利用し、山を味方につけるという作戦である。

29 インスブルックのこと。インスブルックはマクシミリアン皇帝の本拠地であった。

30 Clemens von Raglovich（一七七六―一八三六）、バイエルン軍将軍。

31 メラーン（現在はイタリア・ボルツァーノ県メラーノ）の北方のチロル村にある古城。チロル伯爵の居城。

32 Margareta（Margarete）von Tirol（一三一八―一三六九）チロル・ゲルツ家最後のチロル女伯（一三三五―一三六三）。

33 Pierre de Villeneuve（一七六三―一八〇六）、フランス海軍の提督。一八〇五年にトラファルガー海戦にてイギリス海軍に大敗を喫した。Pierre Dupont（一七六五―一八四〇）、フランス軍の将軍。一八〇八年七月二三日、バイレーンの戦いでスペイン軍に敗れ、降伏した。

34 ペルヴォンテはドイツの作家ヴィーラント（Christoph Martin Wieland）の文学作品『ペルヴォンテとその願い』（完成版、一七九六）の主人公。ペルヴォンテは愚かで怠惰な若者であるが、森で柴刈りをしているときに、妖精たちが日なたで昼寝をしているので、屋根を作って影で快適に昼寝できるようにした。すると妖精たちは感謝してペルヴォンテの願いを何でも実現させることを約束した。ペルヴォンテが柴を運んでほしいと言うと、柴でできた馬が彼を町まで運び、美人の王女がそれを見てあざ笑ったので、あの王女に双子の子どもを産ませたいと望むと、王女は妊娠し双子の子どもを産んだ。王女はペルヴォンテの願いを利用し、豪華な城やいつも金貨でいっぱいになる財布を望む。それがかなえられると、王女は退屈なペルヴォンテから離れて暮らそうとする。最後にペルヴォンテはすべてが元のままになるように望み、城は消え、双子の娘たちは妖精の国へ引き取られる。したがって、ペルヴォンテの願いとは、実現不可能な高望みのことである。

35 Louis Philippe de Ségur（一七五三―一八三〇）、フランスの外交官、ナポレオンの儀典総長。父は軍人のフィリップ・アンリ・ド・セギュール（Philippe Henri de Ségur、一七二四―一八〇一）。

36 翼をつけた金色の羊の毛皮。たいへん貴重な宝物のたとえ。ギリシア神話では、イオールコスの王子イアーソンは、巨大な船アルゴ号に勇士たちを乗せ、遠方のコルキスで秘宝の金羊毛を手に入れる。

37 Sternberg. 不詳。おそらく架空の人物であろう。詳しくは書かれていないがインマーマンは、若い参事官が前夜、「羽目を外して」親しくしていた相手はこの夫人だと設定しているようである。宰相にこのような冗談を語らせることによって、作者は、宰相の情報収集能力の鋭さと、秘密情報による部下の統制の巧みさを示そうとしているのであろう。

38 Duc de Cadore（本名 Jean-Baptiste de Nompère de Champagny、一七五六―一八三四）ナポレオン時代の外務大臣。シェーンブルン講和のフランス側交渉役であった。

39 これまで宰相は部下の参事官に親称の du を使い、エードゥアルトと親しく呼びかけていたが、この時点で敬称の Sie を使い、苗字の Herr von Berg と呼びかけている。この二人称の違いは、相手との間柄が疎遠になったことを示している。

40 ウジェヌの父、アレクサンドル（Alexandre de Beauharnais、一七六〇―一七九四）はフランス軍の司令官であったが、一七九三年のマインツ包囲戦に敗北し、軍を離脱したため、一七八四年七月二三日、ギロチンにより処刑された。

41 一七九一年に設立されたパリ・フェドー通りの劇場。一八二九年に閉鎖された。

42 メユール（Etienne Nicolas Méhul、一七六三―一八一七）の『エジプトのヨセフ』（Joseph en Égypte）は一八〇七年、パリで初演された。ヤコブはヨセフの老いた父親である。

43 「風見のバラ」とは、バラの形をした風向計のことである。

44 聖バルバラはキリスト教信仰のために殉教した聖人である。ベルベル（Bärbel）という名前はバルバラ（Barbara）の愛称形である。

45 史実では、ホーファーは息子ともども、一八一〇年一月二〇日の早朝、午前五時に逮捕された。

解説

一．チロルの民衆蜂起の概要

インマーマンの『チロルの悲劇』（改訂版『アンドレーアス・ホーファー』）は歴史的な事件を素材にした作品である。最初に、チロルの民衆蜂起がどのような歴史的事件であったのかを概観しておきたい。フランス革命（一七八九年）の後、ヨーロッパの君主国はフランスの革命政府を倒そうと軍隊を派遣し、フランスとは戦闘状態にあった。しかしマレンゴの戦い（一八〇〇年）で対仏同盟軍に勝利したナポレオンは一八〇四年にフランス皇帝となり、フランスが軍事的な優位を誇るようになった。一八〇五年にフランスはバイエルンを同盟国として抱き込み、神聖ローマ帝国（オーストリ

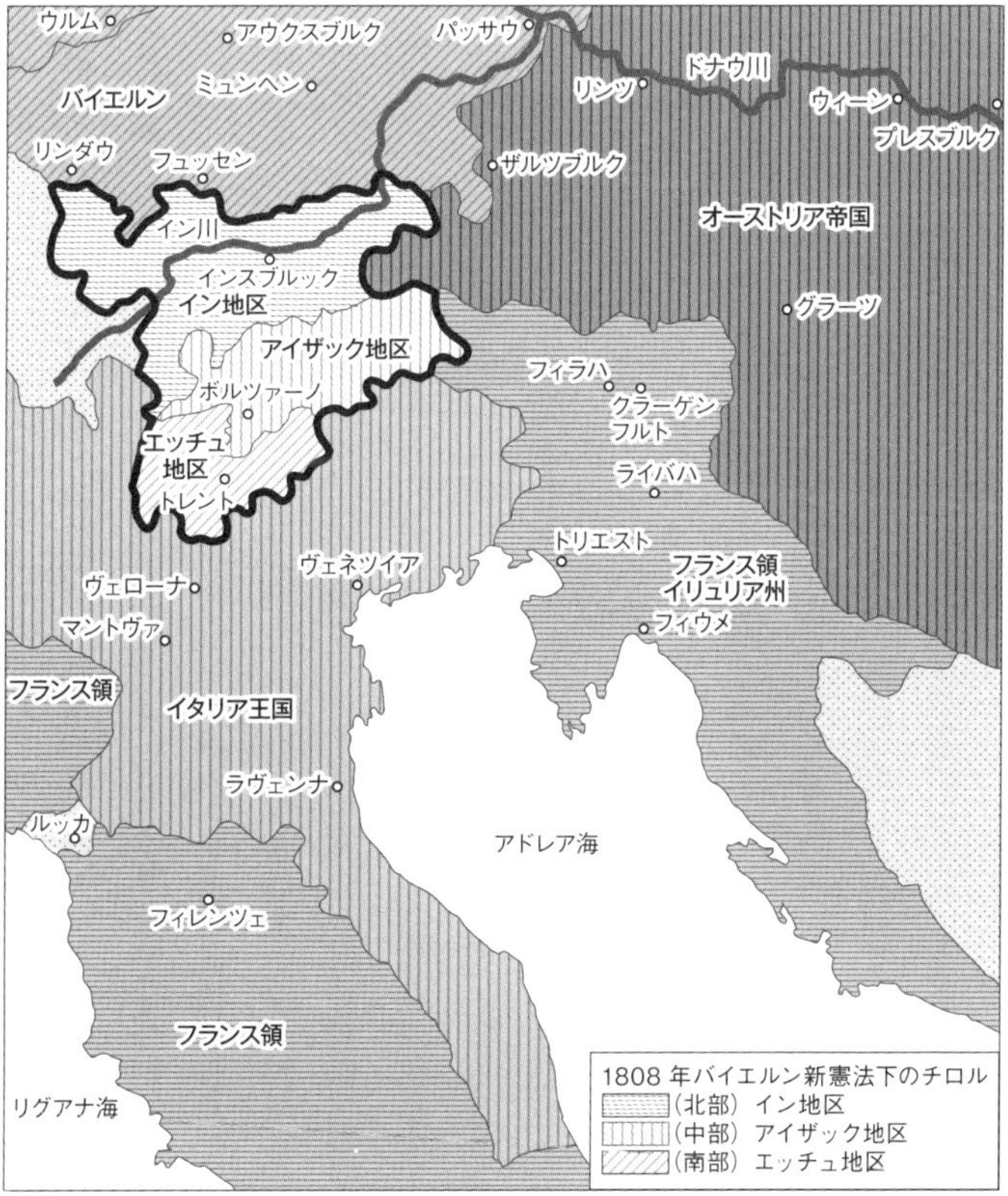

【図一】一八〇九年のチロルとその周辺

ア）の弱体化を図った。アウステルリッツの戦い（一八〇五年一二月）に勝利したフランス・バイエルン軍はオーストリア帝国フランツ一世とプレスブルクの講和を結び、その結果、チロルはオーストリア領からバイエルンの領土となった（一八〇六年二月）。一八〇八年のバイエルン新憲法により、チロル地方はイン地区、アイザック地区、エッチュ地区の三地区に分割され、バイエルン王により統治されることになった。インマーマンの劇作品の時代である一八〇九年のチロルとその周辺の政治的境界は【図一】で示すような状況であった。

バイエルンのチロル支配は、いろいろな点でチロル住民の反感を招くものであった。まずバイエルン政府が課した税金が負担を増した上に、ナポレオンの大陸封鎖と旧バイエルン地域への家畜の輸出禁止処置などが経済的停滞を招き、住民の不満が拡大した。またチロル地方の伝統的な宗教儀式への介入があり、クリスマスの深夜ミサの禁止、農民たちの伝統的な祝祭日の廃止、祈願行列の禁止などが実行された。その上、これまでのオーストリア・ハプスブルク支配下の時代には、チロル地方では伝統的に兵役義務はチロル地域のみの軍隊勤務に限定されていたのであるが、バイエルン軍への徴兵がチロル地方で行われることになり、これをきっかけに民衆の不満が爆発した。一八〇九年三月一二―一三日にバイエルン政府がチロルのアクサムスで徴兵を行おうとしたとき、徴兵対象の青年たちは逃亡し、武装した農民たちがバイエルン兵士を武装解除し、インスブルックへ追い返すという事件が発生した。

オーストリア政府のホルマイアー男爵らは、農民たちの不満を利用し、バイエルンとフランスへの抵抗・反乱を農民たちに焚き付けた。同時に一八〇九年四月九日にオーストリアはフランスとその同盟国バイエルンに宣戦布告した。タイマー少佐の率いるチロル軍は四月一二日にインスブルックのバイエルン軍を降伏させ、チロルを解放した（第一次ベルクイーゼルの戦い）。一方、ナポレオン軍はレーゲンスブルクの戦いでオーストリア軍を撃破し、ウィーンへと進軍した。五月二五日、再びインスブルックで農民軍とバイエルン軍は戦闘になり、アンドレーアス・ホーファーやシュペックバッハーを指導者とする農民軍が勝利し、バイエルン軍は退却した（第二次ベルクイーゼルの戦い）。ナポレオンは腹心のルフェーブル将軍（ダンツィヒ公爵）をチロルへ派遣した。七月一二日、ヴァーグラムの戦いでオーストリア軍にナポレオン軍が勝利したことを受けて、ツナイム休戦協定が締結された。この休戦協定を受けて、フランスのルフェーブル軍はチロル地方に進軍した。

ホーファーたちはツナイム協定後も抵抗運動を続け、八月一三日にはインスブルックでチロル農民軍はフランス軍に勝利した（第三次ベルクイーゼルの戦い）。オーストリア政府は休戦協定でチロル割譲に同意しているので、農民軍の総司令官であるホーファーがチロル地方の統治責任者となった。ホーファーの統治方針はバイエルンの政策を撤回し、伝統的なキリスト教的風習を復活させることに重点が置かれた。ナポレオン軍はチロル以外ではオーストリア軍を撃破し、一〇月一四日、オーストリアはシェーンブルン講和を結び、チロルのバイエルンへの割譲を再び認めることになった。一〇月二四日、バイエルン・フランス軍はインスブルックに進軍し、一一月一日、ついに農民軍は制圧された（第四次ベルクイーゼルの戦い）。ホーファーは逃亡し、山岳地帯のケラーラーンに身を隠していたが、密告により一八一〇年一月に逮捕され、二月二〇日にイタリア王国（フランスの属国）のマントヴァで銃殺刑に処せられた。

その後、ロシア遠征に失敗し、ライプツィヒの諸国民解放戦争に敗れたナポレオンは、一八一四年四月四日、皇帝を退位し、その結果、チロルは再びオーストリア領となった。

ホーファーは農民軍の指導者として、フランス・バイエルンという他国支配から郷土を守り、被支配層である農民のために戦った勇敢な英雄である。とりわけオーストリアの正規軍さえも敗北した強力なナポレオン軍に対して、祖国を守るために力を尽くし、強力な相手を何度も撃破した不屈の精神は高く評価されるべきであろう。

しかし歴史的な評価としてはいくらかの問題点も指摘されるべきであろう。①まずホーファーの郷土愛と結びついた守旧的な態度である。ホーファーら民衆軍の指導者が目指したのは、民主主義的な人権意識による民衆の解放ではなく、新しい改革をことごとく拒否し、敬虔なキリスト教（カトリック）の立場を復活することであった。フランス・バイエルン軍を一時的に退却させたときのホーファーらが取った政策は、舞踏会の禁止、女性の肌（胸元や腕）の露出を厳しく制限すること、キリスト教祝日における飲食店の閉店など、極めて禁欲的なものである。またバイエルン政府が導入した種痘は異国のものであると禁止するなど、医学的・科学的な進歩を拒否し、インスブルックのユダヤ教徒に対する迫害を助長するなど、反啓蒙的・異民族排斥主義的な傾向を伴っていた。②また政治体制の理念という点でも、民衆の立場の政治変革を進めようという自由・平等の原則による民主主義を掲げるのではなく、オーストリア皇帝への忠誠を大前提として尊重しようとしており、ハプスブルク支配という絶対王政への疑問をまったく抱いていなかった。

インマーマンの作品で取り扱われているのは、一八〇九年七月のツナイム休戦協定から一八一〇年一月のホーファー逮捕までの時期である。劇の中心部分となっている戦闘場面は八月一三日の第三次ベルクイーゼルの戦いである。もっとも文学作品はフィクションであるので、かなら

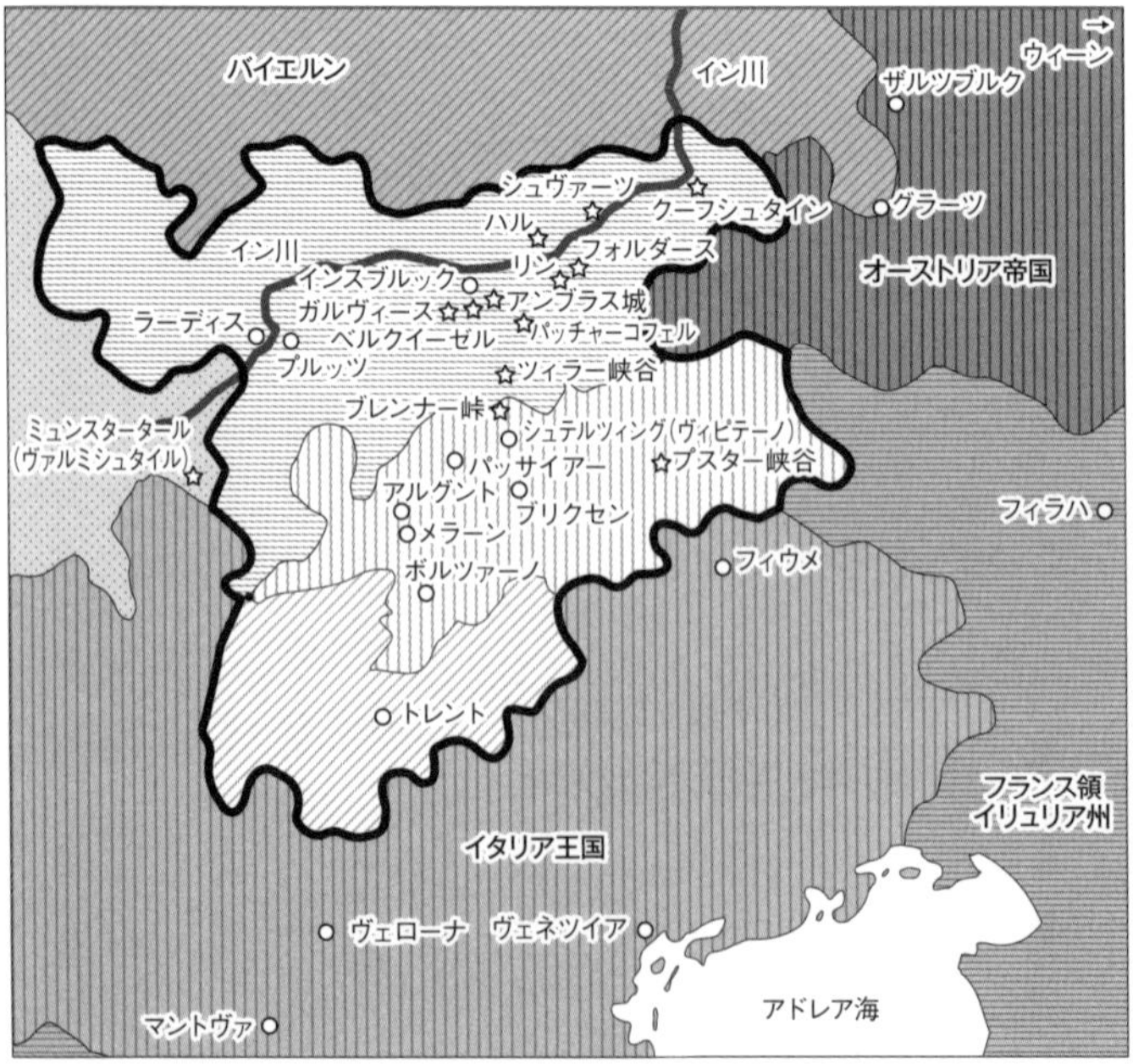

【図二】 インマーマン『チロルの悲劇』の主な舞台

ずしも全てが歴史的事実に対応しているわけではない。作品の主な舞台を地図で示すと、【図二】のようになる。

二.初版と改訂版との主要な相違点

改訂版『アンドレーアス・ホーファー』（一八三四）は、初版『チロルの悲劇』（一八二八）から大きく変更されている。まず分量的に二つの版では、全体の長さが大きく異なっている。ページ数では本書の翻訳で比較すると、初版では一二六ページであるが、改訂版では八一ページと約三分の二に減らされている。

また登場人物の設定や重要な小道具の扱い方においても大きな相違点が見られ、それに関連して筋の展開も変更されている。主な点を挙げると、①イーゼル山にある宿屋の主人の名前、②エルジの不貞、③ドネの暗躍、④初版と改訂版、どちらか一方にしか登場しない人物がいる、⑤初版では天使が登場する、⑥司令官の印としてホーファーが持つ剣、⑦オーストリア皇帝から民衆軍へ和平（武装解除）を命令する書簡の扱い、という七点である。

① ホーファーたちの民衆軍への協力者であるベルクイーゼルの宿屋の主人は、初版ではヴィルトマン（Wildmann）という名前であるが、改訂版ではエッチュマン（Etschmann）という名に変更されている。

② 初版では、宿屋の主人の妻であるエルジが、フランス軍の中佐であるラ・コストと不倫をし、フランス軍に通じている。そしてその不貞が夫のヴィルトマンに察知され家から追い出される。頼りのラ・コストにも見捨てられたエルジは、ラ・コストを、自らの家でもある旅館もろとも焼き殺し、投身自殺を遂げる。エルジは、「チロルの女は逆上することもある」（初版第四幕第四場）と言っているように、激しい性分を持った女性として描かれている。

しかし改訂版ではこのエルジとラ・コストの不倫のエピソードは、一切削除されている。改訂版に登場するエルジは、作品の終盤では、残された女・子どもたちと難民となって逃げて行く場面で、皆の先頭に立ち、悲惨な状況下でも気丈に振る舞う健気な女性として描かれる（改訂版第四幕第六場）。

このエルジの不倫とラ・コストへの復讐のエピソードが削られることにより、エルジの登場する場面は約半分になり、ホーファーの悲劇という本来の筋の展開からの目立ちすぎる脱線は大幅に縮小され、敵軍と通じ、逆上するという悪役の女性は、まじめな民衆の一員に変更された。

③　筋の展開においてホーファーを裏切り、フランス軍に密告する役割を担っているのが神父ドネである。ドネは初版では物語全般で登場し、その悪だくみは計画段階から独白の形で子細に描写されている。しかし改訂版では物語終盤に突如、裏切り者として登場するのみである。

④　主要登場人物の中で初版のみに登場するのはコルプ、ナニ（エルジの娘）、シュタッフェルの三人である。逆に改訂版のみに登場する人物は五人である。ベルベル、ハインリヒ、シュトラウビング夫人というチロル民衆の三人と、オーストリア政府の体制側を代表する宰相、参事官の二人である。

⑤　初版では、ホーファーの夢の場面に天使が登場し、ホーファーが一度捨てた剣を天使が持ち帰るという、神がかった奇跡の場面が描かれている。

⑥　ホーファーが最高司令官の印として手にする剣は、初版ではチロルの古い当主であるゲルツ家に由来する「名誉の剣」（初版第一幕第七場、第一〇場）であるが、改訂版では、敵軍であるバイエルンの「白と青のリボンを付けた」剣（改訂版第一幕第九場）に変更されている。

⑦　オーストリア皇帝から農民軍に対して和平（武装解除）の命令を伝える書簡は、作品ではホーファーが屈服する理由の最重要の小道具であるが、初版の扱いは複雑である。初版でのやり取りを順に見ると次のようになる。

（a）ホーファーは第三次ベルクイーゼルの戦いに勝利したのち、アイゼンシュテッケンを使者としてオーストリア皇帝のもとへ送り、勝利の報告と皇帝への忠誠を伝えようとする（第二幕第一三場）。（b）しかしアイゼンシュテッケンがインスブルックに戻ってきてホーファーに報告する場面では、アイゼンシュテッケンは、皇帝の所へたどり着く前に（シェーンブルンの）講和が成立したので、皇帝に会うこともなく、したがって皇帝からの返事も持たずに戻ったと言う。ホーファーは講和を信じない。武装解除するためには皇帝からの直筆と印璽が必要だと主張する（第三幕第三場）。（c）フィラハでイタリア副王と面会したホーファーは、武装解除にはオーストリア皇帝からの講和の書簡が必要だと述べる。そこへバラグアイ伯爵が来て、ハプスブルク皇帝から「反乱者」への書簡を持ったオーストリアの使者をダンツィヒ公爵が拘束したと知らせ、その書簡をフィラハの司令本部に届けるか、「反乱者」たちに届けるか、と尋ねる。副王はラ・コストに書状を持たせ、ホーファーがこれから立ち寄るシュタイナハへ届けるように指示する（第四幕第一一場）。（d）ホーファーは誰にも会いたくないので、ドネにシュタイナハへ行って書簡を受け取るように頼む（第四幕第三場）。（e）しかしシュタイナハから岩場へ戻ったドネは皇帝の書状は届いていない、と伝える。ホーファーは敵側に騙されたのではないかと疑うが、自分でシュタイナハへ向かい、フランス将校に会おうとする（第四幕第六場）。（f）大事な書簡を持っているラ・コストは反乱軍に襲われる恐れから、旧知のエルジのいるベルクイーゼルに立ち寄る。しかしそこで復讐心に燃えるエルジに家ごと焼き殺されてしまう（第四幕第九場）。（g）シュタイナハで皇帝の書簡を見出せなかったホーファーは、騙されたとして、再び武装してブリクセンへ進軍しようとする。そこへフランス軍のバラグアイ伯爵が来て、皇帝の書簡はベルクイーゼルでラ・コストとともに焼かれたと言う。それにもかかわらず、その直後に、裏切り者のドネにオーストリア君主からの文書（和平＝武装解除を指示する内容）を示させる。この文書は民衆軍の人々にも回覧され、君主のものであると確認される。このためホーファーは戦いをあきらめ、山の中へ逃亡する（第四幕一〇場）。この場面は説明不十分で理解しがたいが、ここでドネが取り出した文書はイーゼルで焼失したという書簡とは別物なのであろう。この別文書には君主の文書であることを示す封印があり、ホーファーは降伏を決意したのである。（しかしこの別文書をどのような経緯で、この場でドネが持ち出したのかという説明はない。）（h）第五幕で、ホーファー逮捕に向かうレヌアール大佐にバラグアイ伯爵はオーストリア王室からの書簡を持って行けと言う。そしてそれはラ・コストの遺体のもとで、奇跡的に焼け残り、最近発見されたものだと言う（第五幕第四場）。ここにも神がかり的な奇跡が持ち出されている。（i）最後の場面でレヌアールに逮捕されるとき、皇帝からの書簡を受け取ったホーファーは封印の印章に口づけし、文書を読んで、皇帝の指示に従い死の運命に向かう。

改訂版では書簡をめぐる叙述は大きく変更されている。これも筋の進行順に記せば次のようになる。（a）ホーファーは第三次ベルクイーゼルの戦いに勝利したのち、アイゼンシュテッケンを使者としてオーストリア皇帝のもとへ送り、勝利の報告と皇帝への忠誠を伝えようとする（第二幕第一一場）。（b）ウィーンの宰相官邸では参事官が国の通常の基準に従って、チロル住民宛ての皇帝の書簡を起草する（この設定ではホーファーの手紙に対する返事ではなく、チロルの武装解除を政府側から自発的に指示する書簡である）。ところが参事官が皇帝の署名を宰相に願い出ると、冷酷な宰相はこれを拒否し、参事官を左遷すると脅す。参事官は起草した書類を破り捨てる（第三幕第一場）。（c）アイゼンシュテッケンがインスブルックに戻ったことをシュペックバッハーがホーファーに報告する。アイゼンシュテッケンは、皇帝の所へたどり着く前に（シェーンブルンの）講和が成立したので、皇帝に会うこともなく、したがって皇帝からの返事も持たずに戻ったと言う。ホーファーは講和を信じない（第四幕第一場）。（d）フィラハでイタリア副王と面会したホーファーは武装解除にはオーストリア皇帝からの講和の書簡が必要だと述べる。そこへバラグアイ伯爵が来て、ハプスブルク皇帝から「反乱者」への書簡を持ったオーストリアの使者をダンツィヒ公爵が拘束したと知らせる。副王はインスブルックへその書簡を送り、ホーファーにそこで受け取るよう指示する（第四幕第三―四場）。ウィーンの宰相がそうした書簡を起草することを拒否したのに、なぜ「反乱者」への書簡があるのかは不明である。（e）インスブルックに手紙が来なかったことを知ったホーファーは騙されたと考え、再び戦さに立ち上がろうとする（第四幕第八場）。（f）最後の場面ではそれまでの経緯は何も示されず、レヌアールが出発前にオーストリアから書簡が到着したと言って、皇帝からの書簡を渡す。受け取ったホーファーは封印の印章に口づけし、文書を読んで、皇帝の指示に従い、死の運命に向かう（第五幕第四場）。

三．インマーマンの修正についての考察

では、改訂が行われたことにより、どのような変化があったのか。①ストーリー単純化、②民衆側の裏切り者という負のイメージの軽減、③改訂で削除された人物、④改訂で追加された人物及び場面、⑤改訂がもたらした唐突な筋の展開、⑥天使の登場と剣の奇跡、以上の点に絞り、順を追って見ていく。

① 物語全体が縮小された理由に関しては、初版は演劇作品としてはあらすじが複雑で、そのためいささか長すぎたことがあったのではないだろうか。初版の公演に先立って行われたベルリンの公開朗読会では四時間もかかり、長すぎることが問題になったようである。

初版では、エルジの不倫とドネの悪だくみという、二つの大きなサイドストーリーが作品全体に織り込まれ、筋の展開がかなり複雑である印象を与えている。しかもエルジに関しては、非常に衝撃的とも言える不倫・殺人・自殺という内容で、観客の意識や興味が、本筋よりもそちらに向けられてしまう可能性もある。そのため改訂版では、エルジの不倫のエピソードをなくすこと、ドネの登場場面を減らすことで、複雑だった場と場のつながりを明確にし、ホーファーを主人公にしたチロル解放戦争というあらすじへと単純化し、作品を分かりやすくしたと考えられる。

この二人のエピソードを削ることで場の短縮・削除につながり、作品全体の長さそのものも短くなった。エルジの不倫のエピソードでは、関連する場面がおよそ五場削除されている。一方、ドネは登場回数、セリフ共に極端に減らされ、初版では第一—五幕を通して合わせて一六場に登場していたところ、改訂版では終盤第四及び五幕でわずかに

登場するのみである。ドネの登場を減らすことにより、初版の多くの場が短くなったり、またなくなったりしている。

オーストリア皇帝からの書簡の扱いも、改訂版では大きく縮小されている。その内容は、ラ・コストの不倫に関する部分による削除、シュタイナハでの錯綜したオーストリア皇帝からの文書の割愛、焼けたはずの書簡が残っているという不自然な奇跡を示す部分の削除である。全体では短くなっているが、改訂版ではウィーンの宰相の場面が加筆され、チロル民衆を見殺しにする宰相の冷酷な態度が強調されている。

② エルジの不倫相手であるラ・コストは上司の公爵に対して、「私は打ち明けて言いますが、私に好意を持っているこの家（ベルクイーゼルの旅館）の女から、そのような恐れ（民衆軍の再蜂起）を聞きました」（初版第一幕第五場）と述べている。これは、エルジがフランス軍側に情報を漏らす内通者になっていることを示している。

またドネは、最初の登場場面から仲間たちに信用されない嫌われ役で、常に自らの利益のみを追求し、自分がのし上がるためには、民衆軍内部の対立を煽り、最後にはホーファーを裏切り逮捕させる。

この二人の「裏切り者」は、筋の展開を面白くし、観客の興味を沸き起こそうとしたものであろうが、場面の多くの部分で裏切り行為が続くと、民衆側に対してよくない印象を与えることになる。そこで、エルジの場合は、不倫のエピソードをなくすことで、夫や家族に対する裏切り者だという印象と、併せてフランス軍の内通者という役割も消滅させた。ドネの場合は、史実でもあり、また物語の進行上必要である「裏切り者」の役割は残したうえで、大きく露出を減らすことにより、民衆側に悪役がいるという負のイメージを軽減しようとしたのではないだろうか。

③ 改訂の結果登場しなくなった人物がいる。まずナニ（ヴィルトマンとエルジ夫妻の娘）である。娘のナニが登場するのは、全てエルジの不倫のエピソードに関連する箇所であるため、それらが削除された結果、ナニの存在もあやふやになってしまった（改訂版でエルジと話をする子ど

もは、「ある子ども」としか表記されていない）。初版ではナニの存在によって、いとしい娘の顔も見ずに家を追い出されるという場面や、ラ・コストが殺害される直前の母子の場面で憐れさが演出され、家族の絆の分断に対する同情を誘う効果があったと思われる。しかし不倫のエピソードがなくなり、エルジの性格描写も変わった改訂版では、特に登場させる必要がなくなったのであろう。

次に、ネーポムク・フォン・コルプが初版だけに登場し、改訂版では削除されている。このコルプはその場その場でボケ役を演じ観客の失笑を促す一種の道化なのであろう。たいへんいい加減な性格で、民衆軍の他の人物たちから繰り返し批判される。民衆軍のリーダーを決める場面で自ら立候補したり、ホーファーを意のままにしようとしたドネにそそのかされたり、ホーファーを怒らせたりと何度か登場するが、その存在はまったく精彩を欠き、無意味な言動をするだけである。ドネと共に登場する場面が多く、ドネの登場場面削除に伴い、コルプは完全に排除された。

最後に、ホーファーの最後の隠れ家を告発する人物であるシュタッフェルも、改訂版ではその役割をドネに集約され、削除された。史実では、ホーファーは農民の密告により発見されたとされているので、初版は史実により忠実であることになるが、初版でもシュタッフェルはすぐに自害してしまい、ホーファーの隠れ家へはドネが案内するという展開なので、シュタッフェルが登場する意味はあまり大きくない。作品の簡略化のために省略されたものと推測される。

④　全体の短縮のため様々な削除がなされた一方で、改訂版に追加された人物・場面も存在する。

まず、民衆側では、ベルベルとハインリヒ、シュトラウビング夫人（ベルベルの母親）の三人である。結婚前の恋人であるベルベルのもとへ夜這いに行ったことで、シュトラウビング夫人を怒らせ、ハインリヒは戦場に送られ、戦死する。そしてベルベルは絶望のあまり錯乱してしまう、というエピソードが改訂版には追加されている。エルジの不倫のエピソードを削除したことにより恋愛要素がなくなったため、代わりに付け加えられたのではないかと考えられる。また、よい印象を与えない不倫とは異なり、若い二人の純粋な恋愛が、戦争により突如として終わらせられてしまうシーンは、観る者に悲しみを与え、民衆側への同情心を起こさせる効果もあるものと思われる。さらにシュトラウビング夫人の庶民的で、たくましさを持った人物像は、登場人物の民衆性を強調するものと考えられる。不倫をする悪女エルジとは、対照的な健全さが示されている。

改訂版（第三幕）では、体制側（オーストリア政府）の二人、宰相とその参事官が新たに登場し、重要な場面を演じている。この宰相はチロル民衆に対して非常に冷酷な態度の人物として描かれている。民衆に対して同情的な態度を示す参事官とも、民衆に温情を示そうとするフランス軍指導部（ダンツィヒ公爵と副王）の態度とも対照的である。この宰相に関して作中では一切名前が挙げられることはないが、作品が改訂された時期を鑑みると、ウィーン体制やメッテルニヒを批判する意図があったことは明白である。

⑤　初版でのエピソード削除により、改訂版では伏線がなくなってしまった事例がある。その一つがホーファーを逮捕するフランス軍将校のレヌアールのエピソードである。初版では、レヌアールが捕虜になり、処刑されそうになったところをホーファーに救われる場面が作品中盤（第二幕第一場）できちんと書かれていた。しかしこのエピソードも削除され、レヌアールは、改訂版では終盤で初めて登場し、ホーファー逮捕の命を受ける。また、初版の終盤では、レヌアールはホーファーのもとへ赴き、逮捕する前に、ホーファーに、民衆軍の捕虜になった際に命を救われたうえ、丁重に扱ってもらったことを感謝し、恩あるホーファーを逮捕しなければならない悲しみを訴える。一方、改訂版では、中盤の場面が削除されてしまったため、新たに登場した人物が過去のことを語る形になっている。この中盤でのホーファーによるレヌアール救出の場面が削除されねばならなかった理由は、このレヌアールを許可なく処刑しようとした人物が、改訂版では削除されたコルプであったからである。

以上のように、エピソードの削除は、作品の筋書きを整え、簡略化することもできたが、一方では唐突に登場する人物像が分かりにくくなったという側面ももたらした。

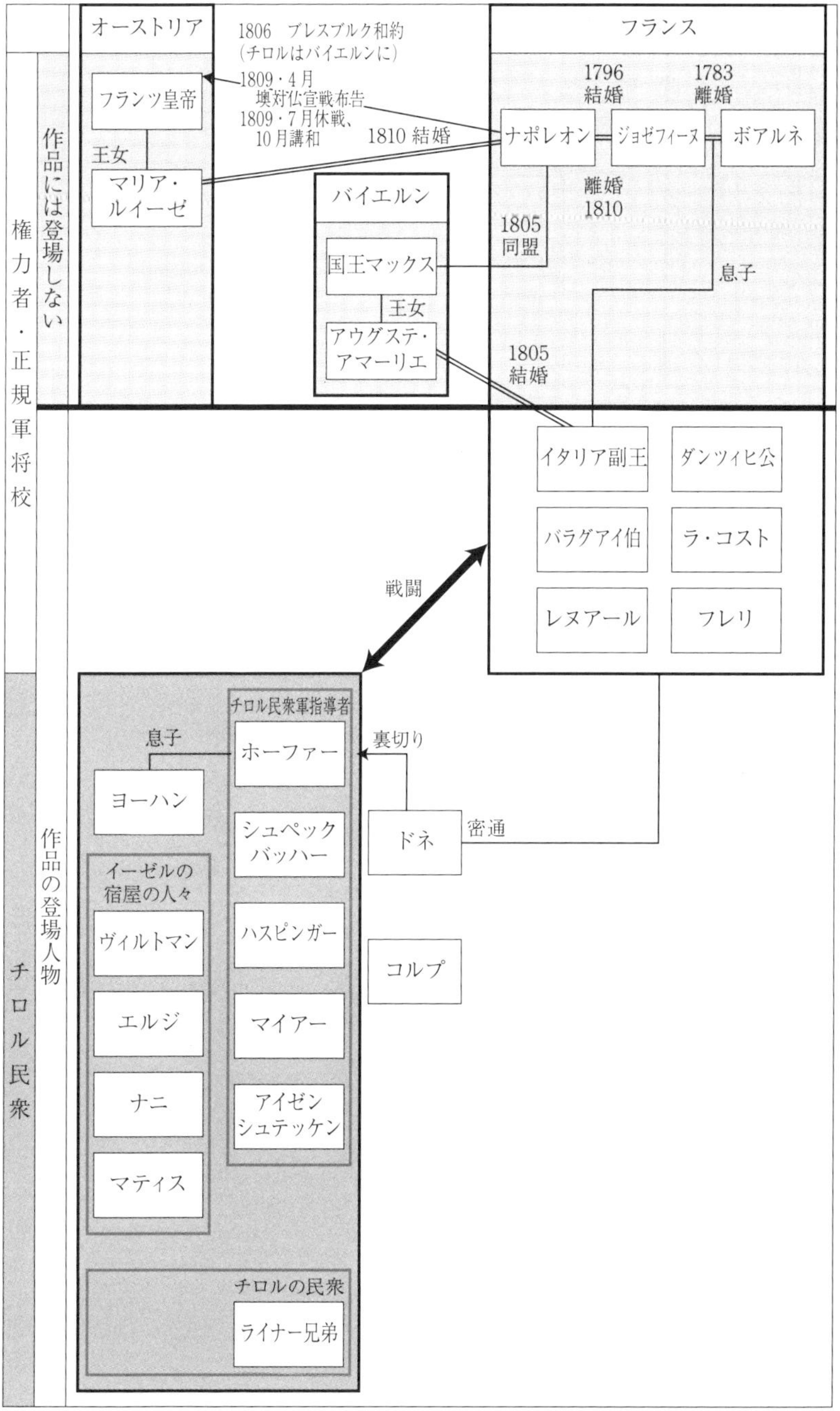

権力者・正規軍将校
作品には登場しない
オーストリア
フランツ皇帝
王女
マリア・ルイーゼ
1806　ブレスブルク和約
(チロルはバイエルンに)
1809・4月
墺対仏宣戦布告
1809・7月休戦、
10月講和
1810 結婚
バイエルン
国王マックス
王女
アウグステ・アマーリエ
フランス
1796
結婚
1783
離婚
ナポレオン
ジョゼフィーヌ
ボアルネ
離婚
1810
1805
同盟
息子
1805
結婚
イタリア副王
ダンツィヒ公
バラグアイ伯
ラ・コスト
レヌアール
フレリ
戦闘
チロル民衆
作品の登場人物
チロル民衆軍指導者
息子
ホーファー
ヨーハン
裏切り
ドネ
密通
シュペックバッハー
イーゼルの宿屋の人々
ヴィルトマン
ハスピンガー
コルプ
エルジ
マイアー
ナニ
アイゼンシュテッケン
マティス
チロルの民衆
ライナー兄弟

【図三】初版『チロルの悲劇』主要登場人物関連図

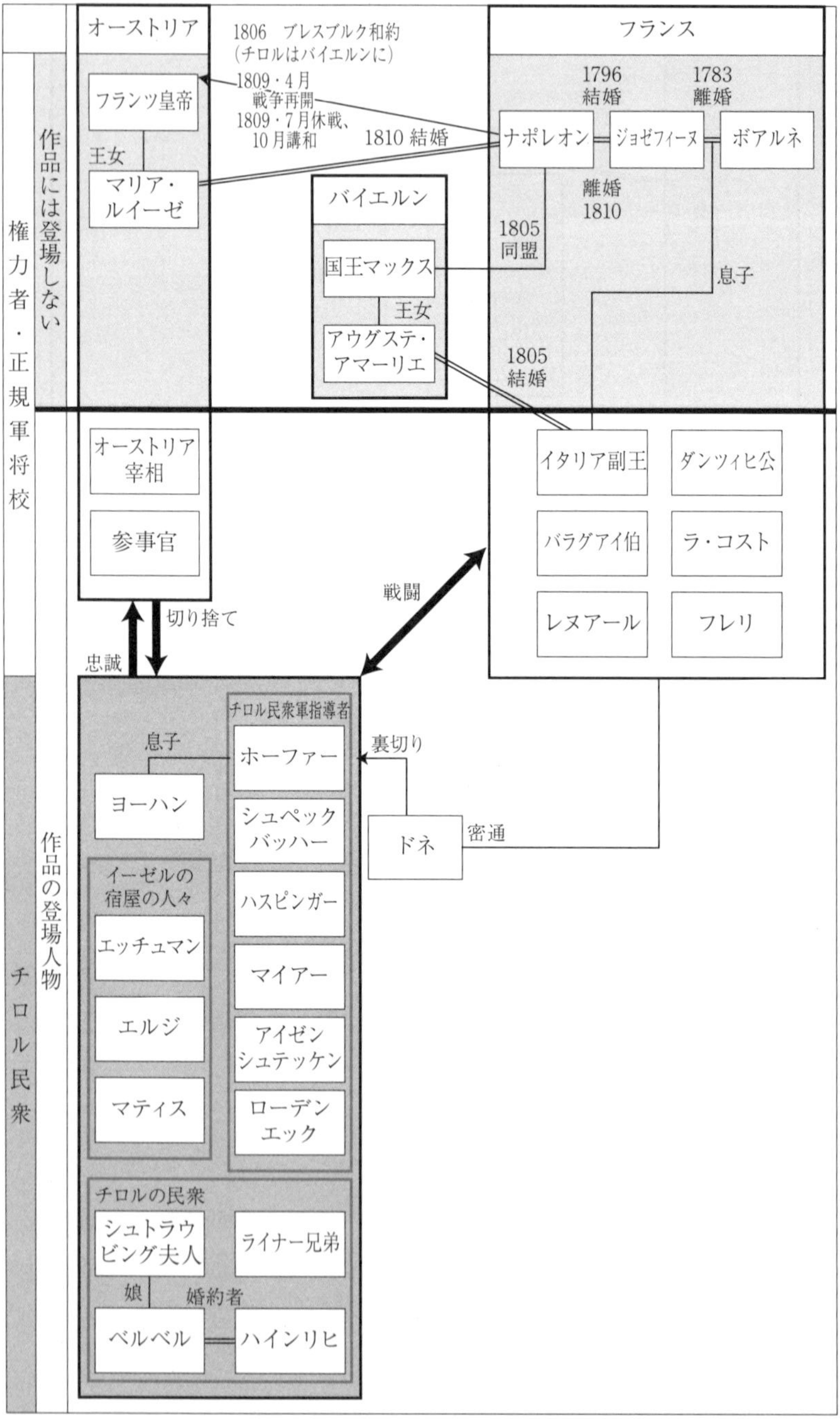
オーストリア
1806　プレスブルク和約
(チロルはバイエルンに)
フランツ皇帝
1809・4月
戦争再開
1809・7月休戦、
10月講和
1810 結婚
王女
マリア・ルイーゼ
フランス
1796
結婚
1783
離婚
ナポレオン
ジョゼフィーヌ
ボアルネ
離婚
1810
バイエルン
1805
同盟
国王マックス
王女
アウグステ・アマーリエ
息子
1805
結婚
権力者・正規軍将校
作品には登場しない
オーストリア宰相
参事官
イタリア副王
ダンツィヒ公
バラグアイ伯
ラ・コスト
レヌアール
フレリ
戦闘
切り捨て
忠誠
チロル民衆
作品の登場人物
チロル民衆軍指導者
息子
ホーファー
裏切り
ヨーハン
シュペックバッハー
ドネ
密通
イーゼルの宿屋の人々
ハスピンガー
エッチュマン
マイアー
エルジ
アイゼンシュテッケン
マティス
ローデンエック
チロルの民衆
シュトラウビング夫人
ライナー兄弟
娘
婚約者
ベルベル
ハインリヒ

【図四】改訂版『アンドレーアス・ホーファー』主要登場人物関連図

⑥　初版第四幕第五場で戦いに疲れたホーファーは、民衆軍の最高司令官の印として持っていた剣を捨ててしまう。しかしその夜、ホーファーは、天使にその剣を「ずっと持っているように」と言われ、再び手にする夢を見る。そして目覚めると、岩の間に捨てたはずの剣が彼の手元にあるという象徴的なシーンがある。改訂版では天使の登場や捨てた剣がまた戻るという場面は削除されている。さらに剣自体も初版ではチロルの古い当主から伝わったという伝統と地域性を強調したものであったが、改訂版では、バイエルンに仕えていたチロル人の持ってきた剣が司令官の印として用いられている。これは、この解説（インマーマンの伝記的な足跡）で後述するように、この劇を演じる「現実主義的」な劇場側（支配人）から、奇跡の場面は技術上演出しにくいという批判を受けたことと、実際にチロルを旅行してインマーマンがホーファーの剣を博物館で見たことによる変更だと思われる。

登場人物、および背景にある歴史的な人物の関連を一覧表にすれば、初版は【図三】、改訂版は【図四】のようになる。なお、この二つの人物関連図の上部（太線から上）にある権力者たちは、歴史的な関連を示すために関連図に加えたものであって、作品の中の登場人物ではない。

四．初版から改訂版までのインマーマンの伝記的な足跡

インマーマンの劇ではホーファーらの民衆軍が、ベルクイーゼルでの決戦を前にして、チロルの民謡を歌い士気を高める場面（初版、改訂版共に第二幕第八場）があるが、ここに登場する歌手のライナー兄弟には実在のモデルが存在していた。ツィラータール出身のマリア（一七八八―一八六六）、フェリックス（一七九二―一八四三）、アントン（一七九四―一八六三）、ヨーゼフ（一八〇〇―一八六五）、フランツ（一八〇二―一八七〇）のライナー兄弟である。一八〇九年のベルクイーゼルの戦いの時は、まだ兄弟たちは小さく、歌手活動も行っていないので、この戦闘場面で兄弟たちが登場するのは歴史的事実としてはあり得ないことであるが、この兄弟は歌がうまく、一八二二年に

ロシア皇帝アレクサンダー一世とオーストリア皇帝フランツ一世がヴェローナでの会議に向かう途中、フューゲンの城で両皇帝をもてなすため歌を披露したそうである。その後、プロの歌手として一八二五年にはドイツで演奏旅行を始め、一八二六年のベルリンへの演奏旅行の途中には、マクデブルクでもコンサートを開き、インマーマンもこれを聞いた。インマーマンは子どもの頃からチロルの解放戦争に興味を持っていて、このライナー兄弟のコンサートを直接の契機として、『チロルの悲劇』を執筆したようである。その意味ではこのライナー兄弟の歌の場面はこの劇の核心部分ということもできよう。一八二七年にライナー兄弟はイギリスへ演奏旅行に出かけ、ロンドンでたいへん評判になった。一八三九年には、マリアの息子のルートヴィヒ（一八二一―一八九三）が中心となって、ライナー兄弟の第二世代がアメリカへ演奏旅行をし、ここでも大いに好評を博したと伝えられている。一八二六年のドイツ公演旅行では一〇月一八日にヴァイマルの宮廷劇場で、一二月一五日にベルリンのオペラハウスで公演したという記録が残っているので、インマーマンがマクデブルクでライナー兄弟の歌を聞いたのはこの時期だったと推定される。

インマーマンは集中的に創作を進め、一八二七年五月一四日付の弟フェルディナント宛ての手紙で、「『ホーファー』（の作品）はベルリンとライプツィヒに同時に出て行った」と書かれている。したがって、初版は一八二七年の前半に完成したと思われる。ベルリンへは上演のため、ライプツィヒへは出版のため原稿が送られたのである。出版者のユリウス・カンペはこの時ライプツィヒにいて、一八二七年五月二八日付で原稿の送付に感謝する手紙をインマーマンに送っている。こうして初版は一八二八年にホフマン・ウント・カンペ社から発行された。ベルリンへは、演出家のホルタイ（一七九八―一八八〇）の所へ原稿が送られた。ホルタイは劇として上演する前に、一八二七年六月一三日に劇場で多くの聴衆を前にして原稿の朗読会を開催した。翌日の一四日に、ホルタイはこの公開朗読会について作者のインマーマンに次のように報告している。「総じてしっかりとした反響がありました。部分的には感激を込めた賛同を得ることもできました。しかし四時間にもわたる朗読では、時々、聴衆は散漫となることもありましたので、ぜひ作品を短縮することをお勧めいたします。」

まだ駆け出しの作家であったインマーマンは、劇場側の意向を受けて、作品の一部修正を行わざるを得なかったようである。ホルタイの公開朗読に先駆けて、前述した五月一四日付フェルディナント宛ての手紙ですでにインマーマンは、「私は別原稿を追加して、そこでは奇跡の部分を抹消した」と述べている。ここで「奇跡」といっているのは初版第四幕第五場で、ホーファーが指導者の象徴である剣を捨てるのであるが、天使がその剣を再びホーファーの所へ持ってくる場面である。この部分を消去した「別原稿」について、インマーマンは次のような見解を述べている。「第四幕の奇跡について、著者に助言をしてくれた友人たちは、これは不適切であると主張した。私は彼らの見解が正しいと思うことはできなかった。むしろこの場面は悲劇全体の思考により、十分に織り込み済みのもので、そこに文学的なスポットライトの効果があると考えていた。――だがもう一つの問題は上演可能かどうかということであった。この点では私自身も疑問視せざるを得なかった。私は自分のわがままを押し通そうというつもりはなかった。それで、全て自然のまま進行するという描写に変更することを申し出た。」こうして天使の描写ばかりでなく、伝統のある剣やホーファーの夢も削除されることになった。このように劇団側の修正要求にはインマーマン自身は不満を持っていたようである。

インマーマンは修正版も用意し、わがままを押し通すこともなかったのであるが、それにもかかわらずこの劇の上演はすんなりと進んだわけではなかった。一八二八年四月一二日のヒツィヒ宛ての手紙にこの劇の上演拒否のことが書かれている。「(…)いわゆる『現実的劇場』が、とりわけベルリンの劇場がどれほど私のことを無視する振る舞いに出たかはあなたもご存知のことと思います。私が以前に書いた作品が上演可能かどうかは、今は問題にしないでおきましょう。しかし私は劇的でないものは全て排除し、真に舞台にふさわしくないものは全て排除するという決然とした意志を持って、『ホーファー』劇を書いたのです。私は感情を最高に高めてこの作品を書き下ろしたのち、最大限厳密にそのようなもの(舞台にふさわしくないもの)を排除する仕事に取り掛かりました。そして観客たちにお見せできるような形になるように、惜しむことなく熱意をつぎ込み、自分を抑制したのです。そしてそれをブリュール伯爵（ベルリンの劇場支配人）に渡しました。――もし劇場がもっともな理由で作者に要望するようなことがあれば、作者はどんなことでも応じますと付け加えておきました。どんなことでもというのは例えば、現代の諸事情と衝突するようなことですが、それは無駄に終わってしまいました。ブリュール伯爵はこの作品を拒否し、その理由として次のように述べたのです。『公開の朗読の際に貴作品が与えた印象は、上演することはできないというたぐいのものでした。』このような事実が私にとってどれほど悲しく、じつに腹立たしかったことか、友よ、あなたに白状しないわけにはまいりません。」（傍点は引用者）

この手紙のニュアンスからすると、『チロルの悲劇』が劇場支配者に受け入れられなかったのは、作品が長すぎるとか、天使の登場する場面が上演上困難であるという技術上の問題だけではなく、主として政治的な配慮があったのではないだろうか。つまりメッテルニヒのウィーン体制（王政復古）の時代にあって、民衆の武装蜂起を肯定的に描き、オーストリア政府の反民衆的な立場を批判する作品を劇場上層部は受け入れようとしなかったのではないだろうか。そもそも文学作品はフィクションであるので、夢や想像の世界が登場しても決して不思議ではない。フケーが創作し、ホフマンがオペラ化した『ウンディーネ』でも水の妖精が主役であり、ヴァーグナーの『さまよえるオランダ人』でも幽霊が登場する。天使や奇跡などは中世的な宗教劇では当然のことのように描写されることなので、ここでインマーマンが天使や奇跡の場面を設定したからといって、それが上演できないというのは言いがかりのようなものであろう。おそらくこの劇が持つ政治的な批判性を回避する口実にすぎないと思われる。

一八三一年一月三〇日のレーデルン（ブリュールの後任のベルリン劇場支配人）宛ての手紙でも、インマーマンはこの点を強調している。「劇場の観衆の性格は様々であるので、最近の過去における祖国の出来事を扱ったり、時代の特定の音色を鳴り響かせるような演劇作品を舞台にのせたりするときには、疑念が生じるかもしれないということは私もよく理解できます。私自身も、数年前に『チロルの悲劇』を前の総支配人に渡したとき、そのような配慮のため苦しまなければならなかったのです。その時も時代状況のため上演が拒否されたのです。」（傍点は引用者）

　ブリュールには拒否されたが、一八二八年にはインマーマンの劇は別の形で上演にこぎつけたようである。劇場で上演上の変更が加えられたであろうが、上演後の批評は総じて好意的なものではなかった。やはりブリュール同様に政治的配慮が背景にあったかもしれない。例えば、『一般文学新聞』（七五号、一八二八年三月）の批評家は、貧弱な劇に感動する所はなかったとして、「登場人物たちは（…）平板で、大した役割も持っていないように見えた。フランス軍司令官は、ぎこちない操り人形のようで、ホーファー自身にも内的生命もなく、精神的な魅力もなかった」と述べている。グラッベはこの劇をインマーマンが下手な作者に成り下がった証拠だ、と述べている（一八二八年五月二四日のケッテンバイル宛ての手紙）。メンツェルもインマーマンを非難して、この作者は「現実の歴史が持っている文学性にもまったくついて行くことができず、バルトルディーが散文で書いたチロル戦争の歴史書と比べても屈辱的なひどい結果を示している」と厳しく述べている。ハイネはこうした状況に対して、インマーマンを支え、勇気づける必要を感じたのであろう。『ミュンヘンからジェノヴァへの旅』の第七章では、この劇は絶賛されている。

　インマーマンは上演が不評であったことを踏まえ、劇団から指摘された上演上の困難さという意見を取り入れて、すでに一八二九年の初めに改作を始めたようである。そして一八三三年には実際にチロルへ旅行（九月一日―一一月八日）し、作品の現場を検証した。その旅行の記録をインマーマンは『チロル見聞』にまとめている。この旅行体験を踏まえ、インマーマンは改訂版『アンドレーアス・ホーファー』を完成し、作品は一八三四年四月二六日、デュッセルドルフで初演された。また一八三五年、書物としても刊行された。

　ここからは日記風の『チロル見聞』の内容を紹介し、検討してみたい。インマーマンはミュンヘンからベネディクトボイエルン、シャルニッツ、ゼーフェルト、ツィルルを経由してインスブルックへと向かった。『チロル見聞』の冒頭で、豪雨の中、ミュンヘンを朝五時に出発し、予定ではテーゲルンゼーを経由するルートを取るはずであったが、悪天候のため道路が通行止めとなり、迂回したことが述べられている。途中、大雨で、川が濁流となり、橋が壊れ流されるという荒々しい光景を見た、そして、復旧工事に当たっていた上級建築士の話として、しばしば巨大な岩石が激流に何マイルも流されことがあり、このように流された岩石を当地の人はザント（Sand）と呼ぶとのことだ、という記述がある。つまりこの山岳地域においてザントとは、日本語で我々が通常イメージする「砂」ではなく、激流で土石流となって山から崩れ落ちる大きな岩石を含んだ土砂の意味のようである。ホーファーのことを「ザント亭主」（Sandwirt）と呼ぶのは、岩石が崩落した谷の地域にある旅館の経営者であったからだということが、この記述から明らかになる。

インマーマンはゼーフェルトまでのバイエルン地域では、住民たちがバイエルン中心主義であり、国境を挟んだ山を越えるか越えないかで、地域色がまったく異なることに注目している。インスブルックへ到着すると、インマーマンはニーダーキルヒナーの経営する『金鷲亭』に泊まろうとした。この旅館はインスブルックの中心地にあり、ホーファーがベルクイーゼルの戦いで勝利した後、インスブルックへ凱旋行進し、この旅館の窓から民衆に向かって演説した所である。ハイネもここに宿泊したようで、この旅館は『ミュンヘンからジェノヴァへの旅』にも登場し、ハイネはインマーマンやホーファーについてニーダーキルヒナーと話をしたことを述べている。現在も同じ場所でこのホテルは経営されており、店の前にはこのホテルに宿泊した著名人たちの名前が列挙された石の看板が掲げられている。そこにはモーツァルト（一七七三年）、皇帝ヨーゼフ二世（一七七七年）、ゲーテ（一七八六年）、バイエルン王ルートヴィヒ一世（一八一八年）、ハイネ（一八二八年のはずであるが、誤って一八三二年と記載されている）、インマーマン（一八三二年とあるが、これも誤りである）など多数の名前が刻みこまれている。インマーマンは一八三三年にインスブルックに来ており、本人の記録で「満室のため残念ながら泊まれなかった」と記述されているので、この看板はかなりいい加減な偽装表示だと言えよう。インマーマンは「金色太陽亭」に泊まったのであるが、このホテルも旧市内中心地（Maria-Theresien-Str. 31）にあり、一九世紀には有名なホテルであったようである（現在では取り壊され、その場所にはチロル百貨店が建っている）。それでもインマーマンはホーファーの資料を見るため、ニーダーキルヒナーの「金鷲亭」に出かけた。しかしそれは期待外れだったようである。「短い滞在中に、私は壁に掲げられたホーファーの肖像画やその他の思い出の資料を見たのだが、私はいくらかいぶかしさを覚えた。そしてここではイギリス人たちの気を引くための飾りが上手に用意されていると思わざるを得なかった。イギリス人はすでに旅ネズミのようにチロルの山々への移動をしているのだ」とインマーマンは述べている。この記述から読み取ることができるのは、観光目的のための商才にひた走る経営者の姿勢を鋭く批判する、インマーマンの冷静な態度である。『ミュンヘンからジェノヴァへの旅』では、『チロルの悲劇』の作者が友人のインマーマンであるとハイネが話すと、ニーダーキルヒナーが作者はきっとチロル人に違いないと言って、作者がプロイセン人であることを信じなかったというエピソードが書かれている。ニーダーキルヒナーが『チロルの悲劇』をよく知っていたように描かれているが、この劇の作家であるインマーマンはニーダーキルヒナーと話をしなかったのであろうか。『チロル見聞』にはあまりにも観光化された展示についての批判的な記述はあるが、ニーダーキルヒナーをはじめ、店側の人と話したことについては何も述べられていない。

インマーマンがインスブルック（とその周辺）で何をしたかを、この旅行記『チロル見聞』の記述で具体的に見ておきたい。プラードルという郊外（現在はインスブルック市内）で、女性が男役も演じる芝居を観て、その演技を讃美し、芸術というものは自然とは異なる描き方をするものであると感想を述べている部分もある。しかし全体でみると、やはり『チロルの悲劇』で舞台となっている地域や関連のある場所を見て回り、作品の登場人物とかかわりのある人々を訪ね歩く記述が中心である。その場所は、①宮廷教会、②ベルクイーゼル、③インスブルックの博物館、④アンブラス城、⑤エッチュマン（ベルクイーゼルの旅館の亭主）が転居していると聞いたヴィルテン、⑥ハルのシュペックバッハー夫人、ハルの上方のリン（敗戦後、シュペックバッハーが隠れていた場所）、シュペックバッハーの墓である。

インマーマンの記述を見る限り、作品に登場する場所の多く、つまり、イタリア副王の本拠地であったフィラハ（初版第三幕、第四幕）、ホーファーが最後の抵抗を決意するが、オーストリア皇帝の文書の前に動揺する場面のシュタイナハ（初版第四幕）、ホーファーを探すフランス軍が登場するボルツァーノ（ボーツェン）（初版第五幕）、ホーファーが捕らえられるケラーラーン（パッサイアー）（初版第五幕）などの場所をインマーマンは見て回ることができなかったようである。その理由は不明であるが、おそらく、この作品でオーストリア帝国に対して批判的な立場を展開している作者は、オーストリア内に長期に滞在し、反政府的な情報を集めることに身の危険を感じたのではなかろうかと、推測される。ハイネの報告でも、『チロルの悲劇』はチロルで禁止されていたのである。あるいは、インマーマンの旅行記の終盤には、カルシウムを含んだチロルのワインのせいで、痛風になってほとんど歩けなくなったと書かれていることから、山の上のシュペックバッハーの隠れ家など、あまりにも精力的にインスブルック周辺で歩き回りすぎて、疲労がたまり、ボルツァーノやフィラハなどの遠方へ出向くには体力的、健康的な面での限界があったのかもしれない。あるいは日程的、財政的な理由で遠方まで旅行する余裕がなかったのかもしれない。いずれにしても十分な資料がないので、確定的な理由は不明である。ここでは前述の六ヵ所について、インマーマンの記述を検討しておきたい。

①　まずインスブルックの宮廷教会であるが、この教会の中心に置かれているマクシミリアン皇帝の墓碑とその周囲を取り囲んでいる像について、インマーマンはハイネ同様、極めて冷淡に扱っている。ハイネはこれらの像のことを、まるで「市場の露店に並べられた黒い蝋人形」のようであるとけなしているが、インマーマンも「マクシミリアン皇帝の墓碑、大公とその妻の記念碑は重要ではなかった。皇帝の墓碑を取り囲んでいる像たちもしばしば称賛

されているものであるが、一部は、醜いものであった。（…）私の目は自然的なもの、民衆的なものに燃えていたので、そうしたものにはあまり注意を払わなかった」と古い権威に対して批判的な見解を示している。ハイネの旅行記では述べられていないが、インマーマンが訪れた時にはホーファー記念碑の建設が始まっていたようで、この教会に関する叙述ではこの記念碑のことが詳しく述べられている。「教会の内部、左隅の壁の所に、二重の柩に納められてホーファーの遺骨が安置されている。それは一八二三年にマントヴァからこちらへ運ばれてきたものだ。以前はアーチの上にザント亭主の名を刻んだ名札が置かれていたが、これは今、取り除かれている。私が見たのは瓦礫と建築石材だけである。以前から約束されてきた記念碑の建築に今ようやく取り掛かったところなのである。墓の上に灰色の大理石のニッチが彫られ、そこに同じ大理石の台座が置かれ、その上に白い大理石でできたホーファーの像が乗ることになっている。間違いでなければ、それはウィーンのシャラーの手によるものである。私はその小さな模型を見たが、それは私にはすばらしくまたよく似ているように思えた。当初はこれに守護神が付け加えられようとしていたが、政府高官（メッテルニヒのこと）はこれを禁じたとのことである。偉大な出来事に対する記念碑は等身大が最もふさわしいであろう。比喩を含んだ添え物は感激の印象を冷まし、弱めてしまう。」このように彫刻家シャラーによるホーファー像はインマーマンが見た時には完成しておらず、その模型を見ただけであると記されているが、現在の旅行案内によれば、この像は一八三四年に設置されたとされており、インマーマンの時代から現在までずっと宮廷教会に立ち続けている（本書iページの【写真1】参照）。

② 次に、インマーマンはベルクイーゼルに登った。この山の上でインマーマンは自作『チロルの悲劇』の場面を検証している。「この山と向かい側にある森林の山岳との間にブリクセンに向かう道路があり、これをダンツィヒ公爵が進軍しようとしたのであった。イーゼル山の上に、正確に言えばイーゼルの背後にあるシェーンベルクの、今なお酒場の建物がある所にホーファーが陣取っていた。右手には、シュペックバッハーの活動したハルとフォルダース

があり、左手にはカプツィン派僧侶（ハスピンガー）が指揮を執っていたガルヴィースがある。したがって私の描いた戦闘場面は正しい位置を取っていた。だがアンブラス城はイーゼルの右手に位置している。したがってダンツィヒ公爵が次のような命令を下すことはできなかった。『一連隊をガルヴィースの沼地を越えて、敵の左翼へと進軍させよ。アンブラス城の所で背後から敵を襲うのだ。』」

　インスブルックの南部にあるベルクイーゼル（一九六四年と一九七六年のオリンピック冬季大会のために整備された大きなスキージャンプ台が現在は聳《そび》え立っている）から北部の市内を見下ろすと右手にはイン川が下っており、下流の方にハルやフォルダースがある。左手はイン川の上流になるが、現在はインスブルック空港のあるあたりの南側を地図で探すと、イン川の南岸の所に「メントルベルク城とガルヴィースのマリア教会」（Schloss Mentlberg／Maria auf der Gallwies, Mentlbergstr. 21）がある。ここがカプツィン派僧侶ハスピンガーの拠点だったようである。このガルヴィースで農民軍と対峙していたフランス軍部隊を、フランス軍司令官ダンツィヒ公爵がベルクイーゼ

【写真８】現在のインスブルック市（北部の山から南部を見た画像）、手前右にイン川、後方の山の手前部分がベルクイーゼル（オリンピックのスキージャンプ台が聳えている所）

ルの右手にあるアンブラス城の背後に回すのはまったく不自然であるという点にインマーマンは気づいたようである。改訂版では、「アンブラス城」ではなく、「エーデンハウゼン」（Ödenhausen）で敵の背後をつくようにという命令に書き換えられている。このように現地の視察に応じて修正するという点には、現代史を扱う文学作品においては、史実にできるだけ近づけようとするインマーマンの現実主義的な作風が現れていると言えよう。

③　インマーマンは「インスブルック博物館」を九月二三日に訪れた。この博物館の場所についての説明がないので、現在の博物館とどういった関係にあるのかは不明である（現在はベルクイーゼルの山上に「チロル・パノラマ」博物館、宮廷教会に隣接した「宮廷教会博物館」、「黄金の屋根」の建物内の「黄金の屋根博物館」などの博物館がある）。インマーマンが博物館を訪れたのは、ホーファーに関する資料を見るためであった。

「（…）その後で私は博物館へ行った。ローマ時代の古代のものや、絵画はこれまで何度も見てきたので、私に関心があったのは、ただホーファーの遺品とホーファーに関連する展示のみであった。その神聖な遺骨は特別の櫃《ひつ》に納められていた。その箱の上には大理石の胸像が置かれ、天井からはヤウフェン峠を越えて行くホーファーの有名な場面を表した蝋細工がぶら下がっていた。イーゼルでの戦いの後、インスブルックで民衆に向かって行ったホーファーの演説や、処刑される日の朝、ホーファーが友人であり代父であったノイマルクトのフューラー氏に宛てて書いた手紙が展示され、読むことができる。農民的な言葉遣いはさておき、感情を入れてこの二つの文章を読んでみると、それらは偉大で、まったく真実そのもので、純粋であり、感動的である。私はホーファーの剣に白と青の飾り紐がついているのを不思議に思い、偶然は何という悪戯をするものかと思った。ホーファーは民衆代表に選出されると、剣を持ちたいと考えたのであるが、その時点ではシャッサーという名前のチロル人が差し出すひと振りの剣しかなかった。この人物は、以前はバイエルン政府のもとで地位を得ていた人であった。このためホーファーは、後に栄誉のサーベルを与えられるまでは、敵軍の旗色をつけた武器を握り続けていたわけである。ホーファーの緑色で幅の広いズボン釣りには錫《すず》製のメダルがつけられており、そこには悪魔ルシファーと戦う大天使ミカエルの姿が描かれている。ホーファーは同じ考えの人々といわゆるミカエル兄弟団を作っており、この団体はこのメダルをつけていたのである。帽子の飾りは、絵が描かれた細い金属板である。そこにはホーファーの守護聖人である聖アンドレーアス、聖女マリア、天使たちが描かれている。」

このようにインマーマンはホーファーの遺品を見て感動しているのであるが、ここで注目したいのはホーファーの剣のことである。初版で登場するホーファーの剣は「古い郷士の主君、ゲルツ伯爵家に由来する神聖な十字の鍔《つば》を付けた剣」（第一幕第七場、第十場）とされているが、改訂版では、「敵軍のバイエルンの白と青のリボンを付けた剣」（第一幕第九場）に変更されている。劇の演出上、天使が運んでくる剣の場面は上演しにくいと、この剣にかかわる場面は一部修正を求められた所でもあるが、ホーファーが実際にこの剣を目にしたことが改訂版の修正の決定的な理由であろう。この点にもインマーマンの現実主義的作風が表れていると言えよう。

④　アンブラス城もインマーマンは博物館と同じ日に訪ねた。しかしここは当時、オーストリア軍の駐屯地となっており、廊下中が清掃と塗装の最中で十分に見ることができなかったようである。

⑤　続いてインマーマンはヴィルテンに足を向けている。作品に出てくるベルクイーゼルの旅館の亭主エッチュマン（初版ではヴィルトマン）がここに住んでいるという情報に基づいてのことであった。しかしエッチュマンはもうそこにはおらず、住民の老婦人の話では、ブッシュという人の家で雇われているとのことであったので、その家も訪ねたが成果はなかった。その家の娘と話すことができたが、エッチュマンは父親といさかいを起こし、今はおらず、どこへ行ったかは知らないということだった。作品の初版ではこの人物の妻エルジが不倫問題を起こし、放火殺人事件まで発展するという設定なので、当事者と対面すれば、おそらく気まずい対話となったであろう。インマーマ

ンは、「ひょっとしたら運命が私に好意を示し、ひどい現実をヴェールで隠してくれたのであろう」と、成果なしに終わった探索について述べている。このような記述から見るとエッチュマンが実在の人物で、ベルクイーゼルの亭主であったという点は史実と一致しているのであろう。初版では、不倫、殺人事件が絡むため偽名のヴィルトマンが用いられたと考えられる。

⑥『チロルの悲劇』とかかわりのある場所を訪ねるインマーマンの最後の目的地はハルであった。インマーマンは案内人に導かれて、ハルの上方のリンまで、急な稜線の目がくらむような細い道を通って登って行った。しかしシュペックバッハーの家はすでに人手に渡っており、その家の持ち主であるマーダーの妹マリアンネと面会し、シュペックバッハーがチロル戦争の敗北後、お尋ね者として過ごしていた様子について次のような話を聞いたと記録している。「妹は私を家畜小屋へと案内した。そこでお尋ね者となったシュペックバッハーが三週間の間、牛の腹の下でくぼみを掘って隠れていたのだ。その向かい側には子牛のための藁束があった。シュペックバッハーは新鮮な空気を吸うため、そこまで時々はい出したのだ。夜には干し草置き場の壁の穴からはい出した。バイエルン兵士たちは四六時中、シュペックバッハーの向かいの家から監視を続けていた。」

リンの山から下りたインマーマンはハルの町でなおシュペックバッハーの足跡をたどった。インマーマンは次のように続けている。「(…)町へ帰ると、私は教区教会にあるシュペックバッハーの墓を訪ねた。壁の所のまっすぐに立った墓石がその場所であった。墓碑を月明かりのもとで読むことはできたが、それを写し取ることはもはやできなかった。文は対句法で書かれており、響きのよい言葉であった。その後シュペックバッハー夫人の家へ行った。残念ながら夫人には会えず、その娘には会うことができた。母親は数日前から田舎に出かけているとのことであった。娘は大柄で体格がよく、ワシ鼻で鋭い目つきをした女性であった。突然の訪問を北の地方の人々のようにいぶかしく思うようなところはなく、私を歓迎してくれた。この人も私が父親に関心を寄せていることを喜んでくれた。娘さんは『父はいろいろなことを耐え忍ばねばなりませんでした。ああ父がまだ生きていてくれていたらよかったのに』と語った。私は両親の肖像画を見せてもらった。父親はチロルの狙撃兵の服装を着て、その顔は大胆そうで、ぐっと凝縮したような様子であった。母親は洗練された感じで、上着とレースの帽子を身に着けていた。どこか上品で、堂々としたご婦人という様子であった。レーベルク（一七五八―一八三五）の描いた絵とはまったく似ていなかった。」

以上が、インマーマンがチロル解放戦争の聖地に「敬虔な歴史的・文学的巡礼」をした場所である。この他にもインマーマンはアルプスの山岳地帯のすばらしい風景、婚礼の騒々しさなど記述しているが、『チロルの悲劇』に直結した場所については他には述べられず、ザルツブルクへ到着する場面でこの旅行記は終結している。

場所は特定されていないが、チロル地方でホーファーを讃える歌が禁じられていることをインマーマンは記述している。「政府はこの戦争で、ほんの少しでも働きが認められた人には全員に、そして寡婦や孤児にも年金を与えている。しかしこの戦争にかかわるような歌は全て禁止されている。ある人は、『ホーファーについてはボナパルト（ナポレオン）と同様に歌うことが許されていないのだ』と言っていた。物質的なものは認めるが、精神的なものを拒絶するというこの大きな落差はまったく典型的なものであり、オーストリア国ではしばしば生まれるものである。これに対して憤りを表し、嘲弄《ちょうろう》することは容易なことであろう。だが、このようなことが公言され、しかも正当化されるような国の本当の立場を理解することはずっと難しいことである。」

あるいは別の所ではインマーマンは次のように語っている。「政府はホーファーの歌だけを禁じたいのであろう。人々がその英雄物語を語るのを禁じてはいない。一八〇九年の物語が人々の体の髄にまで入り込んでいるのは驚くばかりだ。ほんの小さな少年でもこの話を語ることができるのだ。子どもたちはずっと後から生まれてきたにもかかわらず、まるでその場に居合わせたかのように話すのである。もちろん様々な語り口がある。一人はこの人物を強調し、別の語り手は別の人物を強調する。私の聞いたところでは、シュペックバッハーがけなされているものもあった。好意的な人々の話でも、シュペックバッハーが取った行動ではなく、彼が耐え忍んだことが讃えられるだけであった。彼はチロルのオデュセウスであった。この男はこざかしい男として、二度も厳しい運命が加えられているのは奇妙なことであった。――ドネの裏切りについては確かな根拠はないが、しかしこの男には十分に裏切りの嫌疑があると人々は語った。ホーファーについては一致した評価であった。ホーファーのおかげで、インスブルックが瓦礫の山にならずに済んだのであり、戦いが常に正しく正当な戦いに留まったと、人々は語った。ホーファーは彼らにとって今や半ば聖人となっており、人々は『(主のごとき)ザント亭主様』(Herr Sandwirt)と呼んでいた。こうした平凡な人々においては、記念碑の建立は計り知れない効果を発揮している。この驚異的な出来事については通常の言葉で物語を書くことはできないと、私はこれまで以上に強く確信した。他では見られないこの混乱した事件を明らかにし、形にすることができるのはただポエジーだけである。」

こうした記述から、当時のオーストリア政府が、言論の自由を制限し、チロル農民蜂起の反政府的な側面が民衆の間に大きくもてはやされないように神経質に配慮し、同時に、オーストリアの忠臣としてホーファーを讃えようという政策を取っていたことが伺われる。そしてインマーマンは文学作品(ポエジー)の特殊性に注目して、作品の中でこの事件の本質に迫ろうとする決意を表明しているのである。

五. 作品の特徴

初版と改訂版を総合的に見て、本作品の特徴としては以下の四点が挙げられよう。

第一に、インマーマンは、ホーファーの民衆的英雄としての姿を強調している。ホーファーは、強力なナポレオン軍にもひるまない不屈の勇気を持っているだけではなく、山岳という地形を利用して優れた作戦を取るなど、知略の点でも才能を発揮している。さらに民衆の気持ちをよく理解し、民謡を歌って気分を高揚させるなど、民衆の心をつかむ力量を持っている。しかしホーファーの考えが素朴な古い愛国主義に立脚しているという弱点を、インマーマンは近代的・啓蒙主義的な自我の確立という観点から批判的に描いているという点も指摘されるべきであろう。

第二に、インマーマンは狭い「愛国主義」の立場を取っていない。フランス軍の指導者・司令官は民衆軍の敵対者であるが、作者がその敵対者たちの人間的な側面も描いているという点も注目されるべきであろう。ダンツィヒ公爵に関しては、出自の指摘、民衆軍の指導者への評価と寛大な接し方、敗戦時に見せる弱さなど、民衆軍の敵役ではあるが、総合的に見れば、人間的な人格者として描かれている。イタリア副王の過去への回顧や、ホーファーに対する理解ある態度も同様に、フランス側ではあるが、オーストリア宰相と比べると、民衆に対する態度は格段に人間的で立派である。

第三に、敵国の指導者に対しての友好的とも言える描写に対して、オーストリアの宰相の態度は極めて打算的で、民衆への愛情を欠く言動が示されており、官僚的・保身的な政治権力者に対しては、インマーマンは厳しく批判的である。このことがおそらく、王政復古の時代にあって、インマーマンのこの劇作品が保守的な演劇人や批評家から排除され、好意的に受け入れられなかった主な理由であろう。

第四に、インマーマンの劇では、勇ましく戦闘に立ち向かう民衆軍の幹部たちが描かれているだけではなく、大衆的な住民たちが登場する。チロルの歌手、戦死する若者とその婚約者、逃げ惑う女性や子どもたちを登場させることによって、この劇が民衆の立場に立つ作品であることが示される。

インマーマンは、歴史年表における事実と事実の間を、実在した人物や自ら創造した架空の人物を用いることによって巧みにつなぎ合わせ、一つの一貫したストーリーに仕立てている。史実をもとにしたフィクションであるところの歴史劇作品として、成功していると言えるのではないだろうか。

六．インマーマンの世界観

以上の作品に関する考察を踏まえ、この作品から伺いうるインマーマンの世界観について立ち入って検討してみたい。ここでは、①支配者と民衆という、社会の階級的な対立、②出身階級と社会的地位、③愛国主義の三点について詳しく見ることとする。

① 支配者と民衆という、社会の階級的な対立

初版第一幕第四場で、フランス軍の総司令官ダンツィヒ公爵が、民衆軍の指導者の一人シュペックバッハーに向かって言うセリフの中で、アンドレーアス・ホーファーがヴィルヘルム・テルと並べられる部分がある。ダンツィヒ公爵は言う、「オーストリア皇帝は、戦時局に聡明な人物を持っているに違いない。それで山の老人を持ち出したのだ。民衆たちに偶像の彫刻を与えれば、連中はそれを敬うことは確実だというわけだ。それでウィーンのお偉方たちは、パッサイアーのあの農民をテルに仕立てたのだ。君たちは、ここではヴィルヘルム・テルをよく読んでいるのだろう？」これに対して、シュペックバッハーには、「旦那、わしらはカレンダーしか読みません」と答えさせ、インマーマンは民衆を理想化せず、リアルに農民たちの学識のなさを描いている。しかしこのやり取りから、作者のインマーマンがホーファーとヴィルヘルム・テルの比較を念頭に置いていることは明らかであろう。シラーの描くヴィルヘルム・テルの設定と、インマーマンのホーファーの場合をここで比較検討してみたい。

『ヴィルヘルム・テル』では、オーストリアの悪代官ゲスラーとスイスの民衆との対決が、作品の中心軸となっている。この場合の階級対立はテルたちスイスの民衆とオーストリアの支配者であり、スイスの外国支配に対する戦いもオーストリア皇帝の支配に向けられており、対立の軸は一つで単純である。

これに対して、ホーファーの場合は、外国（フランス・バイエルン）の支配とこれに反逆する民衆の対決が一つの軸ではあるが、社会の階級対立としてはオーストリアの支配層と民衆というもう一つの軸があり複線的な対立構造である。ホーファーたち民衆は外国の支配には断固として戦

うが、オーストリア皇帝には忠誠を誓うのである。ところが改訂版第三幕の宰相の発言から分かるように、オーストリアの支配層は支配勢力の安泰を図るために、冷酷にもチロルの民衆を見捨てるのである。民衆側の意識としてはオーストリアの支配者と対決しているわけではないが、支配者側からの民衆の扱いは冷酷無比の対決そのものである。

『ヴィルヘルム・テル』が悪代官を倒し、スイスの民衆の自由を勝ち取ってハッピー・エンドに終わるのに対して、ホーファーの場合は、ウィーンの支配者たちのチロル切り捨てによって、主人公の処刑という「悲劇」に終わるのである。

この二つ目の屈折した対立構造が描かれていることにインマーマンの優れた社会構造の把握が示されていよう。なぜ皇帝に忠誠を誓う民衆たちが見捨てられるのか。この点がインマーマンの最も訴えたかった点ではなかろうか。ナポレオン軍に勝利したチロル農民軍が、自国のオーストリア政府に裏切られるという点こそが、まさに「チロルの悲劇」なのである。シラーのように単純明快に支配者を打ち倒すという構図ではなく、インマーマンにおいては、第二の対決軸という隠れた形で（しかも当時の歴史的状況としては、この方がよりリアルな描写であると言えよう）、民衆と支配層の対決が描かれているのである。こうして見ると、インマーマンははっきりと現実的な階級対決の構造を見据え、この作品で当時のオーストリアの支配層を明確に批判していると考えることができよう。

② 出身階級と社会的地位

インマーマンの作品では、民衆の敵であるフランス側の幹部たちは、シラーの代官ゲスラーのように極悪非道の人物として描かれているわけではない。むしろこの敵側の人物たちはチロルの民衆軍の幹部らに人間的に接触し、ウィーンの冷酷な宰相よりも、ずっと優れた人格者として描かれている。例えば敵の総司令官ダンツィヒ公爵は初版第一幕第四場（改訂版第一幕第五場）でシュペックバッハーに親しく語りかける。「聞いてくれ。君の大胆さには感心した。君がこの土地の人であるのは残念なことだ。そうでなければ、君にぜひわが軍に来て一緒に働いてくれと言うところだ。（…）君がそこにしっかりと立っているのを見ると、三〇年前、私が父親の粉ひき小屋に立っていたのを見るような気がする。実は、私はアルザスの粉ひき屋の息子なのだ。」

こうしてナポレオンの腹心でフランス軍の総司令官であるダンツィヒ公爵が貴族の出身ではなく、平民の生まれであることが明らかにされる。歴史上の実在の人物としてのダンツィヒ公爵は本来、フランソワ・ジョゼフ・ルフェーブル（一七五五―一八二〇）という名前で、実際にアルザスの粉ひき屋出身の人物である。ナポレオンのブリュメール一八日のクーデターに参加し、以後、ナポレオンの将校として軍事的な成功を収め、一八〇七年一月二三日にはダンツィヒ（現ポーランドのグダニスク）を攻略し、ダンツィヒ公爵の称号を与えられた。

当時は貴族が軍の司令官に就くのが当然であったが、フランスでは大革命とナポレオンの台頭によって、古い秩序に決定的な変更が加えられるようになった。その階級制度の見直しを体現しているのがこのダンツィヒ公爵であった。インマーマンはこのダンツィヒ公爵に上記のセリフを語らせることによって、出身階級によって社会的な差別が厳然と決められている封建的な制度を明確に批判しているのではないだろうか。確かに、このフランス軍の司令官は軍事的野心に捕らえられた人物として描かれてはいるが、チロル民衆軍指導者に対する態度は上から押さえつけるという高圧的なものではなく、相手の立場を思いやる人道主義的な立場を示している。このような点から見ると、インマーマンは伝統的な身分制度には反対し、「自由・平等」というフランス革命の精神を尊重する考えを持っていたように思われる。

③　愛国主義

初版第四幕第二場（改訂版第四幕第四場）で、敗色濃厚な軍事情勢にあるホーファーは、チロル民衆の代表として、ナポレオンの義理の息子であるイタリア副王ボアルネと面談する。ここでもフランス側の代表であるイタリア副王は尊大な態度を取らず、自分の父親がギロチンにかけられたことなど複雑な家庭事情を打ち明けて、民衆の立場に理解を示し、民衆軍の代表に親密に話しかける。この会談の中で愛国主義が問題にされる場面がある。イタリア副王は、「君たちはどうしてオーストリアを愛しているのか」とホーファーに尋ねる。副王は、「君たちをそれほど熱い思いでウィーンへと、シェーンブルンへと向かわせる理由を教えてくれ。そして、そのオーストリアへの愛情（祖国愛）に取って代わるようなことを、新しい統治者（バイエルン・フランス連合の支配者のこと）の我々が何もしてこなかったのか、またこれからも何一つすることができないのか、一緒に検討してみようではないか」と続けて述べる。

ホーファーは、結局、副王の質問にまともに答えることはできず、「どうして私どもがウィーンの皇帝陛下を敬うのか、殿下に説明できません」と打ち明ける。「そうした愛情は昔からのもので、ちょうど手をつなぎ合う子どものように、私どもの心にずっと居座っているものと思います」と述べるだけである。副王は勝ち誇ったように、そのようなオーストリアへの愛は根拠のないものだから、「君たちの意識を曇らせている厄介な靄など振り払い、（…）息苦しく狭い囲いの中から抜け出して、我々に愛情を向けてくれたまえ。そうすれば、我々も君たちに栄誉と展望を与え、君たちは夢見る以上に高い立場に上ることができよう」と、フランス・バイエルン支配を受け入れるように説得する。

これに対してホーファーは、「それでは私の拠って立つ所はどこにもないではありませんか」として、逆に副王に質問をする、「どうして殿下は（義理の）父君のナポレオン皇帝を愛しておられるのでしょうか」と。副王はその答えは簡単だ、皇帝が敵に勝利し、大きな帝国を建設し、私に領土を与えてくれ、また遺産も息子として継ぐことができるからだ、と述べる。だがホーファーは、もしその皇帝より三倍も強く、三倍も広い領土を持つ英雄が現れたら、副王はナポレオン側に留まるのか、新しい英雄のもとに移行するのかと、追及する。これに対して、副王は答えに窮するが、ホーファーは「殿下に代わって私が答えましょう。それは、いいえ、立ち去らないです」と発言する。つまりホーファーは副王が打算的な損得ではなく、家族的な絆を優先するであろうと指摘しているのである。戦いでの勝利や領土の大きさで人間の心の愛情が決まるものではない。ホーファーは、「もしそうであれば、殿下の心の愛情も、私どもの場合と同じように大した根拠を持っていないように思われます。（…）愛情というものは大地からやって来るものではなく、むしろ主なる神が天国から人間の心へ送り込む光線のようなものではないでしょうか」と結論付ける。

この愛国主義をめぐる議論は、インマーマンがこの作品を書いた一八二六—二七年という時点から考え直さなくてはならないであろう。つまり歴史的な経過としては一八一四年にナポレオンは失脚し、イタリア王国は消滅し、イタリア副王は妻の出身国バイエルンへ亡命することになったのである。作品でのホーファーの予言通り、イタリア副王が、ナポレオン個人に愛情を注いでいたとすれば、ナポレオンとともにイタリア副王は破滅していたであろう。

しかしイタリア副王はしたたかで、メッテルニヒ体制の中で生き延びる現実路線を選択し、自らの保身を図ったのである。バイエルン王女との結婚はナポレオンがドイツ諸邦を分断するための政略的な結婚であったが、いざナポレオンが失脚すると、ボアルネはこの結婚を大いに利用したのである。結婚による結びつきを根拠にして、フランスを捨てバイエルンに亡命し、バイエルン王女との間に七人の子どもを設け、その後、娘のジョゼフィーヌはスウェーデン王オスカルの王妃となり、オギュストはポルトガル女王マリア二世の最初の王配、またアメーリエはブラジル皇帝ペドロ一世の妃となるなど、ヨーロッパ諸王家に子孫を残したのである。ボアルネはナポレオンに忠義を果たしたのではなく、ナポレオンに敵対した旧王家と結び、これら多くの王家において、その後の子孫の始祖となったのである。

インマーマンの作品執筆時点ではボアルネの子どもたちはまだ成人に達しておらず、このような血脈的な発展はまだ実現されてはいなかった。しかしイタリア副王ボアルネがナポレオンへの愛情からこの義父と一緒に滅びるというようなことはなく、バイエルンの地にぬくぬくと安住し、自らの地位を保全していたことはインマーマンも知っていたはずである。

こうした歴史的経過から考えてみると、作品におけるホーファーの見通しは外れたものであると言わざるを得ない。したがってホーファーが主張するような、愛国主義の感情は天国から降りてくる光線であるという説は、作者のインマーマンにすればあまりにも空想的な思い込みにすぎないものとして描かれているのではないだろうか。

結論としてインマーマンの立場は、ホーファーの愛国主義なるものが幻想にすぎないことを指摘していると言えよう。改訂版第四幕四場では、インマーマンの立場を代弁しているのは、現実的なイタリア副王の発言であるように見える。このようにインマーマンの愛国主義をめぐる立場はホーファーの幻想を批判するものであり、現実的で、一つの国境に縛られない広がりの次元の中にあったのではないだろうか。

誤解が生じないように補足すれば、民衆を裏切って自らの保身を図る権力者たちの変節をインマーマンは是認しているわけではない。このことはインマーマンが、改訂版第三幕にオーストリア宰相を登場させ、これを厳しく批判的に描いていることによって示されていよう。インマーマンの立場は、偶然チロルに生まれついたからといって、オーストリア皇帝を尊敬し、オーストリアに愛国主義的愛着を持つ、あるいは親の再婚で偶然ナポレオンの義理の息子になったからといって、ナポレオンと運命を共にしなければならない、というような個人を取り巻く条件に束縛されてしまう狭い考え方は、近代的人間としては成熟していないと、主張するものであろう。そのような所与の枠組みから抜け出せない人物は、カントの説く「未成年状態」にあると言えよう。この点をインマーマンは根拠のない愛国主義として描いているのであろう。したがって、インマーマンの立場はカント哲学の考えに基づいた啓蒙主義を前提としていると考えることができる。

年表　チロルの民衆蜂起

年	歴史的経過	ホーファー	インマーマン
一七六七		一一月二二日、パッサイアーで生誕	
一七九二	三月一日、神聖ローマ帝国の皇帝レーオポルト二世死去。フランツ二世が新皇帝 四月二〇日、第一次対仏同盟戦争（仏がハプスブルクとプロイセンに宣戦布告） 九月二〇日、仏軍はヴァルミーの戦いで勝利、その後ライン川左岸を占領		
一七九六			四月二四日、マクデブルクで生誕
一七九七	一〇月一八日、カンポ・フォルミオの和約、ハプスブルクはロンバルディアとハプスブルク領ネーデルランドを仏に譲渡		
一七九九	第二次対仏同盟戦争。ナポレオンはエジプトから帰国		
一八〇〇	六月一四日、マレンゴの戦いでナポレオンは勝利		
一八〇一	二月九日、リュネヴィルの和約。一七九七年の停戦協定確認		
一八〇四	五月、ナポレオンはフランス皇帝となる（一二月二日、戴冠式） 八月、ハプスブルク家のフランツ（神聖ローマ帝国フランツ二世）は、オーストリア帝国を設置し、皇帝フランツ一世となった		

年	歴史的経過	ホーファー	インマーマン
一八〇五	五月二六日、イタリア王国建国、ナポレオンがミラノ大聖堂で国王に戴冠 六月七日、ウジェヌ・ド・ボアルネがイタリア王国副王に就任 バイエルン選帝侯マクシミリアン四世（一八〇六年から国王マクシミリアン一世）はナポレオンと防衛同盟を締結。オーストリアとの同盟関係は解消 一一月五日、仏軍ミシェル・ネ元帥がインスブルック入城、占拠 一二月二日、アウステルリッツの戦い（三帝会戦）。ナポレオンはオーストリア・ロシア連合軍を破った 一二月二六日、プレスブルクの和約。オーストリアはチロルをバイエルンに割譲		
一八〇六	一月一四日、イタリア副王ウジェヌ・ド・ボアルネはバイエルン王女アウグステ・アマーリエと結婚 二月一一日、チロルはフランス軍からバイエルン国の支配に正式に委譲された 南ドイツ諸侯「ライン同盟」結成＝ナポレオンのドイツ分断作戦 八月六日、フランツ二世は神聖ローマ帝国皇帝を退位、神聖ローマ帝国解散		
一八〇七	五月一九日、フランス軍元帥ルフェーブルはダンツィッヒを陥落させた		
一八〇八	五月一日、バイエルン新憲法布告。チロルは統一国家ではなく、エッチュ、アイザック、インの三地域に分割された。チロルの自治権は消滅。チロル人にはバイエルンの兵役義務が課せられた		

一八〇九	三月一二—一三日、チロルのアクサムスで新兵徴兵が行われた際、武装した農民が役人をインスブルックへ追い返した 四月九日、オーストリアはフランスとその同盟国に宣戦布告 オーストリア軍シャトレー将軍はリーエンツまで進軍し、バイエルン支配からチロルを奪還。ヨーハン大公は武装したチロル人を反逆者ではなく、オーストリア軍の所属者と見なすと公布 四月一一日、第一次ベルクイーゼルの戦い。ブレンナー峠からオーストリアの援軍が到着、インスブルックのバイエルン軍は降伏、オーストリア軍が勝利 四月一五日、オーストリア軍シャトレー将軍はインスブルック、トリエント凱旋入城（四月二〇日）。シャトレー将軍は軍の司令官として、ホルマイアー男爵は執政官としてチロルを統治 四月二三日、ナポレオン軍はレーゲンスブルクの戦いで、オーストリア軍に勝利し、ウィーンに向けて進軍 ナポレオンはルフェーブル将軍をバイエルン軍とともにチロルへ派遣。ルフェーブル軍はシュトループ峠へ進撃し、制圧 五月一三日、ヴェルグルの戦い。シャトレー将軍のオーストリア軍は、バイエルン軍・ナポレオン軍に壊滅的な敗北 五月二五日—二九日、第二次ベルクイーゼルの戦い。ホーファーの率いる農民軍がバイエルン軍と戦闘。バイエルン軍は退却 七月六日、ヴァーグラムの戦い。ウィーンに向けて進軍したナポレオン軍は、オーストリア軍を撃破 七月一二日、ツナイム（ズノイモ）休戦協定。フランツ一世は休戦に合意。ツナイム休戦以後、ナポレオン軍がチロルを占領	四月一一日、ホーファーはシュテルツィングの戦いで勝利。シュペックバッハーはハルとフォルダースの解放で活躍 五月二九日、ホーファーは農民軍を指揮して、バイエルン軍に勝利	

年	歴史的経過	ホーファー	インマーマン
一八〇九	八月一三日、第三次ベルクイーゼルの戦い。ルフェーブル元帥のフランス軍退却 一〇月一四日、シェーンブルン講和。オーストリアはチロルを割譲。ナポレオンはデルロン将軍にチロルの民衆蜂起制圧を命じた 一〇月一七日、メレックの戦い。デルロン将軍は、シュペックバッハー率いるチロル防衛軍を撃破 一〇月二四日、バイエルン・フランス軍はインスブルック到達 一一月一日、第四次ベルクイーゼルの戦い。チロル農民軍は敗北	八月一三日、ホーファーの農民軍がルフェーブル軍に勝利。ホーファーはチロル地方の統治者となる 一〇月、ホーファーは、ケラーラーンに逃亡	
一八一〇	三月一一日、ナポレオンはオーストリア皇女マリーア・ルイーゼと結婚（ナポレオンはジョゼフィーヌ・ボアルネとは離婚）	一月二八日、ホーファー逮捕 二月一九日、軍事裁判で死刑判決、翌日（二〇日）、死刑執行	
一八一二	六月、ナポレオンはロシア遠征、一二月、ナポレオン軍は退却		四月、ハレ大学入学 七月、ナポレオンにより大学閉鎖
一八一三	一〇月一八日、ライプツィヒの「諸国民解放戦争」で反仏同盟軍はナポレオン軍に決定的勝利		七月、大学再開で勉学に復帰
一八一四	三月三一日、同盟軍はパリを占領。ナポレオンは皇帝退位（四月四日） 四月二六日、ウジェヌ・ド・ボアルネはイタリア副王を退位、バイエルンへ亡命		

一八一四	九月一八日、ウィーン会議（一五年六月九日まで）、チロルはオーストリア領に戻る		
一八一五	ナポレオンはエルバ島から帰還したが、六月一八日にワーテルローの戦いで敗北		志願兵としてワーテルローの戦い（六月）、パリ進軍（七月）に参加
一八一七			ハレ大学でブルシェンシャフト批判
一八一八		一月二六日、ホーファー叙爵。息子に叙爵書が渡された	
一八一九			ミュンスターで軍司令部陪審判事 文学作家活動開始
一八二二			『詩集第一集』
一八二三		遺骨がインスブルックへ移される	
一八二四			マクデブルク地方裁判所判事
一八二六			ライナー兄弟のチロル民謡公演を聞く
一八二七			デュッセルドルフ地方裁判所判事

年	歴史的経過	ホーファー	インマーマン
一八二八			『チロルの悲劇』出版 ラインラント・ヴェストファーレン芸術協会設立
一八三〇	フランス七月革命		『詩集続編』
一八三二			『アレクシス』
一八三三			九月一日―一一月八日、チロル旅行
一八三四		遺骨はインスブルック宮廷教会に収められる	デュッセルドルフ劇場監督
一八三五	一二月一〇日、ドイツ連邦議会は青年ドイツ派の著作に出版禁止の処分		『アンドレーアス・ホーファー』上演
一八三六			『エピゴーネン』
一八三七	一二月一二日、ゲッティンゲン七教授事件		デュッセルドルフ劇場は財政難のため閉鎖
一八三九			イエーナ大学名誉博士
一八四〇	六月七日、プロイセン国王にフリードリヒ・ヴィルヘルム四世即位		八月二五日、デュッセルドルフで病死

訳者あとがき

本書は、一八〇九年にチロルでナポレオン支配に対して、民衆の立場から反乱を起こし、当時、世界最強のナポレオン軍を打倒した農民軍の指導者、アンドレーアス・ホーファーを題材にしたインマーマンの劇作品を翻訳したものである。底本としては、初版は、Karl Immermann: *Das Trauerspiel in Tyrol*, Hamburg (Hoffmann und Campe), 1828を、そして改訂版は、*Andreas Hofer - der Sandwirt von Passeier. Ein Trauerspiel*, in: Immermanns Werke, hrsg. von Harry Maync, Leipzig und Wien (Bibliographisches Institut), (Meyers Klassiker-Ausgaben), o.J., Bd.5を用いた。なお後者のマインクの改訂版は、五幕構成ではあるが、各幕の場の設定がなされていない。そのため、場の設定は、*Andreas Hofer - der Sandwirt von Passeier. Ein Trauerspiel*, Berliner Ausgabe 2013. Vollständiger, durchgesehener Neusatz mit einer Biographie des Autors bearbeitet und eingerichtet von Michael Holzinger に従った。

インマーマンは一八二八年に初版『チロルの悲劇』を発表したが、その後、大きな修正をして改訂版『アンドレーアス・ホーファー』を一八三四年に公表している（三五年初演）。私たちは今回の翻訳を始める時に、初版か改訂版のうち一方だけ翻訳する、または、初版と改訂版を編集して合体し、一つの作品にまとめて翻訳する、ということも考えたが、「解説」でも述べたように、それぞれ独自の登場人物も存在し、筋の展開も大きく異なっている部分もあるので、作品独自の価値を尊重し、初版と改訂版の両方を並べて翻訳することにした。また本文の注もかなりの部分重複するのではあるが、改訂での省略や追加などにより、注の番号もずれてくるので、面倒ではあるが、それぞれに別々の注を付けることにした。

カール・インマーマンは一九世紀前半に、本職の裁判官を務めながら、大いに生産的な文学創作を行い、またハレ大学時代には横暴なブルシェンシャフト（学生組合）を鋭い文筆活動によって批判するなど、信念を持った作家として活躍した。

インマーマンは詩人のハインリヒ・ハイネとは同世代で、お互いの作家デビューの当初から、親友として、出版社の紹介、批評活動、創作活動などで助け合って、文学活動を行った。ハイネが旅行記『ミュンヘンからジェノヴァへの旅』で述べているが、この旅行の前半でハイネがチロルを通った時、ハイネの頭に最初に浮かんだのは親友インマーマンの『チロルの悲劇』であった。

本書の「解説」は、すでに訳者たちが発表してきた、次の二つの論考を修正・加筆したものである。

① 宇佐美幸彦・酒井友里、「『ミュンヘンからジェノヴァへの旅』とチロルの民衆蜂起」、『ハイネ逍遥』第一〇号（二〇一七年五月）、

② 宇佐美幸彦・酒井友里、「ハイネとインマーマン――『チロルの悲劇』再考」、『ハイネ逍遥』第十一号（二〇一八年五月）。

なお、インマーマンとハイネとの友好関係、一九世紀前半におけるインマーマンの文学的な立場については、宇佐美幸彦、「ハイネとインマーマンのプラーテン論争」、（関西大学『独逸文学』第六三号、二〇一九年三月）にも詳しく論述したので、参考にしていただきたい。

なお、ドイツ語における難解な箇所（とりわけライナー兄弟が歌うチロル方言の歌の部分）については、ジーゲン大学名誉教授クラウス・フォンドゥング氏に教示していただいた。また関西大学の芝田豊彦教授、佐藤裕子教授には、本書の出版に際して、関西大学出版部に推薦をしていただいた。さらに出版部の朝井正貴、柳澤佳子両氏には編集・校正でお世話になった。ここに本書の出版・完成にあたって、お世話になり、援助していただいた皆様に心から感謝の意を表明したい。

二〇一九年四月二五日

訳者

【作者紹介】

カール・インマーマン（Karl Immermann）

1796年4月24日　マクデブルクで生誕
1813-1817年　ハレ大学で法律学を学ぶ
1819年　ミュンスターで軍司令部陪審判事
1819年頃から作家として作品を発表
1827年　デュッセルドルフ地方裁判所判事
1834年　デュッセルドルフ劇場監督
1840年8月25日　デュッセルドルフで病死

【訳者紹介】

宇佐美　幸彦（うさみ　ゆきひこ）

1971年　大阪外国語大学大学院修士課程修了
1981年　ライプツィヒ大学文学博士
1974-2017年　関西大学専任教員
2017年　関西大学名誉教授

著書　Japanische Dichter am Wendepunkt（Peter Lang）
　　　『ベルリン文学地図』（関西大学出版部）
　　　『ビルダーボーゲンの研究』（関西大学出版部）他
訳書　『ゲオルク・フォルスター作品集』（共訳、三修社）
　　　『本当の望み、フォルカー・ブラウン作品集』（共訳、三修社）
　　　『ダダの詩』（関西大学出版部）他

酒井　友里（さかい　ゆり）

2010年　関西大学大学院博士課程後期課程単位修得
2014年　神戸学院大学非常勤講師
2016年　近畿大学非常勤講師
2019年　関西大学非常勤講師

学術論文　『書簡に見るハイネとインマーマンの関係（その1）』（共著、『ハイネ逍遥』第12号、2019年）他

チロルの悲劇——アンドレーアス・ホーファー

2019年12月16日　発行

作　カール・インマーマン

訳者　宇佐美幸彦・酒井友里

発行所　関西大学出版部
〒564-8680 大阪府吹田市山手町 3-3-35
電話 06-6368-1121　FAX 06-6389-5162

印刷所　協和印刷株式会社
〒615-0052 京都市右京区西院清水町 13

ISBN 978-4-87354-710-7　C3098　乱丁・落丁はお取替えいたします